湖南城市学院"双一流"学科文库

郑振铎的新文学思想
与实践研究

ZHENG ZHENDUO DE XINWENXUE SIXIANG
YU SHIJIAN YANJIU

◎ 文茜 著

知识产权出版社

全国百佳图书出版单位

—北京—

图书在版编目（CIP）数据

郑振铎的新文学思想与实践研究 / 文茜著. —北京：知识产权出版社，2023.10
ISBN 978-7-5130-8776-6

Ⅰ.①郑… Ⅱ.①文… Ⅲ.①郑振铎（1898-1958）—文学思想—研究
Ⅳ.①I206.6

中国国家版本馆CIP数据核字（2023）第099115号

内容提要

郑振铎的一生对于"五四"新文学乃至整个现代中国新文学的发展都做出了积极且重要的贡献，他是一位"积极的新文学建设者"。本书从"新文学的建设者"这一角度对郑振铎的文学思想和文学实践活动展开整体阐释和研究，分析其新文学思想的核心要点与主要内涵，建构其新文学思想的体系，并对这种文学思想体系在郑振铎的文学创作、文学刊物编辑、文学史研究、儿童文学等领域的具体化作出分析，以此论证郑振铎为建设中国新文学所作出的独特贡献，集中且深刻地揭示郑振铎在中国现代文学史上的重要地位和意义。

本书适合中国现当代文学研究者阅读。

责任编辑：卢媛媛　　　　　　　　**责任印制：孙婷婷**

郑振铎的新文学思想与实践研究
ZHENG ZHENDUO DE XINWENXUE SIXIANG YU SHIJIAN YANJIU

文 茜 著

出版发行：知识产权出版社 有限责任公司	网　址：http://www.ipph.cn
电　话：010-82004826	http://www.laichushu.com
社　址：北京市海淀区气象路50号院	邮　编：100081
责编电话：010-82000860转8597	责编邮箱：luyuanyuan@cnipr.com
发行电话：010-82000860转8101/8102	发行传真：010-82000893
印　刷：北京中献拓方科技发展有限公司	经　销：新华书店、各大网上书店及相关专业书店
开　本：720mm×1000mm　1/16	印　张：19.5
版　次：2023年10月第1版	印　次：2023年10月第1次印刷
字　数：210千字	定　价：78.00元
ISBN 978-7-5130-8776-6	

序言

　　本书试图从"新文学的建设者"这一角度对郑振铎的新文学思想进行考察，对郑振铎的新文学思想进行整体的阐释和研究，分析其新文学思想的核心点与主要内涵，建构其新文学思想的体系，并对其新文学思想体系在其文学创作、文学刊物编辑、文学史研究、儿童文学等领域的具体化作出分析，以此论证郑振铎为建设中国新文学所做出的独特贡献，集中而深刻地揭示郑振铎在中国现代文学史上的重要地位和意义。

　　第一章从整体上论述郑振铎新文学思想的主要内涵。郑振铎的新文学思想最初形成于 20 世纪 20 年代初，其核心是思考和探讨"建设新文学"的问题，其内涵包括三个方面：一，新文学的性质观，提出文学由情绪、思想、想象和文字四种性质（元素）构成，且这四种性质被置于三个不同层面，其中情绪是文学的关键性质，是判定一篇文字是否为文学的决定性因素；二，新文学的使命观，包括文学活动中三个重要因素：作家、作品、读者，根据这三者的关系将文学的使命指向三个层面：文学作品与作者的关系层面，作者与读者的关系层面，文学作品与读者的关系层面，最终提出文学的使命是通过改造人的情绪（情感）和精神进而最终改造现代文明；三，新文学的基础观，郑振铎认为整理和研究中外文学传统是新文学得以建立并发展的重要基础。

第二章论述郑振铎新文学思想在其文学创作中的具体化。郑振铎的诗歌、小说、散文等文学作品均表现出以下几个主要特征：一，内容上，塑造"情绪自我"；二，指向上，注重文学作品对于现实问题的改造；三，题材上，注重对于传统文学元素和题材的借鉴与使用。创作上的这三个特征与郑振铎的新文学思想高度一致，是他的新文学思想在文学创作中的体现与实践。

第三章论述郑振铎主编的文学刊物表现出以下特征：一，介绍与传播外国文学理论；二，整理和研究中国传统文学；三，挖掘新文学作品和培养新文学作家。郑振铎通过文学刊物的编辑，来构建一个新文学的传播空间，而这一空间的上述三大特征表现则非常鲜明地体现了他的新文学思想，是他的新文学思想在文学刊物编辑中的具体化表现。

　　第四章论述郑振铎的新文学思想在文学研究方面的具体化。在郑振铎新文学思想体系中，新文学建立的基础是中外传统的文学。郑振铎的几种主要的文学史研究著作《俄国文学史略》《文学大纲》《插图本中国文学史》和《中国俗文学史》在写作主旨、内容框架、观点表达上均体现了其新文学思想的主要内涵。

　　第五章论述郑振铎的新文学思想在儿童文学方面的具体化。郑振铎是新文学初期儿童文学的倡导者之一，他的儿童文学思想强调"童心"与"文学"两个本位，强调尊重儿童在精神和情感上的特性，倡导通过儿童文学作品来影响儿童的情感与精神，从而起到教育和引导儿童成长与改变的作用。这与他的新文学思想高度一致，是他的新文学思想在儿童文学领域内的延伸。

目录

目录

绪 论

一、研究的缘起和意义

在中国现代文学研究领域，"郑振铎研究"多年来始终相对薄弱，这一研究现状与郑振铎对现代文学的多方面贡献是不相匹配的。郑振铎在五四运动前后开始其社会活动和文学活动，直至去世前，他的一生都在为中国文学的发展做出积极且重要的贡献。2018 年是郑振铎先生诞辰 120 周年、逝世 60 周年，中国社会科学院文学研究所、考古研究所联合举办学术纪念活动，《文学评论》杂志特设"纪念郑振铎诞生 120 周年"专栏，这些活动都是在向这位文艺遗产的保存者、开拓者、建设者（鲁迅语）表达崇高的敬意和深切的怀念，是对其在中国新文化运动和新文学史上的重要贡献的认同与尊重。

郑振铎一生的事业，正如巴金所言："朋友们称赞振铎是一个'多面手'。的确他的兴趣很广，他的工作范围也很广。在文学艺术，甚至在文化方面他做过不少研究、介绍、传播的工作。他还写过不少的散文、小说和诗。"❶的确，他的思想与活动，涉及文学创作、文学

---

❶ 巴金. 回忆郑振铎 [M]. 上海：学林出版社，1988：15.

刊物编辑、文学社团运动、文学组织活动、文学论争、中外文学史研究、民间文学研究、儿童文学、文学翻译、古籍收藏与保护、历史考古等诸多领域，他的上述活动主要集中在 20 世纪 20—40 年代，在这几十年中，他与中国现代文坛上的许多作家，如鲁迅、茅盾、叶圣陶、巴金、老舍、丁玲、冰心、王统照、徐志摩、朱自清、胡愈之、许地山、俞平伯、沈从文、靳以、何其芳等均有或深或浅的缘分际遇；他曾编辑过 20—40 年代具有重要影响的文学刊物，如《文学旬刊》《小说月报》《文学》《文学季刊》《文艺复兴》等；他是文学研究会的成立与发展、左联的解散、新文学对于旧小说的批判、中国现代第一份儿童文学专刊的创办与发展等重要文学事件的主要发起人或直接参与者；等等。可以毫不夸张地说，郑振铎的一生对于新文学运动乃至整个现代中国新文学的发展都做出了重要的贡献，他是一位"积极的新文学建设者"。

一个人一生的事业能够涉及如此繁多的不同领域且均做出重要贡献，必然与其思想有着深刻的关联。郑振铎的上述文学活动，建立在其"五四"时期所形成的新文学思想的基础上，是他的新文学思想指导和推动了他的文学事业。从这个意义上说，郑振铎的新文学思想对于现代中国新文学的发展是具有重要意义的。本书试图从"积极的新文学建设者"，对郑振铎的新文学思想做出分析、阐释和研究，以此来论证郑振铎在中国现代文学史上的重要地位和意义。

本书认为郑振铎是一位"积极的新文学建设者"，主要基于两个方面的原因。

第一，郑振铎的文学思想是一种以"建设"为核心的新文学思想。

郑振铎的文学思想以对新文学的思考为主要内容。赵家璧曾经在《中国新文学大系》前言中谈到"新文学"时指出："我国的新文学运动，自从民国六年（1917 年）在北京的《新青年》上由胡适、陈独秀等发动后，至今已近二十年"❶，茅盾也曾经谈到有关"新文学"的问题："新文学的提倡差不多成为'五四'的主要口号"❷。可见，"新文学"是在"五四"前后那一段时期里，新文化运动者们针对传统的"旧文学"而提出的一种新的文学。在"五四"前后，作为旧文学对立面的新文学的产生、新旧文学的激烈斗争构成了中国现代文学的早期面貌。当时的新文学先驱者们主要思考和探索的是有关"新文学"的各种问题，郑振铎也在此时对该问题进行了积极的探索，提出了一系列的主张和看法，并由此形成了自己独立、完整的新文学思想体系。郑振铎在"五四"时期所形成的这种新文学思想后来一直贯穿于他的一生，成为他文学思想的主体，并极大地影响了他后来的各种文学实践活动。

郑振铎的新文学思想以"建设"为核心。陈福康曾经肯定了郑振铎作为新文学理论家的历史地位："郑振铎一生对中国新文学运动的贡献，首先正在于理论活动方面；或者说，他作为一个新文学战士的资格，首先是文学理论家"❸；严家炎在评价郑振铎在现代文学史上的地位时，认为郑振铎"对初期新文学的理论建设做出了重要的贡

---

❶ 赵家璧. 中国新文学大系 [M]. 上海：上海文艺出版社，2003：1.
❶ 茅盾. 茅盾论创作 [M]. 上海：上海文艺出版社，1980：226.
❷ 陈福康. 郑振铎论 [M]. 北京：商务印书馆，1991：87-88.

献"，并且"以自己的大量评论、理论文字为新文学护航"**❶**。的确，郑振铎最初主要是以文学理论家的身份登上中国文坛并产生一定影响的。在对新文学的探索中，郑振铎所思考的主要方面是新文学的性质、新文学的使命、新文学的基础等基本性的问题。

第二，郑振铎的新文学思想具有多方面性和奠基性两大特点，他的新文学思想在文学创作、文学刊物的编辑、文学社团的运动、中外文学史研究、俗文学史研究、儿童文学、文学翻译等多个领域都努力进行了探索，在其中有些领域甚至具有开创性的意义。如前所述，郑振铎的名字与现代文坛上的诸多现象都有着密切的联系，正如胡愈之所说："在文学工作中，你（引者按：指郑振铎）是一个多面手，不论在诗歌、戏曲、散文、美术、考古、历史方面，不论在创作和翻译方面，不论是介绍世界文学名著或者整理民族文化遗产方面，你都作出了平常一个人所很少能做到的那么多的贡献。"**❷**的确，当我们研究中国现代文学时，无论是作家研究、作品研究、社团运动研究、文学期刊研究、文学史研究之研究、儿童文学研究、文学翻译研究，总是会在不同材料中看到"郑振铎"：新文学初期影响较大的文学研究会十二个发起人中有郑振铎的名字，并且郑振铎是文学研究会发起、成立和早期组织活动的主要参与者与执行人，文学研究会的正式会刊《文学旬刊》也是由郑振铎担任首任主编。通过组织文学研究会和编

---

❶ 郑振伟. 郑振铎前期文学思想［M］. 北京：人民文学出版社，2000：1.
❷ 胡愈之. 哭振铎［M］// 陈福康. 回忆郑振铎. 上海：学林出版社，1988：18.

辑《文学旬刊》，郑振铎为推广文学研究会的文学主张和推动相关的文学创作做出了大量实际的努力，丰富了新文学的理论和创作成果。不仅是《文学旬刊》，20世纪20年代著名的文学刊物《小说月报》的主编在长达九年的时间里都是郑振铎，中国现代第一份儿童文学刊物《儿童世界》的第一任主编是郑振铎，现代文学四大副刊之一的《学灯》也曾由郑振铎主编……除了社团运动和刊物编辑之外，现代文学早期的翻译家队伍中有郑振铎的身影，中国俗文学的早期研究者中有郑振铎，由郑振铎所撰写的三本文学史研究著作《文学大纲》《插图本中国文学史》和《中国俗文学史》在介绍世界文学、整理中国文学以及研究俗文学等领域都做出了重要贡献……很多时候，只要我们谈论现代文学史，谈论现代文学史上的众多现象，就不能不谈到郑振铎这个人物，不能不谈到郑振铎的有关思想和主张。

从以往的研究中，我们已经了解到郑振铎是中国现代文坛上一位多面手，以一人之身涉足文学创作和文学翻译、社团活动和文学运动、刊物编辑和丛书出版、文学批评和文学研究、儿童文学和俗文学等领域，并且提出了许多富有建设性的深刻的文学主张。那么，在郑振铎所从事的这许多文学活动及其所体现出来的文学思想的背后，是否存在一个更为本质、更为核心的东西呢？或者说，作为现代文学的一位重要人物并与许多重要现象有关联的郑振铎，我们在考察他的文学生涯、评价他的文学成就时，是否能探究到一个最为核心的东西呢？综观郑振铎一生所从事的这些纷繁复杂的文学活动及其所体现的文学思想，我们可以发现它们背后始终有一根若明若暗的线索贯穿着，这根线索犹如一根细丝，虽然只是隐隐地藏在郑振铎的各种文学活动的背后，但却坚韧地串联起了郑振铎一生全部的文学理论和主张，使他的文学思想体现出一种整体的风貌，这根线索就是郑振铎的以"建设"为核心的新文学思想。正是在以"建设"为核心的新文学思想的指导和推动之下，郑振铎为现代文学的理论建设与发展做了大量有意义的实际工作，并因此在中国现代文学史上产生了重要影响。

本书认为，郑振铎的新文学思想有其独树一帜的核心与内涵，其核心是思考和探讨"建设新文学"的问题，其内涵包括三个层面：一，新文学的性质观；二，新文学的使命观；三，新文学的基础观。

具体而言，郑振铎的新文学思想围绕"建设新文学"展开并形成其独特完整的体系。首先，从分析文学的性质出发，挖掘出情绪、思想、想象和文字这四种文学的基本性质与构成元素，并以情绪为文学的根本性质，由此在概念层面形成一种新文学观；然后，将新文学的使命观建立在新文学的性质观的基础之上，试图通过文学的情绪本质来实现文学对现代文明的改造；最后，探寻新文学的性质观和使命观得以建立的途径，即在输入外国文学原理和文学常识的基础上，通过重新整理、研究中国传统文学，在具体的认知和评价层面形成一种新的文学性质观和使命。

上述一个核心、三个层面共同构成郑振铎新文学思想的完整体系，构成其新文学思想的独特内涵。其中，"建设新文学"这个核心是郑振铎新文学思想的原点，其整个新文学思想体系都由此而生发出来。三个层面则是郑振铎为建设新文学而在思想上走出的最重要的三步，是他的新文学思想体系的重要基石，他在新文学的具体领域，例如文学创作、文学刊物编辑、文学史研究、儿童文学建设、文学翻译等的各种主张均是对其三个层面的进一步衍生和具体化。

通过一个核心和三个层面，郑振铎建立起一种彻底脱离传统文学观念，能够与"五四"新文学的发展相适应并能够推动"五四"新文学的理论和实践发展的新文学思想体系。作为一位 "积极的新文学建设者"，郑振铎对新文学的这一重要贡献是独树一帜、影响深远的，应当得到极大的重视和进一步的深入研究。

二、相关问题的研究综述

1958 年 10 月 18 日，时任中国文化部副部长的郑振铎在率领中国文化代表团出国访问的途中，因飞机失事而不幸遇难。随后，在1958 年至 1966 年期间，郑振铎生前的好友和学生写了大量文章，这些文章主要追忆郑振铎的生平和寄托作者个人的哀思，多是一些回忆性和纪念性的散文。有个别的文章在回忆和怀念郑振铎之外，对他在文学、艺术等领域内的活动与贡献做了学理性的分析与评价，这些文章是侧重于研究性的，但是数量比较少。可见，这一时期，人们对郑振铎的关注更多地停留在感性层面。到了"文化大革命"期间，与其他各种活动一样，人们对郑振铎的评述与追忆也基本中断了。

1978 年 10 月 20 日，郑尔康在《光明日报》上发表《勤奋俭朴，不断前进的一生——忆我的父亲郑振铎》一文，重新唤起了人们对郑振铎的怀念与追忆。与前一时期的文章相比，"文化大革命"之后的文章，不再局限于感性层面的回忆和纪念，而是开始对郑振铎在文学、艺术和考古等领域内的成就进行学理性的思考与研究，"郑振铎研究"也逐渐丰富而深入起来。

首先是对于郑振铎一生所写下的著作的整理与出版。人民文学出版社于 1959—1988 年出版的 7 卷本《郑振铎文集》是 1959 年后最早出现的较为完备的郑振铎作品集。这之后又有《郑振铎散文全集》（百花文艺出版社，1989 年）、《中国现代作家选集·郑振铎》（人民文学出版社，1992 年）和《郑振铎抒情散文》（文化艺术出版社，1992 年）等。1998 年《郑振铎全集》（花山文艺出版社，1998 年）的出版，使郑振铎在文学创作和理论研究等多方面的成就比较完整地展现在研究者和读者的眼前。

与大量郑振铎作品集出版同时出现的，是研究视野的变化。研究者们从对郑振铎生平的感性介绍与回忆扩展到了对他的文学创作和文学思想的研究，而两者之中，对于郑振铎文学创作的研究展开得更加充分。

学术界对郑振铎的文学活动研究方面，主要集中在 20 世纪 80 年代中期至 90 年代前期，出现了许多对郑振铎的小说、诗歌和散文创作进行研究的文章，其中陈福康的《论郑振铎的诗歌创作》（《江海学刊》，1989 年第 1 期）是较早的一篇专门研究郑振铎诗歌的论文，文章充分肯定了郑振铎诗歌中的时代精神和艺术价值。沈斯亨的《试论郑振铎的散文》（《中国现代文学研究丛刊》，1983 年第 2 期）是郑振铎散文研究中较早出现同时也是水平较高的一篇长文，作者认为郑振铎"是我国最早创作议论性散文的作者之一"，并指出郑振铎散文在中国现代散文题材开掘上的贡献。张均的《郑振铎散文的文化意蕴》（《福州师专学报》，1997 年第 6 期）分析了郑振铎散文的类型，并称其为"学者散文"。在小说研究方面，王剑丛的《论郑振铎的小说》（《新文学论丛》，1984 年第 1 期）是一篇较早的专门性文章，作者认为郑振铎的小说具有浓郁的诗意、苍凉的悲剧色彩和人物特征的精雕细镂三大特色。任伟光的《郑振铎历史小说札记》（《福建新文学史料集刊》，1984 年第 4 期）、曹铁娟《论郑振铎的历史题材小说》（《昆明师专学报》，1990 年第 4 期）是专门研究郑振铎历史题材小说的文章。温炼的《试论郑振铎的小说创作》（《重庆师院学报》，1993 年第 2 期）指出就题材而言，郑振铎创作的一系列以家庭为题材的小说在"五四"时期具有开山之功。

在对郑振铎的小说、散文和诗歌等文学创作活动的研究的同时，在有关郑振铎一生的文学活动的研究方面，陈福康的《郑振铎年谱》（书目文献出版社，1988 年）是非常重要的一部史料性著作。这是第一部详细而系统地介绍郑振铎生平的史料著作，作者搜集了大量资料，并严格进行考证，不仅对郑振铎一生许多重大问题做了详细的分析，而且还挖掘出了许多不为人知的佚文佚事，客观、翔实、完整地展现了郑振铎的一生。虽然这部《郑振铎年谱》是郑振铎一生各个方面的活动的记录，但是作者以文学领域的实践活动为中心，因此该书可以说是郑振铎一生的文学实践活动的翔实记录。

除了对郑振铎的文学创作、文学活动进行考察和研究，此时关于郑振铎的研究还集中在一个方面——对郑振铎文学活动中所体现出来的他的文学思想和理论的研究，研究者们主要通过对郑振铎在刊物编辑、社团运动、文学史研究、文学翻译和儿童文学等领域中所提出的文学主张、文学思想、文学理论展开分析和研究。在编辑活动的研究方面，陈福康的《郑振铎前期编辑思想》（《编辑学刊》，1986年第4期）和《郑振铎后期编辑思想》（《编辑学刊》，1987年第2期）、盛翼昌《郑振铎与〈儿童世界〉》（《文学报》，1982年5月13日）、刘哲民《西谛与〈文艺复兴〉》（《新民晚报》，1982年1月31日）、陈福康《郑振铎与〈小说月报〉》（《编辑学刊》，1989年第2期）等文章都注意到了郑振铎主编或参与编辑的刊物上所体现出来的编辑思想和编辑特点。在对郑振铎的文学史研究的考察方面，董乃斌的《论郑振铎的文学史研究之路》（《文学遗产》，2008年第4期）是一篇比较重要的文章。这篇文章回顾了郑振铎从最初开始进行文学史研究到逐渐成长为一位文学研究专家的历程，并用"专题深入"来概括郑振铎文学研究的特点。其他的，如张宗原《关于郑振铎〈中国俗文学史〉的再思考》（《华东理工大学学报》，1995年第6期）、黄永林《论郑振铎俗文学的理论特征与实践倾向》[《华中师范大学学报》（哲社版），1995年第4期]、汪超宏《郑振铎的古代戏曲研究成就》[《南通师范学院学报》（哲社版），2001年第1期]等文章都注意到了郑振铎在文学研究方面的成就。郑振铎投身新文化运动之后曾介绍过不少外国文学作品，包括俄国文学、印度文学、希腊罗马文学。因此，郑振铎与外国文学的关系研究也是一个热点问题。陈福康连续发表《郑振铎与俄国文学》（《外国文学研究》，1983年第1期）和《郑振铎和苏联文学》（《外国文学研究》，1986年第4期）等文。在郑振铎与儿童文学的关系方面，盛翼昌的《郑振铎和儿童文学》（少年儿童出版社，1983 年）一书从郑振铎儿童文学的理论和创作实践、编辑儿童刊物、译介外国儿童文学作品诸方面作了全面的评述，肯定郑振铎对现代儿童文学发展的"拓荒"之功。王欣荣、金玉燕的《郑振铎〈儿童文学的教授法〉考评》（《福建论坛》，1984 年第 2 期）则是一篇对《郑振铎和儿童文学》一书进行补遗的文章。

除此之外，陈福康的《郑振铎论》（商务印书馆，1991 年）也极大地推进了对于郑振铎的文学思想和文学实践的研究。在这部研究专著中，陈福康从文学创作、文学翻译、社团组织、丛书出版、报刊编辑、文学新人发现和培养、文学研究等方面介绍了郑振铎一生中主要的文学实践活动，全面展示了郑振铎在现代文坛的活动实绩。

在学术界对郑振铎的文学思想的研究中，比较引人注目的是陈福康所发表的一系列相关文章。在《论"血和泪的文学"——郑振铎早期文学思想研究之一》（《新文学论丛》，1982 年第 2 期）、《论"五四"时期郑振铎的文学真实观》（《中国现代文学研究丛刊》，1984 年第 1 期）和《郑振铎"五四"时期对国外文学理论的介绍与扬弃》（《文艺论丛》，1984 年第 20 期）、《论郑振铎的儿童文学思想》（《北京师范大学学报》，1987 年第 2 期）等文章中，陈福康从几个具体内涵入手进行考察，初步介绍了郑振铎文学思想中的"血和泪的文学"的主张、文学真实观、重视外国文学原理的思想以及儿童文学思想。其中，《论"血和泪的文学"——郑振铎早期文学思想研究之一》一文，指出在"为人生的文学"这一文学研究会的共同主张之下，郑振铎提出的"血和泪的文学"口号更代表他个人的具体的文学主张，并指出这一口号在以往并没有得到研究者们的重视。特别需要指出的是，陈福康后来又发表《论郑振铎的文学遗产思想》（《学术月刊》，1987年第12期）一文，他根据郑振铎起草的文学研究会会章中所提到的"本会以研究介绍世界文学，整理中国旧文学，创造新文学为宗旨"而认定郑振铎是"新文学运动史上第一个提出'整理旧文学口号'"的人。

1989年，乐齐在一篇题为"郑振铎早期的现实主义文学观"的文章中指出"血和泪的文学"表达的是郑振铎在新文学与现实社会的关系、新文学的描写对象这两个问题上的主张，他从"文学功利论""文学写真论"以及"血和泪的文学"三个方面考察了郑振铎文学思想中的现实主义特征。●管权的《郑振铎的文学思想》一文认为文学研究会"为人生"的艺术主张之所以能在新文坛产生重要的影响，是与郑振铎和茅盾的努力分不开的，但是在之前的六十多年时间里，却很少有人关注和研究郑振铎在新文学理论建设方面的贡献，这是现代文学研究中的一个遗憾。在这篇论文中，管权重点分析了郑振铎文学思想中的一些具体主张，如提倡"血和泪的文学"和"真实"的精神、主张融化"最高理想"于作品之中、强调生活对于创作的意义、重视文学本身的情感特性等。❷日本学者尾崎文昭的《郑振铎倡导"血和泪的文学"和费觉天的"革命的文学"论："五四"退潮后的文学状况之二》指出，郑振铎所提出的"血和泪的文学"主张是后来的"革命文学"

---

❶ 乐齐. 郑振铎早期的现实主义文学观 [J]. 学术月刊，1989（10）.

❷ 管权. 郑振铎的文学思想 [J]. 福建论坛，1984（6）.

之先声，并提醒研究者们在研究 20 年代末的"革命文学"时，考察的视野应当延伸至郑振铎在 20 年代初期提出的这一"血和泪的文学"的主张。❶林木的《郑振铎文学思想论析》同样指出郑振铎是"中国现代重要的文学理论家"❷，并大致介绍了郑振铎文学思想中的现实主义主张、对于西方文学原理的重视、对于传统文学思想的关注和俗文学思想。除此之外，作者还指出，郑振铎的文学思想是强调文学的社会功利作用和文学本身的情感特性二者的统一，在这一基础之上，郑振铎发展了自己的比较文学思想、俗文学思想、传统文学思想等。

朱文华的《郑振铎对"五四"新文学运动的理论贡献——纪念郑振铎先生诞生一百周年》认为郑振铎是新文学运动中"最杰出的理论批评家之一"，并指出郑振铎的文学理论主张是"更加切实并且创造性地阐发了'五四'文学革命的倡导者所提出的基本的思想命题"❸。朱文华指出郑振铎文学思想中的文学观是辩证的：既倡导将文学作为推动革命运动的工具，又强调文学的情感性。除此之外，朱文华在文章中还强调了郑振铎的文学思想中对于西方文学原理和文学知识的重视。方航仙的《郑振铎的儿童文学理论建树述论——纪念现代儿童文学奠基者郑振铎诞辰百周年》从"儿童文学本位论""儿童读物无国界论"和"儿童文学本体开拓论"三个方面介绍了郑振铎的儿童文

---

❶ 尾崎文昭. 郑振铎倡导"血和泪的文学"和费觉天的"革命的文学"论："五四"退潮后的文学状况之二 [J]. 中国现代文学研究丛刊，1991（1）.

❷ 林木. 郑振铎文学思想论析 [J]. 宁德师专学报（哲社版），1996（1）：72.

❸ 朱文华. 郑振铎对"五四"新文学运动的理论贡献——纪念郑振铎先生诞生一百周年 [J]. 文学评论，1998（6）：17-18.

学思想,方航仙认为郑振铎在儿童文学方面的创作和翻译,以及对于儿童文学刊物的编辑等活动,"开辟了现代中国儿童文学新领域"❶。佘小云的《论郑振铎的文学统一观》认为"文学统一观"是郑振铎文学研究思想中的重要方法论,并分析了这种研究方法是如何在郑振铎的文学思想中形成并付诸其文学活动实践的。❷林庚的《扎根民族土壤,引领时代潮流——郑振铎新文学思想的探析》探讨了郑振铎文学思想中的俗文学思想和传统文学思想。❸季剑青的《郑振铎早期的社会观与文学观》一文从郑振铎文学思想的"情感"内涵入手,认为郑振铎文学思想中对于"情感"的强调和重视实际上是受到了美国社会学家吉丁斯的"社会有机体"理论的影响,并且"在新文化人中,似乎还没有谁像郑振铎这样把'情感'放在如此重要的位置上"❹。季剑青的文章指出,虽然郑振铎和创造社的郁达夫、成仿吾等人一样强调"情感"的作用,但是他们最终的走向不同:从"情感"出发,创造社成员走向了与社会对立的"个人",而郑振铎却走向了社会中的"个人",并由此提出了"血和泪的文学"的主张。

在对郑振铎文学思想的诸多研究成果中,比较全面而系统的是陈福

---

❶ 方航仙. 郑振铎的儿童文学理论建树述论——纪念现代儿童文学奠基者郑振铎诞辰百周年 [J]. 黎明职业大学学报, 1999 (1): 27.

❷ 佘小云. 论郑振铎的文学统一观 [J]. 湘潭师范学院学报 (社科版), 2005 (5).

❸ 林庚. 扎根民族土壤. 引领时代潮流——郑振铎新文学思想的探析 [J]. 福建省社会主义学院学报, 2008 (2).

❹ 季剑青. 郑振铎早期的社会观与文学观 [J]. 河北师范大学学报 (哲社版), 2006 (5): 83.

康的《郑振铎论》和郑振伟的《郑振铎前期文学思想》这两部专著。

陈福康在《郑振铎论》的第二章"文学理论和文学思想"中，从"现实主义文学观""比较文学思想""文学翻译理论""文学遗产思想"和"儿童文学思想"五个方面来对郑振铎的文学思想进行了分析。陈福康肯定了郑振铎作为新文学运动的文学理论家的历史地位，认为郑振铎"是'五四'以后很典型、同时又是有个性特点的现实主义文学理论家"；同时，陈福康还明确地指出郑振铎的文学理论活动"写作最多、建树最大、影响最广的时期是二十年代前期"，他认为，郑振铎"在这一时期的理论活动不仅对整个新文学理论建设做出了重大贡献，而且也决定了他一生文学思想的发展方向"❶。陈福康在书中指出，郑振铎的文学思想的实质是一种现实主义的文学思想，作为比"新青年派"更进一步地举起了新文学现实主义大旗的文学研究会的重要成员，郑振铎和沈雁冰是整个文学研究会中对现实主义文学思想和理论做出最大贡献的两个人。陈福康还指出，郑振铎的文学思想在很大程度上受到了俄国和英美相关文学理论的影响，其中俄国的别林斯基、杜勃罗留波夫、托尔斯泰、高尔基等人的现实主义文学理论，英美文学理论家莫尔顿、亨德、文齐斯特等人对于文学的基本知识和基本原理的探讨都对郑振铎的新文学思想的形成产生了重要的影响。陈福康指出郑振铎的现实主义文学思想的目的是"改造旧的文学观"并进而"改造旧的社会与人生"，并认为这种"改造"的观点是郑振

---

❶ 陈福康. 郑振铎论［M］. 北京：商务印书馆，1991：88.

铎在文学思想上比其他文学研究会成员更为深刻的地方，郑振铎的文学思想由于含有这种"改造"的主张而表现出"社会问题色彩和革命的精神"❶。陈福康看到了郑振铎的文学思想与新文学运动之间的关系，指出了郑振铎文学思想中的现实主义特质。除此之外，陈福康在书中还进一步阐释了郑振铎在比较文学、儿童文学、文学翻译和文学遗产等方面的具体思想，全面展示了郑振铎文学思想的主要内涵。在该书中，陈福康还详细介绍了郑振铎一生的主要文学活动，包括他在文学创作、文学翻译、社团组织、刊物编辑、丛书出版和文学研究等领域内的具体活动。陈福康对郑振铎的研究全面而系统，在掌握了翔实的史料的基础上展开论述，是郑振铎研究中的一个重要成果。遗憾的是，陈福康的《郑振铎论》尽管对于郑振铎的文学思想和文学活动分别都作出了较为详细的阐释，但是却没有就二者之间的关系展开论述，这就为后来的研究者们留下了进一步研究的空间。笔者以为，陈福康对于郑振铎的文学思想的分析基本上是正确的；但是，还存在一些需要进一步推敲的地方。陈福康在阐释郑振铎的文学思想时，注重的是其现实主义的内涵以及由此而衍生出来的社会改造和革命倾向。笔者认为可以进一步地将郑振铎的文学思想视为一种"新文学思想"，其基本内涵既有现实主义的成分，也有鲜明的浪漫主义倾向；更为重要的是，笔者认为将"建设"视为郑振铎新文学思想的核心远比"改造"更为接近郑振铎文学思想的实质。

---

❶ 陈福康. 郑振铎论［M］. 北京：商务印书馆，1991：103—104.

在《郑振铎前期文学思想》中，郑振伟以 1927 年为界，把郑振铎一生的文学活动分为前后两个时期，而在该书中考察的是郑振铎在前一个时期，即 1919 年至 1927 年间的文学思想。在这本著作中，郑振伟重点分析了郑振铎前期文学思想中的文学观、浪漫主义倾向、儿童文学思想、文学思想的外国来源等问题。与陈福康一样，郑振伟也注意到了郑振铎文学思想中的几个不同方面，但是与陈福康注重郑振铎文学思想中的现实主义倾向不同，郑振伟关注的是郑振铎文学思想中的一个重要问题——关于"文学观"的看法，并且注意到了郑振铎文学思想中的浪漫主义倾向、郑振铎文学思想所受到的泰戈尔的影响以及社会学思想对于郑振铎文学思想的影响。

2018 年是郑振铎诞辰 120 周年、逝世 60 周年，《文学评论》2018 年第 6 期 "纪念郑振铎诞生 120 周年"专栏中出现了几篇郑振铎研究方面的高水平论文：刘跃进的《郑振铎的文学理想与研究实践》指出 "作为百科全书式的学者，郑振铎有着多方面的贡献"，文章从 "郑振铎的文学理想" "郑振铎的文学史研究"和 "郑振铎创办文学研究所的历程"三个角度来论述郑振铎对于现代中国文学的贡献，并指出除了在理论和实践上对现代中国文学的积极贡献之外，郑振铎所怀有的爱国主义热情是 "他留给后世最宝贵的精神财富"，深刻地指出了郑振铎对于现代中国社会的独特的精神价值；陈福康的《保存者·开拓者·建设者——论郑振铎在文学史上的贡献》对于郑振铎在文学社团运动、文学刊物编辑、文学丛书出版、文学史研究、文学作家的发现与培养、文学组织活动等方面的成就做出梳理与评价，论述了郑振铎在中国现代文学史上的重要地位，其论断既全面又深刻；安德明的

《郑振铎与文学整体观视域中的民间文学》论述了郑振铎在俗文学研究领域的积极贡献，指出"与一些专门的民间文学研究者不同，郑振铎始终把民间文学视为民族文学整体框架中不可分割的有机组成，并从文学总体的视角与要求出发，来认识和理解民间文学的属性、地位和价值"，这一看法是非常中肯的；吴光兴的《"中国文学史的分期问题"与郑振铎的文学史观——兼论"综合的中国文学史"的体制困境》论述了郑振铎的文学史分期实践、郑振铎的文学史观以及郑振铎的文学史研究代表著作《插图本中国文学史》的文学史价值和意义做出新的探讨；王波的《"近代的文学研究的精神"——莫尔顿〈文学的近代研究〉与郑振铎的中国文学研究》提出莫尔顿的《文学的近代研究》是郑振铎在文学研究方面的"重要理论资源之一"，在肯定郑振铎"对中国文学研究现代转型有重要贡献"的同时，也反思了其中的弊病，即"在不自觉地构建文学研究'科学主义'背后，轻视了传统文学批评以及文学研究中审美、情感等非实证因素的价值"；吴真的《郑振铎与战时文献抢救及战后追索》搜集了诸多外文史料，论述郑振铎在抗战时期的上海"孤岛"为保存国家重要文献而开展的一系列活动及其重要的文学史、文化史价值，对郑振铎在其中所发挥的关键作用做了非常深入的探讨。这几篇论文从不同的角度对郑振铎在现代中国文学史、文化史上的地位与影响做了非常深刻的分析与评价，比较集中地体现了目前郑振铎研究的较高水平。

综上所述，在以往的郑振铎研究中，陈福康教授的《郑振铎论》《郑振铎传》和《郑振铎年谱》在史料的搜集、整理、研究等方面做了许多整体性的、重要的工作，使我们得以全面地、翔实地了解郑振铎其人其作其论，是郑振铎研究领域已经取得的经典性研究成果。我们在对陈福康教授的研究成果报以极大的尊重和崇敬的同时，也应该看到郑振铎研究并非在陈福康教授这里就已经做完了。自郑振铎去世之后，几十年来间或有关于郑振铎的研究，研究者们陆续关注到郑振铎在文学创作、文学社团运动、文学组织活动、文学论争、中外文学史研究、民间文学研究、儿童文学、文学翻译、古籍收藏与保护、历史考古等诸多领域对于中国现代文学和现代文化的贡献。但是，几十年来，自陈福康教授之后，学术界始终没有形成郑振铎研究的热潮，研究者的人数始终有限，研究的范围也始终分散在各个不同方面，其研究的深度、广度也始终没有得到整体的、根本性的推进，郑振铎研究还有较大的挖掘和深入的空间。

三、本书的研究思路与方法

本书将围绕"新文学的建设者"这一中心，来观照郑振铎一生文学思想的轨迹及其与时代的关系，以此来重新揭示郑振铎在现代文学史上的地位和意义。

（一）研究思路

本书试图构建郑振铎新文学思想的完整体系，提出"建设新文学"是其新文学思想的核心，新文学的性质观、新文学的使命和新文学的基础观是其新文学思想的三个重要层面，并对一个核心、三个层面在郑振铎新文学思想体系中的地位和意义做出分析与阐释，以推进对郑振铎的新文学思想的整体内涵及其价值的认识。本书用"一个核心、三个层面"来带动对于郑振铎在文学创作、文学刊物编辑、文学研究、儿童文学、翻译文学等诸多方面的具体倾向、主张和风格的分析与研究，在具体的论证中，始终围绕"郑振铎是如何在文学思想上建设新文学"这一问题展开，深入揭示郑振铎在新文学建设诸方面的重要贡献。

第一章从整体上论述郑振铎的新文学思想的主要内涵。郑振铎关于新文学的思想最初形成于 20 世纪 20 年代初，其核心是思考和探讨"建设新文学"的问题，其内涵包括三个方面：一是，新文学的性质观，提出文学由情绪、思想、想象和文字四种性质（元素）构成，且这四种性质被置于三个不同层面，其中情绪是文学的关键性质，是判定一篇文字是否为文学的决定性因素；二是，新文学的使命观，包括文学活动中三个重要因素：作家、作品、读者，并根据这三者的关系，将文学的使命指向三个层面：文学作品与作者的关系层面，作者与读者的关系层面，文学作品与读者的关系层面，最终提出文学的使命是通过改造人的情绪（情感）和精神进而最终改造现代文明；三是，新文学的基础观，郑振铎认为整理和研究中外文学传统是新文学得以建立并发展的重要基础。上述三个方面构成郑振铎新文学思想的独特内涵。

第二章论述郑振铎新文学思想在其文学创作中的具体化。郑振铎的诗歌、小说、散文等文学作品均表现出以下几个主要特征：一是，内容上，塑造"情绪自我"；二是，指向上，注重文学作品对于现实问题的改造；三是，题材上，注重对于传统文学元素和题材的借鉴与使用。上述创作上的三个特征与郑振铎的新文学思想高度一致，是他的新文学思想在文学创作中的体现与实践。

第三章论述郑振铎主编的文学刊物表现出以下特征：一是，介绍与传播外国文学理论；二是，整理和研究中国传统文学；三是，挖掘新文学作品和培养新文学作家。郑振铎通过文学刊物的编辑，来构建一个新文学的传播空间，而这一空间的上述三大特征表现则非常鲜明地体现了他的新文学思想，是他的新文学思想在文学刊物编辑中的具体化表现。

第四章论述郑振铎的新文学思想在文学研究方面的具体化。如前所述，在郑振铎新文学思想体系中，新文学建立的基础是中外传统的文学。郑振铎的几种主要的文学史研究著作《俄国文学史略》《文学大纲》《插图本中国文学史》和《中国俗文学史》在写作主旨、内容框架、观点表达上均体现了其新文学思想的主要内涵。

第五章论述郑振铎的新文学思想在儿童文学方面的具体化。郑振铎是新文学初期儿童文学的倡导者之一，他的儿童文学思想强调尊重儿童在精神和情感上的特性，尤其强调"童心"的可贵，倡导通过儿童文学作品来影响儿童的情感与精神，从而起到教育和引导儿童成长和改变的作用。这与他的新文学思想高度一致的，是他的新文学思想在儿童文学领域内的延伸。

（二）研究方法

本书采用三种方法进行研究。

文献研究法，即通过对郑振铎一生著述的深入研读，剖析其文学思想的重要内核，通过对郑振铎一生主编或参与编辑的重要的文学刊物，例如《小说月报》《文学旬刊》等的梳理与细读，多方面阐释其新文学思想。

比较分析法，即论文在具体分析郑振铎的新文学思想时，将郑振铎的主张与其他某些有代表性新文学作家或团体的相关理论和主张进行比较，如将郑振铎的新文学思想与"五四"时期其他的新文学理论先驱，如胡适、周作人等的主张进行比较；在谈到郑振铎新文学思想对于"情绪"的重视时，将他的这种观点与创造社的主张进行比较；在论及郑振铎的"血和泪的文学"时，将其与文学研究会"为人生"的主张，并探讨该主张与后来的"革命文学"之间的关系。

互见法，本是司马迁的一种述史的方法，即把人物的主要方面放在本传里写，而把次要方面放在别的传里。郑振铎的新文学思想既有其独特的内涵，又在其文学创作、文学刊物编辑、文学研究、儿童文学等领域均有深化，故本书除了在第一章用郑振铎的新文学思想作一全局的统摄，在第二章至第五章的具体论述中，每一章既有自身的中心论点与第一章相呼应，各章之间又在一定程度上相互补充和印证，如郑振铎的文学史观和文学观在其文学刊物的编辑上也有体现；郑振铎的文学创作中对于中国传统文学元素的汲取和重视，在其文学史研究中也有表现；等等。

四、本书的学术创新

针对当前郑振铎研究的现状，本书的学术价值在于选取一个新的、更加集中的角度——"新文学思想"，来对郑振铎的文学史地位和价值重新进行整体上的系统论证。

第一，构建郑振铎新文学思想的完整体系，提出"建设新文学"是其新文学思想的核心，新文学的性质、新文学的使命和新文学的基础是其新文学思想的三个重要层面。同时，独创性地用"一个核心、三个层面"来带动对于郑振铎在文学理论、文学创作、文学刊物编辑、文学研究、儿童文学等诸多方面的具体倾向、主张和风格的分析与研究，深入揭示郑振铎在新文学建设诸方面的重要贡献。

第二，从"新文学的建设者"这一角度，将研究的视角集中在郑振铎的新文学思想体系，通过对这一思想体系及其具体表现的分析，来论证郑振铎在新文学建设中的重要地位与贡献，推进学术界对于郑振铎的认识。在中国现代文学史上，像郑振铎这样以一人之身而兼具多重身份、活跃于文坛诸多领域的不乏其人，如鲁迅、周作人、茅盾、沈从文、叶圣陶、钱锺书等，本书力图为今后考察和分析文学史上的这类型的人物提供 种研究的思路。

第一章
以"建设"为核心的新文学思想

    "五四"新文化运动的先驱蔡元培先生曾经指出:"我国周季文化,可与希腊罗马比拟,也经过一种繁琐哲学时期,与欧洲中古时代相垺,非有一种复兴运动,不能振发起衰;五四运动的新文学运动,就是复兴的开始"❶。很显然,在蔡元培先生看来,"五四"新文学运动是中华民族文化复兴的伟大开端,而放在20世纪初期的政治、社会背景下来看,这种"文化复兴"的最终指向是整个国家和民族的振兴。为什么蔡元培先生认为国家、民族的振兴与文化、文学的复兴之间有这样一种联系呢?对于这一个问题,除了在思想资源上可以追溯到晚清知识分子在诗界革命、小说界革命等中提出的文学可以唤醒民智、改造民族的主张,20世纪初期的知识分子更进一步地从文学本身做出了明确的回答:"因为文学是传导思想的工具"❷。事实上,在19世

---

❶ 蔡元培. 中国新文学大系·总序[M] // 赵家璧. 中国新文学大系·建设理论集(影印本). 上海:上海文艺出版社,2003:3.

❷ 同❶9.

纪末至20世纪初的中国思想界、文化界、文学界，并不只有蔡元培持这种观点。从复兴的角度，将国家、文化、文学这三个层面联系起来进行整体的思考，认为可以凭借文学作品来引导甚至改造民众的思想，从而引起整个社会心理、民族意识的转变甚至革新，并最终实现对国家和民族的振兴，这是20世纪初期的中国新文化运动中的一种主流的倾向和主张。这种主张聚焦于"文学启蒙—思想革新—文化重铸—民族复兴"这样一条逐层推进、不断深入的"复兴之路"，其核心是"改造"：改造国民的心理意识，改造社会的思想认知，改造国家的政治体制。在这个过程中，当时的先进知识分子们纷纷将"五四"新文学充当了思想革新、文化重铸以及民族复兴的"第一线的冲锋队"❶。

在"五四"新文学的发生时期，新文学阵营的先驱者主要从将传统文学作为参照物重新认识和评价文学的角度来提出关于新文学的形式和内容的各种观点，他们关于新文学的主张大多是针对中国传统文学的弊病而提出的，如胡适提出的"文学改良八事"、陈独秀关于文学革命的"三大主义"、周作人主张的"人的文学"等，都是在对中国传统的文学形式、文学内容、文学观念和文学思想进行批判的基础上提出的。可以说，对传统文学的批评甚至否定，这是"五四"时期新文学先驱者们建构自己的文学主张的

---

❶ 茅盾. 五四运动的检讨 [J]. 前哨·文学导报, 1931, 1 (2).

基础。在这个新文学发生过程的最初，新文学的先驱者们
往往对于传统的旧文学采取一种较为激烈、尖锐甚至是彻
底的批评态度，他们对于批判旧文学抱有极大的热情，似
乎认为在对传统的旧文学的批判中可以产生新的文学。进
入 20 年代，"五四"时代那种伴随着革故鼎新的要求而产
生的狂热、激荡的情绪逐渐为一种较为深沉、平静但却更
加缜密、理性的思想倾向所代替，新文学运动的主将们开
始将思考的重心从对传统文学的批判转移到对新的文学形
式、文学内容、文学观念和文学思想以及由此而延伸出的
新的文化的建设上来。于是，从理论到创作来对新文学进
行建设成为 20 年代初期前后的那段时间，新文学运动者们
普遍思考的一个问题。郑振铎的新文学思想即产生于这样
一个大的社会思潮和文学思潮的背景之下。

从 20 世纪 20 年代开始，郑振铎发表了一系列有关新
文学的文章，例如《文学的定义》（1921 年 5 月）、《〈文
学旬刊〉宣言》（1921 年 5 月）、《文学的危机》（1921
年 5 月）、《文学的使命》（1921 年 6 月）、《文学与革命》
（1921 年 7 月）、《光明运动的开始》（1921 年 7 月）、
《新文学观的建设》（1922 年）、《新文学之建设与国故
之新研究》（1923 年 1 月）、《文学的分类》（1923 年 8
月）等，分别对文学的性质、文学的定义、文学的使命、
文学的基础、文学的内容与形式、文学的分类等具体问题
提出自己的观点。在探讨这些问题的过程中，郑振铎始终
围绕着"建设新文学"这一个中心论题来展开思考，逐步

表露出了他的以"建设"为核心的新文学思想。但是，郑振铎在这些文章中所表述的文学思想是比较零散的，很多时候是针对某一具体的文学问题或文学现象提出，他自己并没有将这些有关新文学的思想和主张进行系统化的整合。值得注意的是，郑振铎对新文学的思考并不止于20世纪20年代前期，而是一直贯穿于其文学研究活动的始终，例如30年代前后他继续写作了大量有关中国文学的研究性文章（这些文章于50年代后期结集为《中国文学研究》一书出版）；又如，1927年由商务印书馆出版的《文学大纲》，集中对古今中外的文学史进行研究；再如，1932年完稿的《插图本中国文学史》（1932年12月由北京朴社出版）、1938年由长沙商务印书馆出版的《中国俗文学史》等，由零散的、针对具体的文学问题和文学现象的思考，郑振铎进一步走向了系统性、专门性的整理和研究，一个核心的问题都是如何"建设新文学"，郑振铎思考的焦点始终都是哪些文学上的资源可以为新文学所用、成为新文学的一个部分。即便是30年代的这些文学史专著的写作，也并非简单地对中国文学、世界文学、俗文学进行研究，其更重要的目的都是为了建设新文学的思想、内容和形式。因此，本书试图通过对郑振铎的在这些文章和专著中所表达的文学思想、文学主张、文学理论进行梳理、考察和辨析，最终清晰客观地揭示郑振铎的新文学思想的基本全貌与整体内涵。

可以看到，在20世纪20年代初期，从"建设"这个核心出发，郑振铎的新文学思想一开始便指向三个问题：

第一，新文学性质是什么？在郑振铎看来，文学由"情绪""思想""想象"和"文字"这四种元素构成，其中最重要的元素是"情绪"，"情绪"是文学的本质；第二，新文学使命是什么？郑振铎认为文学的使命是"改造"现实，由此他提出"血和泪的文学"的主张，这一主张可以视为后来的"革命文学"之先声；第三，新文学基础是什么？郑振铎认为，新文学的基础在于一种与传统的文学观念相区别的、新的文学观，而为了建立这种新的文学观，就必须首先对传统文学进行一番整理和辨析，因此他提倡"整理国故"的运动。需要注意的是，郑振铎的"整理国故"是对于中国传统文学的整理和研究，并非对于全部传统文化的整理，并且他提出的这种"整理国故"最终指向新文学的建设。在他看来，整理中国的传统文学是进行建设新文学的一条重要途径，因此他提出了关于中国文学研究的新精神、新方法和新途径的问题，这是他的新文学思想中的又一个重要方面。

第一节
新文学的性质观

一

1921 年 5 月 10 日，郑振铎在《文学旬刊》创刊号上发表了两篇重要的文章，一篇是《文学的定义》，另一篇是《〈文学旬刊〉宣言》。前者表明了郑振铎个人对于"文学是什么"这一问题的看法，后者不仅表明郑振铎个人，更表明了作为最早的新文学社团的文学研究会对于"文学应当做什么"这一问题的看法和主张。

首先来了解一下郑振铎在《文学的定义》这篇文章中写了什么。这篇文章虽名为《文学的定义》，但在内容上却主要是对"文学的性质"进行分析。在当时的郑振铎看来，要知道文学的定义，只需要"把《英国百科全书》里论文学的一条看一下，就有许多定义可以得到了"❶，而相比简单地给文学下一个定义，厘清文学的性质更为重要，正如他在这篇文章中所说的："知道了文学的性质，文学的定

---

❶ 郑振铎. 郑振铎全集：第 3 卷［M］. 石家庄：花山文艺出版社，1998：390.

义自然就可以很容易的归纳而出了。"❶文学的性质也就是文学与科学、绘画、雕刻、音乐等其他人类文化在本质上的区别。因此,在《文学的定义》这篇文章中,郑振铎从构成文学的元素入手,在这篇文章中用了大量的篇幅,对文学与科学,以及文学与绘画、雕刻、音乐等的性质进行比较和分析,从而对文学的性质做出确定性的阐释,并最终在此基础上给出文学的定义。

郑振铎首先将作为艺术之一种的文学与非艺术的科学进行比较,指出文学与科学的区别在于内容与价值两个方面。

第一,文学和科学所反映的内容不同。郑振铎认为"文学是诉诸情绪,科学是诉诸智慧",也就是说文学所反映的内容是情绪,影响的也是人类的情绪;而科学所反映的内容是智慧,影响的也是人类的智慧。在内容上,科学"时时变更",而文学则"万古常新,不因时变迁"。在这里,郑振铎所说的人类智慧的内容会随着历史的演进、知识的更新而不断变化,"希腊人之智慧,较之今人相差自远,然其情绪则仍新、仍足以感人"。而与智慧相比,情绪"虽不能说绝无演进之迹",但它的演进程度远不如智慧大,世界上不同地区、不同肤色的人们,"其愤怒、其恋爱、其妒忌、其喜而跳舞,哀而哭泣",这种种的情绪几乎是"毫无差异的"。"变"与"不变"是就科学和文学所包括的具体内容而言的。他所说的科学会"时时变更",指的是已有的科学知识往往会随着科技的进步而逐渐被新的、更加正确而

---

❶ 郑振铎. 郑振铎全集:第3卷 [M]. 石家庄:花山文艺出版社,1998:390.

完善的科学知识所代替,科学在内容上是不断更新的;他所说的文学
"不因时变迁",并不是否认不同时期、不同作家的文学作品在内容
上的各种变化,而是强调以表现"情绪"为基本内容的文学不会由于
历史的演进而丧失其生命力和价值,人类的喜怒哀乐等各种情绪是稳
定的,"文学可以有永久的价值与兴趣"。很显然,郑振铎在这里看
到了人类情绪的共通性与恒久性,情绪是能够超越时代、跨越种族和
地区,存在于全人类心灵上的一种具有共同性的人类属性,情绪附着
于人类心灵本身,而不是像智慧那样附着于外在的客观世界。

第二,文学与科学的价值内涵是不同的,或者说文学和科学所用
来表达自身价值的因素是不同的。"科学的价值在于书中所含的真理,
而不在书本的本身。……文学的价值与兴趣,不惟在其思想之高超与
情感之深微,而且也在于其表现思想与情绪的文字的美丽与精切"。❶
郑振铎在这里所要说明的问题是,科学价值的体现不在于用来承载其
内容的工具(文字)和形式(科学文章),而在于"科学知识"本身;
文学的价值则不仅存在于它所表达的内容——思想与情感,也存在于
文学为了表达自身内容而使用的工具(文字)和形式(文学作品)
本身。郑振铎认为,如果人们想要了解牛顿所提出的万有引力定律,
那么只要找到任何一本介绍了万有引力这一学说的书籍,无须去看牛
顿本人的著作,就可以得到这一学说的基本内容;而如果人们想要了
解托尔斯泰的思想和情感,那么就必须去阅读托尔斯泰本人的著作,

---

❶ 郑振铎. 郑振铎全集:第3卷[M]. 石家庄:花山文艺出版社,1998:390-392.

从托尔斯泰作品的文字中去领略他的独特的精神世界。从这里可以看出，郑振铎认为科学价值的高低不在于它所使用的文字，而文学价值的高低，则在一定程度上受它所运用的文字的影响。

在上述对文学与科学的性质的比较中，郑振铎归纳出了文学的三种重要性质：情绪、思想和文字，并认为这三种性质同时也是判断文学作品价值高低的重要因素。

在廓清了文学与科学在性质上的不同之后，郑振铎又将文学与同属艺术部门的图画、雕刻、音乐等进行了比较。首先，他指出虽然文学与图画、雕刻都是注重"表现"的艺术，但是图画、雕刻的"表现"是一种通过"描写"而产生的"表现"，而文学的"表现"却是一种借助于创作者大脑的"想象"而产生的"表现"。在郑振铎看来，图画和雕刻能够在一定的空间里、通过一个直观可见的物体将作者所要表达的内容表现出来，图画是表现在平面上，雕刻则表现在立体上，使"人家一看，就好比看见真的东西一样"；文学却是通过作者大脑的"想象"把所要表现的材料"组合起来"而最终产生出一个作品，而读者同样也要借助于自己脑中的"想象"才能领略到作品的魅力。因此，郑振铎认为文学中所表现的美是"精神的美，不是物质的美"，文学中"所表现的行动，也是理想化的行动，不是实际的摹拟的行动"。随后，郑振铎又将文学与音乐进行了一番比较。郑振铎认为音乐与文学一样，它们所要表现的涵义都是经过想象而产生出来的，但与文学不同的是，音乐"是完全的人们的情绪的表现。它与一切理智，都不相联接"，而文学却"无论如何，总不能为纯粹的情绪的表现；无论如何，它总须带多少的理性的元素在内"。在郑振铎看来，这种

"理性的元素"就是人们的"思想"❶。实际上，可以将郑振铎的观点概括为：文学所要表现的涵义是存在于人们的想象之中，而不是存在于一定的空间之中；文学兼具情绪的流露和思想的表达。实际上，郑振铎在这里已经看到了文字在文学中的重要地位：文学作品并不像图画、雕塑那样通过视觉上的二维、三维形象直观地呈现内容、传递含义，也不像音乐那样通过听觉呈现内容、传递含义；文学必须通过文字这个工具来呈现，在文学作品中，文字是一个媒介物质，作家必须通过文字这个媒介来呈现内容、传递含义，而读者也只能通过文字来理解、想象作品的内容与含义。

通过文学与非艺术的科学、文学与其他艺术形式的两次重要的比较，郑振铎梳理出了文学的四种基本性质：情绪、思想、想象和文字。在这个基础上，他明确地给出文学的定义："文学是人们的情绪与最高思想的联合的'想象'的表现，而它的本身又是具有永久的艺术的价值与兴趣的"。❷在这个定义中，郑振铎虽然没有明确提到"文字"，但其中"表现"二字实际却是隐晦地指向"文字"这一性质。试想：文学中的情绪和思想如何表现呢？难道不正是通过文字表现出来的吗？此后，郑振铎又多次在其他文章中谈论文学的这四种元素：在谈到文学创作与文学翻译的区别时，郑振铎指出文学创作有四个条件，即"思想力""想象力""深宏的情绪""文字运

---

❶ 郑振铎. 郑振铎全集：第3卷［M］. 石家庄：花山文艺出版社，1998：393.

❷ 同❶394.

用的艺术"❶。在他看来，是否具有这四个元素是区分一篇文章是"创作"还是"翻译"的标准；在《论散文诗》一文中，郑振铎指出：诗歌所包含的元素是"情绪""想象""思想"和"形式"❷。这里谈到的"形式"实际上还是在谈文字使用方面的问题，因为在紧接着具体阐述"形式"在文学中的地位时，郑振铎谈到的是中国古诗中的音韵、格律和字数的变化，可见他所说的"形式"实际上指的就是文字的问题。

郑振铎并不是新文学史上第一个谈论文学性质的人。胡适在提出文学改良"八事"时，针对旧文学"言之无物"的弊病，指出文学的"质"在于"情与思二者"❸，认为文学的本质元素在于作品的情感与思想，但他并没有就此而展开论述文学的情感和思想这两种元素，而是将问题集中于对中国传统文学中的弊病的批评；刘半农在《我之文学改良观》❹中，花了比较多的篇幅探讨了"文学之界说"的问题，但是他讨论的重点在于"文字"（Language）与"文学"（Literature）在范围上的区别，提出"诗歌戏曲""小说杂文""历史传记"是"必须列入文学范围者"，其他如"科学上应用之文字""新闻报道之通信""政教实业之评论""官署之文牍告令""私人之日记信札"等皆属于"文字"的范围。刘半农在讨论"文学之界说"时，着力要解

---

❶ 郑振铎. 郑振铎全集：第3卷［M］. 石家庄：花山文艺出版社，1998：483.

❷ 同❶ 428.

❸ 胡适. 文学改良刍议［J］. 新青年，1917，2（5）.

❹ 刘半农. 我之文学改良观［J］. 新青年，1918，4（3）.

决的是"文学"的范围问题，而不是"文学"的本质问题；周作人在
一次题为《新文学的要求》的讲演中谈到"人生的文学"时也曾提及：
"关于文学的意义，虽然诸家的议论各各有点出入；但就文艺起源上
论他的本质，我想可以说是作者的感情的表现"❶，但他在这里主要
是针对传统旧文学来讨论新文学在内容上的要求，并没有集中探讨文
学的本质问题。可以说，胡适、刘半农、周作人等新文学运动的先驱
者们都曾经涉及文学的本质问题，但却都没有集中在这个问题上展开
进一步的探索，"文学是什么"这个问题在新文学初期并没有得到明
确清晰的答案。在新文学史上，对于"文学是什么"这个问题第一次
做出集中而全面的论述的，就是郑振铎的这篇《文学的定义》。在这
篇文章中，郑振铎从分析文学的性质入手而达到了对文学定义的明确
界定，一举廓清了文学与科学，文学与绘画、雕塑、音乐等其他艺术
的本质区别，使文学真正从整个人类文化母体中脱胎而出，成为一个
具有自身特殊性质的、独立的个体。

二

在分析山情绪、思想、想象和文字是文学的四种性质（在有些情
况下，郑振铎也称它们为文学的"元素"）之后，郑振铎又进一步指

---

❶ 周作人. 艺术与生活［M］. 石家庄：河北教育出版社，2002：20.

出它们在文学中的地位是不一样的，他认为文学最重要的性质是"情绪"。郑振铎曾经多次强调："文学是必须带有情绪的元素在内的。没有这个元素，他就不是文学了"❶，"我以为文学中最重要的元素是情绪，不是思想。文学所以能感动人，能使人歌哭忘形，心入其中，而受其溶化的，完全是情绪的感化力"❷，"文学以真挚的情绪为他的生命，为他的灵魂，那些没有生命，没有灵魂的东西，自然不配称为文学了"❸。将情绪的表达和情绪的影响作为文学作品的最重要的元素，这是西方浪漫主义文学的基本倾向和主张。而在郑振铎看来，情绪是文学中第一位的元素，是"文学"之所以成为"文学"的最根本的原因。从这个角度来说，郑振铎在对文学本质的认识上表现出一种浪漫主义的文学倾向。

与对于情绪的重要地位进行反复强调不同的是，郑振铎对于思想、想象和文字这三种文学性质的地位的表述有些模糊，需要做一番仔细的辨析。首先，郑振铎将"想象"视为与"情绪"同属于文学的"本质"。例如，在谈论诗歌的本质问题时，针对判断诗歌是否应以有韵无韵为标准，郑振铎曾经说道："有诗的本质——诗的情绪与诗的想象——而用散文来表现的是'诗'；没有诗的本质，而用韵文来表现的，决不是诗"❹。其次，对于"思想"在文学中的地

---

❶ 郑振铎. 郑振铎全集：第3卷［M］. 石家庄：花山文艺出版社，1998：392.

❷ 同❶ 402.

❸ 同❶ 435.

❹ 同❶ 429.

位，郑振铎没有专门给予明确的说明。一方面，他在论述文学的价值和本质问题时经常将思想与情绪并举，认为情绪和思想是文学作品表现的主要内容；另一方面，他又曾经将思想和情绪分别比作树的"干"与"根"。由此看来，郑振铎认为思想和情绪在文学中具有同样重要的地位，但是如果要将二者在文学中的重要性做一个严格的区分，那么他是将情绪放置于第一位的位置，而将思想放置于次于情绪的第二位的重要地位的。最后，关于文字在文学中的地位，郑振铎在总结新文学初期文学作品在创作上的弊病时曾经指出："思想囿于平凡之域的，情绪不太深沉的，艺术虽极佳，只能使他的作品成为很精致的平凡的雕斫品而已。如果思想与情绪能高超而深入，艺术就是差些也是不要紧的"❶。这里所说的"艺术"实际上指的主要就是文字方面的问题。为了形象地说明各种元素在文学中的地位，郑振铎还将思想与情绪比作"放出烛光的烛"，而文字等"美丽的方式"则只是"那烛光"和那树上的"叶"❷；除此之外，他还曾经将"情绪"比作酒精，"是造酒的最重要的元素"，而文字则是"其他的造酒的配合料"❸。可以说，相较于情绪、思想和想象，郑振铎认为文字等形式方面的问题对于文学本质的影响是次要的。

在将情绪、思想、想象和文字在文学中的重要性做了界定之后，

---

❶　郑振铎. 郑振铎全集：第 3 卷 [M]. 石家庄：花山文艺出版社，1998：417.

❷　同❶ 498.

❸　同❶ 499.

郑振铎又将这四种元素分置于三个层面：第一个层面，情绪。情绪是文学作品中最核心、最本质的元素，是判断一篇文字是否为文学作品的最决定性的因素。情绪不仅是文学的最重要的元素，也是最为关键的一个元素，他甚至认为文学之所以能够对人产生影响，完全是"情绪"的缘故："文学所以能感动人，能使人歌哭忘形，心入其中，而受其溶化的，完全是情绪的感染力"❶。第二个层面，思想和想象。它们与情绪一样能够对文学发生重要影响，甚至有的时候郑振铎会将"思想""想象"与"情绪"并举。然而实际上，在郑振铎的新文学思想体系中，"思想"和"想象"虽然是文学的重要元素，但却并不能像"情绪"那样能够成为判断一篇文字是否为文学的决定性因素，因此它们在文学中的重要性还是次于情绪的，例如郑振铎曾经明确地提到："我以为文学中最重要的元素是情绪，不是思想"❷。第三个层面，文字等形式的元素，它们虽然也是文学的构成因素，但它们只对于文学的价值高低产生一定的影响，并不能成为判断其自身是否为文学作品的决定因素。在郑振铎看来，对于一篇文学作品来说情绪是判断其是否称其为文学的决定性因素，思想也是文学作品需要表达的重要内容，想象则是作者在创作文学作品、读者在阅读文学作品的过程中需要借助的手段。在保证了上述三种元素的基础之上，文字等形式元素对文学作品的影响则比前述三种元素要小得多，仅起到"配

---

❶ 郑振铎. 郑振铎全集：第3卷 [M]. 石家庄：花山文艺出版社，1998：402.
❷ 同❶.

合"的作用，甚至在不可兼得或互相冲突的情况下，文字等形式问题可以暂时被舍弃掉。因此，文字等形式元素被置于第三个层面。需要特别注意的是，在文学的四种构成元素之中，郑振铎始终坚定地把情绪放在最重要的位置，在不同的场合都强调情绪是文学最核心的元素，情绪影响和决定着文学的本质。

同样是在 1921 年 5 月 10 日，同样是在郑振铎在《文学旬刊》的创刊号上，郑振铎还发表了一篇《〈文学旬刊〉宣言》，同样是谈到文学作品中的情绪问题：

> 我们以为文学不仅是一个时代，一个地方，或是一个人的反映，并且也是超于时与地与人的；是常常立在时代的前面，为人与地的改造的原动力的。在所有的人们的纪录里，惟有他（引者按：指文学）能曲曲的将人们的思想与感情，悲哀与喜乐，痛苦与愤怒，恋爱与怨憎，轻轻的在最感动最美丽的形式里传达而出；惟有他能有力的使异时异地的人们，深深的受作者的同化，把作者的情感重生在心里：作者笑，也笑；作者哭，也哭；作者飘摇而远思，也飘摇而远思，甚至连作者的一微呻，一蹙颦，也足以使他们也微呻，也蹙颦。❶

---

❶ 郑振铎. 郑振铎全集：第 3 卷［M］. 石家庄：花山文艺出版社，1998：388.

在这篇文章中，郑振铎先后使用了"感情"和"情感"这两个词语，但从他的具体描述，例如"悲哀与喜乐""痛苦与愤怒""恋爱与怨憎"中可以看出，这里的"感情"也好，"情感"也罢，在具体的所指上与他在《文学的定义》一文中所谈到的"情绪"是同一个范畴。（我们首先要明确的是在不同的场合中，郑振铎曾经使用过"情绪""情感""感情"等不同的词语，但其实际上都是在表达"情绪"这一概念，而他使用最多的也是"情绪"一词，他对"情绪"的强调也是最多的。可以认为，在郑振铎的文学思想中，"情感""感情"等词是"情绪"的另一种表达，实际上谈的还是"情绪"的问题。）在这里，郑振铎同样强调了文学由于其情绪的本质，而具有了能够超越时代、种族、地区的特别属性。文学由于其自身的情绪本质，因而其发生的作用的形式或过程是：作者在作品中所灌注的情绪可以引起读者相同的情绪体验，并随之引起读者的思想和精神的变化，从而最终实现"人们的最高精神的联锁"。但在郑振铎看来，中国的文学并没能实现人类"最高的精神的联锁"，"惟有我们说中国话的人们，与世界的文学界相隔得最窎远"，而"与世界的文学界断绝关系，就是与人们的最高精神断绝关系了"。❶由此可以看出，郑振铎在这篇文章中所提到的通过文学作品中的"情绪"来实现人类"最高精神联锁"，实际上是从改造中国人的思想和精神的角度出发而提出的，是试图通过文学的途

---

❶ 郑振铎. 郑振铎全集：第3卷［M］. 石家庄：花山文艺出版社，1998：388-389.

径来促使中国社会和中国的民众了解当时世界其他地区、其他国家的思想和精神，或者说是试图通过文学的途径来促使当时中国社会的陈旧落后的精神与现代的"世界精神"合轨。

值得注意的是，《文学旬刊》是当时的新文学社团文学研究会的机关刊物，郑振铎的这篇文章是在其创刊号上，作为文学研究会成立时的宣言而发表，他在这篇《〈文学旬刊〉宣言》中所表达的思想和主张实际上代表了文学研究会的文学主张。基于此，可以认为，郑振铎在文章中的提到的"我们"便不是一个普通泛指的代词，而应该指文学研究会同人。虽然这里的"我们"并不能被武断地认为是代表了文学研究会的全体成员，但可以认为至少是代表了大部分文学研究会同人的文学观念。一直以来，作为新文学第一个纯文学社团的文学研究会，被普遍认为是主张现实主义潮流的文学社团，其"为人生"的宗旨也主要地被视为对文学的工具作用的一种提倡。但是，从上面的论述中，我们可以看到作为文学研究会的主要发起人和主要理论家的郑振铎却认为文学的最重要的元素是情绪，情绪才是文学的本质，且他在文学研究会的成立宣言中也一以贯之地表达了这一主张，这就为我们重新认识文学研究会的文学主张提供了一个更为复杂多义的角度：文学研究会的文学主张并非完全纯粹的现实主义的，它其中或许也包含了浪漫主义的成分和倾向。文学研究会对于文学作品的认知也并非完全纯粹的直接工具性的，他们也重视文学的情绪本质，重视文学作品通过情绪的影响而发生作用。

总体看来，郑振铎对于文学性质中的"情绪"这一元素是高度推崇的，情绪不仅关乎文学的本质，而且关乎文学的作用。这种将"情绪"视为文学本质的看法，是郑振铎的新文学思想中的一个重要观点。

三

郑振铎对于文学的构成元素的深入探索，对于文学中情绪元素的高度重视，这些努力的目标最终都落在了他对于"什么是新文学"这一问题的积极回答上。在郑振铎看来，新文学与中国传统的旧文学是截然不同的，二者在性质上有本质的区别。为了明确地指出这种区别，推动对于新文学性质的深入认识，他积极倡导对"国故"（主要是传统文学）进行整理、研究和重新评价并以此作为建设新文学的一种途径。为此，郑振铎先后于1922年和1923年发表了能够代表他的新文学思想的另外两篇重要文章：《新文学观的建设》和《新文学之建设与国故之新研究》。

1922年5月11日，郑振铎在《文学旬刊》上发表了《新文学观的建设》一文，指出新文学观的建设是"一个极关重要的问题"，并且"在中国，这个问题尤为重要"。在这篇文章中，郑振铎认为"中国人的传统的文学观，却是谬误的，而且是极为矛盾的"，而他所说中国传统的极其谬误的文学观，也就是文学的功利观和文学的娱乐观两种观点。在他看来，这两种文学观"都是不明白文学究竟是什么的。他们不知道文学存在的原因，也不知道文学的真正使命之所在"，且这两种传统的文学观念对于中国读者的影响非常大，尤其是"游戏娱乐"的观念"几乎充塞于全中国的'读者社会（Reading Public）'与作者社会之中"，它们都偏离了文学的审美属性本身，而专注于文学之外的东西，这种观念上的错误导致了传统文学"虽极称盛，而实则没有什么伟大的作品"。因此，郑振铎提出，新文学观的建设首先就要消除这两种错误的传统文学观。由此可见，在郑振铎的新文学思想体系中，新文学的建设要以建立一种新的文学观念为基础，"这种新文学观的建立，便是新文学建立的先声了"。

那么，郑振铎的新文学观是怎样的一种文学观呢？在他看来，文学绝不是以"教训传道"为目的，也不是以"娱乐游戏"为目的，"文学以真挚的情绪为他的生命，为他的灵魂，那些没有生命，没有灵魂的东西，自然不配称为文学了"，于是以"文以载道"和"娱乐游戏"这两种观念来创作的诗歌、小说、戏曲等，并不是真正的文学，而唯有以"真挚的情绪"来创作，且能够"通人类的感情之邮"作品，才是真正的文学；并且，这种"通人类的感情之邮"的发生并不是作者有意为之的，而是文学创作和阅读过程中自然发生的一种情绪的传递效应，"作者不过把自觉的观察，的感觉，的情绪自然的写了出来。读者自然的会受他的同化，受他的感动"。郑振铎在这篇文章中反复强调"自觉""自然""情绪""感觉"，很显然，他从文学的"情绪"本质出发，彻底否定了传统的功利性和娱乐性的文学观念，而将"情绪""情绪的传递""通人类的感情之邮"视为新文学观念与传统文学观念最大的不同。在这个基础之上，郑振铎提出了他的新文学观："文学是人生的自然的呼声。人类情绪的流泄于文学中的，不是以传道为目的，更不是以娱乐为目的，而是以真挚的情感来引起读者的同情的。" **❶** 在这种新文学观中，郑振铎主张文学是人类情绪的自然产物，文学作品出现的最根本的原因是作者对外部的环境产生了某种情绪，于是把这种情绪通过作品表现了出来；读者在阅读作品的时候，会受到作者情绪的影响，而产生与作者相同或相似的情绪体验。在郑振铎看来，文学正是以情绪为媒介而在作者和读者之间发生一种天然的联系。

前述《新文学观的建设》一文中，郑振铎主要是在廓清文学上的观念和思想，而到了 1923 年 1 月 10 日，他在《小说月报》上发表的《新文学之建设与国故之新研究》一文中，则开始试图将前述之新文学观的建设付诸具体的实践之中。在《新文学之建设与国故之新研究》中，郑振铎提出一个重要的主张："我主张在新文学运动的热潮里，应有整理国故的一种举动。"而从文章的具体内容来看，郑振铎在这里所说的"整理国故"，主要指的是重新整理、评价和认识中国的传统文学。在这篇文章中，郑振铎主要讨论了"国故之整理与新文学建设的关系"，阐释了在新文学运动中进行国故整理的必要性：一方面，要建设新文学，首先要建立一种新的文学观；而要建立新的文学观，则必须先了解中国传统的文学，从整理旧的文学观念入手，对社会上通行的传统文学观念进行革新，廓清一部分混乱的传统文学观念、打破传统的对文学性质的错误理解，"指出旧的文学的真面目与弊病之所在，把他们所崇信的传统的信条，都一个个

---

❶ 郑振铎. 郑振铎全集：第 3 卷 [M]. 石家庄：花山文艺出版社，1998：434-436.

的打翻了",在这个基础之上,新文学才能真正建立起来;另一方面,郑振铎认为"所谓新文学运动,并不是要完全推翻一切中国的故有的文艺作品",新文学运动不仅要从"新"的方面入手,去建设新的文学观,创造新的文学作品,同时也要对于"旧"的方面给予认真的考察,"要重新估定或发现中国文学的价值,把金石从瓦砾堆中搜找出来,把传统的灰尘,从光润的镜子上拂拭下去"。❶郑振铎认为以往的中国文学研究存在很多的误区,中国传统文学中的一部分有价值的东西,被封建的正统文人学者"幕上一层黑布了",如他认为元明的杂剧传奇和宋人的词集的价值远在《四库书目》中所收录的诗文集之上;《水浒传》《西游记》《红楼梦》等作品为封建的文人学者们所轻视,但它们的价值实际上高于"无聊的经解及子部杂家小说家及史部各书";又如,方雨润的《诗经原始》中的见解高于朱熹、毛奇龄等人的见解。郑振铎认为重新认识和评价这些传统文学中的优秀作品,这样的工作就是"把传统的灰尘,从光润的镜子上拂拭下去"❷,使传统文学显露出其精华的、可被新文学汲取的一面。在郑振铎看来,仅仅对传统的文学观念进行批判是不够的,他主张将审视的目光进一步深入到传统文学的内容本身,对传统文学的作家作品和传统文学的历史进行一种切实的研究,并指出这种研究的目的,不仅仅是从传统文学中发现有价值的"宝藏",更重要的是"研究中国文

---

❶ 郑振铎. 郑振铎全集:第3卷[M]. 石家庄:花山文艺出版社,1998:437-439.
❷ 同❶.

学之主要源流，发见他的根本的缺陷，示人以'此路不通'"以及"从本原上示大家以文学的正确的观念，扫除一切传统的见解"❶。从这段话中可以看出，一方面，郑振铎并没有全盘否定传统文学的价值，在他看来，中国的传统文学中是有"宝藏"的，这些"宝藏"值得新文学的建设者们去努力挖掘；另一方面，郑振铎又强调新文学建设者们在"整理国故"的过程中，始终要以建设新文学、建设新文学的基础——新的文学观念为最终的目的。

在新文化运动中，知识分子针对如何对待国故、是否需要整理和研究国故等问题提出了不同的看法。胡适是主张整理国故的，他认为整理国故是"人类求知的天性所要求的"，"现在整理国故的必要，实在很多"，他特别主张用"科学家的研究法去做国故的研究"❷；成仿吾认为从广泛的意义上来说，任何事物都可以被人们研究，因而对于国学，"不能说它没有研究之价值"。但是成仿吾又指出国故研究需要"十分的素养"和"适当的方法"，在他看来当时的研究国故的人都不具备这两个条件，于是他认为研究国故并进而成为一种运动"未免为时过早"❸；郭沫若反对"笼统地排斥国学"与"笼统地宣传国学"这两种做法，他认为新文学运动者们不能因为一些别有意图的国学研究者而否定了整个国故研究，更不能强令禁止国故研究。郭沫若主张先对国学进行一些研究，然后再来判断国学是否有研究

---

❶ 郑振铎. 郑振铎全集：第 3 卷［M］. 石家庄：花山文艺出版社，1998：511.
❷ 胡适. 论国故学——答毛子水［J］. 新潮，1919，2（1）.
❸ 成仿吾. 国学运动的我见［N］. 创造周报，1923-11-18.

的价值❶；沈雁冰则视"整理国故"为一种退步。他认为"新文学的
第一步一定要是白话运动"，在"白话运动"尚未在全社会取得完全
的成功的时候，"应该目不旁瞬它专做白话运动"。他认为当时的"国
故整理"的运动并没能够使人们对于"国故"有一个清醒的认识，反
而引起了"乱翻古书"的毛病，这是对"白话运动"的一种极大的破坏。
从保护"白话运动"的成果的目的出发，沈雁冰主张"我们无须学习
看古书的工具——文言文"❷。从上面的表述中可以看出，虽然沈雁
冰认为"整理国故"是退步，但他主要反对的是"国故"中所使用的
语言——文言文，对于"国故"的内容方面他却没有表达任何反对的
意见。事实上，沈雁冰曾在《小说月报》上的一则《通讯》❸中就有
关"整理国故"的问题答复读者的疑问，表达了对于"整理国故"的
看法。他在答复万良睿的质疑时承认"整理中国固有文学"是文学研
究会同人的志愿，但他批评了"从南京发出"的"提倡国粹的声浪"，
而这股声浪正是南京"甲寅派"对于"国粹"的夸耀之风。可以看出，
沈雁冰并不是完全反对"整理国故"，他反对的是对"国故"的错误
的整理以及由此而带来的对于新文学的破坏。事实上，新文学运动者
中反对"国故运动"的人多数都是持与沈雁冰相同或相近主张，他们
从推动新文化运动的角度出发，反对的不是"国故"本身，而是对于
"国故"的不当整理和过度鼓吹；他们惧怕的也不是"国故"本身，

---

❶ 郭沫若. 整理国故的评价 [N]. 创造周报，1924-01-13.

❷ 雁冰. 进一步退两步 [J]. 文学，1924（122）.

❸ 雁冰. 通讯 [J]. 小说月报，1922，13（7）.

而是担心这种盲目的甚至有时候是别有用心的"整理国故"将会对新文化运动和新文学的发展产生破坏。

需要指出的是，郑振铎主张的"整理国故"，一开始就强调了"整理国故"的着眼点最终还是要落在新的文学观念的建设上，也即最终目标依然是"建设新文学"。郑振铎的"整理国故"的观念是辩证的，他既没有全盘否定"国故"，也不是一味地抬高"国故"。郑振铎对于"国故"既主张"整理"同时又认为不可"谈得太起劲"的态度并不矛盾，在对待"整理国故"的问题上，他采取了一种相当"适度"的态度。一方面，郑振铎承认对于中国传统文学的研究有其必要性，主张"整理国故"是新文学运动的题中应有之义；另一方面，郑振铎又表明："中国文学的研究，我们承认他是很必要的。但是我不愿意大家现在谈得太起劲了"❶。这句话出自郑振铎 1922 年 11 月间发表在《文学旬刊》上的一篇"杂谈"，这篇杂谈与郑振铎于 1923 年 1 月在《新文学之建设与国故之新研究》中提倡"整理国故"在时间上仅仅相隔了两个月，前后两篇文章谈的又都是关于整理、研究中国传统文学的问题，因此可以将两篇文章的观点结合起来考察，从而对郑振铎的"整理国故"思想有一个更为全面、客观的了解。

在这篇杂谈中，郑振铎不赞成对中国文学研究的问题"谈得太起劲"，他清醒地意识到：如果新文学运动者们过于热衷于进行国故的整理，那么那些"必须输入的许多文学原理与文学常识反而没有人去

---

❶ 郑振铎. 郑振铎全集：第 3 卷 [M]. 石家庄：花山文艺出版社，1998：509.

注重了",而从"输入"二字看来,郑振铎所说的这些"文学原理与文学常识"指的就是外国的文学原理与文学常识。郑振铎之所以如此强调输入外国的文学原理与文学常识,是因为他认为在新文学运动中,具备一定的文学原理与文学常识,是整理、研究中国传统文学的前提条件,"大家如先没有充分的文学知识,便是中国文学也不会谈得好"❶。也就是说,郑振铎是主张运用外国的文学原理与文学常识来整理、研究中国的传统文学。后来,郑振铎关于这一问题又做过进一步的说明:"我很主张先输入些文学的根本原理,以确定他们的主见,然后中国文学的研究,才能有些希望,有些头绪",并明确地指出,"中国文学的研究与文学上的一般原理与知识的介绍,应同时并进,而不容有所偏重"❷。同样的主张也出现在《新文学之建设与国故之新研究》中。郑振铎在这篇文章中除了指出中国文学研究的重要性之外,还提出整理国故的方法与精神是要秉持着"无征不信"的、"诚挚求真"的精神与态度,"应以采用已公认的文学原理与关于文学批评的有力言论,来研究中国文学的源流与发展",凭借这种科学的研究方法、真挚的研究态度和公认的文学原理去重新审视和发现中国文学中"没有人开发过的文学的旧园地"❸。郑振铎在这里所说的"科学的文学原理和文学批评与方法"指的依然是外国的研究方法和相关的文学理论知识。郑振铎在这些文章中反复说明输入外国的义学

---

❶ 郑振铎. 郑振铎全集:第3卷[M]. 石家庄:花山文艺出版社,1998:509.

❷ 同❶511.

❸ 同❶439.

原理、文学常识与中国文学研究之间的关系，这是值得我们注意的。在郑振铎的文学思想体系中，输入外国的文学原理，整理中国传统文学，二者都是建设新文学的重要途径。同时，这两条途径之间存在着复杂的关系：一方面，如前所述，输入外国的文学原理和文学常识是整理中国传统文学的前提条件，必须先从外国的文学原理和文学常识中了解和掌握了关于文学的基本知识，才能掌握整理和研究中国传统文学的基本工具；另一方面，虽然输入外国的文学原理、文学常识是整理中国的传统文学的前提，但并不等于说只能先输入外国的文学原理、文学常识，二者"应同时并进，而不容有所偏重"。郑振铎在整理中国文学的方法上是偏重借鉴西方的相关理论和方法的，他认为翻译和介绍外国文学的知识和原理是对中国的传统文学进行研究的基础，这种介绍的最终目的是以一种全新的眼光和方法来整理中国的传统文学，在改变中国旧有的文学观的基础上最终建立起一种全新的文学观念，正如他自己所说的："我们的运动，努力点乃在从根本上改变中国人的文学观，与其浅薄的享乐主义与对于'人生'的逃避"。❶正是基于将"整理国故"视为建设新文学的基础这种看法，郑振铎并没有执意于探讨"国故"本身是否有价值或价值高低的问题，更没有纠结于究竟是否需要整理国故的问题，对于这些当时其他新文学建设者更加关注并热烈讨论的问题，郑振铎并没有投身于其中，而是从是否需要"整理国故"的问题中跳出来，从建设新文学的角度出

---

❶ 郑振铎. 郑振铎全集：第3卷［M］. 石家庄：花山文艺出版社，1998：507.

发，将"整理国故"视为建设新文学所必经的一种途径。于是，在郑振铎这里，"整理国故"便成为建设新文学系统工作中的一个部分。正是因为郑振铎如此坚定地站在新文学的立场上，所以他的"整理国故"的主张才没有偏于极端，因而他的这种主张对于新文学的发展是具有积极意义的。

综上所述，从分析文学的性质出发，挖掘出情绪、思想、想象和文字这四种文学的基本性质、基本元素，在概念层面形成一种新文学观；在输入外国文学原理和文学常识的基础上，整理、研究中国传统文学，在具体的认知和评价体系层面形成一种新文学观。这是郑振铎为了构建其新文学思想而迈出的最初同时也是最重要的两步，是他整个新文学思想体系的重要基石，他对于新文学的其他看法和主张几乎都由此而衍生出来。

第二节
新文学的使命观

在五四运动中，郑振铎积极参加社会运动，并初步形成了有关社会改造的思想："中国旧社会的黑暗，是到了极点了！它的应该改造，是大家知道的了！但是我们应该向哪一方面改造？改造的目的是什么？我们应该怎样改造？改造的方法和态度，是怎么样的呢？这都是改造的先决问题，主张改造的人所不可不明白解答的；在现在改造的动机方在萌芽的时代，尤不可不慎重又慎重的决定的。"❶从这段话的表述中可以看出，郑振铎当时对于整个社会的态度，并不是激烈地反对或推翻，而是倾向于"改造"，并且十分注意如何具体地去实现这种"改造"。在五四运动之后的 20 世纪 20 年代初期，郑振铎认识到文学的重要作用："无论如何不开化的民族，如何没有常识的人们，只有不受乃至摈斥，反对别的自然科学，社会科学的光明的，却从来

---

❶ 郑振铎. 郑振铎全集：第 3 卷 [M]. 石家庄：花山文艺出版社，1998：3.

没有对于文学不受感化的。文学成了他们精神上的唯一慰藉者。"❶
于是，他从 20 年代开始，逐渐地从社会政治活动领域转向了文学活
动和文化活动领域。值得注意的是，他的文学的使命观仍然受到了他
的社会政治思想的影响，表现出了一种鲜明的"改造"倾向。

一

1921 年 5 月 10 日，郑振铎在发表于《文学旬刊》创刊号上的
《〈文学旬刊〉宣言》中，初步谈到了他的新文学思想中的一个重
要命题——新文学的使命。在这篇文章中，郑振铎提到："我们以为
文学不仅是一个时代，一个地方，或是一个人的反映，并且也是超于
时与地与人的；是常常立在时代的前面，为人与地的改造的原动力
的。"❷在这里，郑振铎实际上认为文学不仅仅是对社会或个人的描
写和反映，更重要的是文学可以引起人和社会的改造，并且是这种改
造的原动力，"改造"是郑振铎新文学思想体系中对于文学的使命的
认识的核心。值得注意的是，郑振铎的这种认为新文学的使命在于改
造的观点一方面是受到他的社会思想的影响，另一方面也是基于他的
认为新文学的本质元素是情绪这一观点而产生的。

---

❶ 郑振铎. 郑振铎全集：第 3 卷［M］. 石家庄：花山文艺出版社，1998：400.
❷ 同❶388.

在发表《〈文学旬刊〉宣言》之后不久的同年 6 月 20 日，同样还是在《文学旬刊》，郑振铎又发表了一篇名为《文学的使命》的文章，再次谈到了新文学的使命这个问题，并且这一次是专门、深入地对这一问题进行探讨。在这篇文章中，郑振铎首先否定了中国近代的几种主要的关于文学使命的错误观点：一，认为文学是一种维持生活的职业；二，认为文学是作家赚取名誉的工具；三，认为文学的目的在于"给快乐于读者，使读者得有美感"；四，认为文学的"目的就在于自己表白"。在此基础上，郑振铎分别介绍了西方理论家亨德、文奇斯特关于文学使命的看法，并作出自己的理解与判断。

郑振铎认为，亨德的文学使命观包含"伟大的思想或原理的承认、含孕、并解释""时代精神的正确解释""人性对于他自己与对于世界的解释""高尚理想的表现"，也就是文学使命的四个层面：第一个层面，文学表现作家的独特思想；第二个层面，文学包含时代精神；第三个层面，文学表现个人的内心世界；第四个层面，文学表现高尚的理想。对于亨德的这一观点，郑振铎是基本赞成的，但他认为亨德过于强调思想在文学中的地位而完全忽略了情绪的作用，而这与郑振铎的文学思想体系中对于"情绪"的高度重视是不同的。于是，郑振铎在介绍亨德的理论基础上，进一步又借鉴了文齐斯特的有关主张，他极为赞同文齐斯特"以为文学的职务，在轻而易读，而不使人费思索之力；而纯以作者的情感来引起读者的情绪"。对于情绪的强调和重视是郑振铎在文学的使命观上大不同于亨德之处，却又是他与文齐斯特最为一致的地方。因此，郑振铎以亨德的四个层面为基础，再糅以文齐斯特的主张中与自己的文学思想相一致的部分——强调和重

视情绪在文学中的作用，提出了新文学使命的四个层面：一，"个人
的思想与情绪的表现"；二，"对于时代的环境的情绪的流露"；三，
"人性的解释"；四，"飘逸的情绪"❶。也就是说，郑振铎的这种
修改是在亨德的文学使命观里面加上了他自己的新元素——情绪，而
这一新的元素显然来自对文齐斯特的文学使命观的吸收与借鉴。可以
说，郑振铎的新文学使命观是在糅合亨德与文齐斯特的相关主张以及
自己的见解而形成的。

至此，郑振铎提出了自己的新文学使命观：文学的使命就是"表
现个人对于环境的情绪感觉。欲以作者的欢愉与忧闷，引起读者同样
的感觉。或以高尚飘逸的情绪与理想，来慰藉或提高读者的干枯无泽
的精神与卑鄙实利的心境"。用更简单的语言来概括就是：文学的使
命是"扩大或深邃人们的同情与慰藉，并提高人们的精神"。郑振铎
的新文学使命观涵盖了文学活动中三个重要因素：作家，作品，读者，
并根据这三者之间的相互关系，而将文学的使命指向三个层面：第一，
指向文学作品与作者的关系层面，文学作品是作者的一种个人化的抒
写，要表现作者个体的情绪体验。这里需要特别注意的是，郑振铎提
出的这种作者的个人情绪并非一种向内的自我情绪观照，而是一种向
外的、对周围环境（社会）的情绪体验；第二，指向作者与读者的关
系层面，作者通过文学作品中的情绪的作用，在读者的心中引起一种
情感上的共鸣；第三，指向文学作品与读者的关系层面，文学作品要

---

❶ 郑振铎. 郑振铎全集：第3卷［M］. 石家庄：花山文艺出版社，1998：401-402.

包含高尚的情绪和思想，并对读者的情绪和思想进行改造，从而提升读者的心灵世界和精神世界。基于这种认识，郑振铎认为文学的使命，或者说文学的目的，主要在于改造人类的精神和思想，"救现代人们的堕落，惟有文学能之"，这就把文学的使命抬升到了足以挽救现代文明的高度。❶郑振铎的这种文学的使命观与传统的对于文学的目的或使命的看法截然不同，它既是非功利性的，如将文学视为谋生或赢得名誉的工具，也是非娱乐性的，如将文学视为娱乐读者或自我消遣的一种手段。如此一来，郑振铎建立起一种脱离了传统文学观念而能够与"五四"新文学的发展相适应甚至能够推动"五四"新文学发展的文学使命观。

值得注意的是，郑振铎的这种文学使命观非常强调文学的情绪本质，要实现文学的使命，离不开文学性质中最重要的元素——情绪，他的文学的性质观与文学的使命观是高度统一的。在他看来，"文学所以能感动人，能使人歌哭忘形，心入其中，而受其溶化的，完全是情绪的感化力"，文学作品通过情绪的感染作用而引起读者精神的改变。在这里，郑振铎的文学性质观延伸到了其文学使命观之中，文学性质中的情绪元素在文学的使命中发挥了重要的作用。在郑振铎的新文学思想体系中，存在一个重要的认知：文学是没有国界的，文学反映的是全人类的精神。因此，在他的文学使命观中，存在两个认知上的支点：一，世界各国的文学是一个整体；二，通过世界各国文学

---

❶ 郑振铎. 郑振铎全集：第 3 卷［M］. 石家庄：花山文艺出版社，1998：402.

的"联锁",可以实现世界各国的人们的精神的"联锁"。在郑振铎的文学使命观中,"新文学的目的,并不是给各民族保存国粹,乃是超于国界,'求人们的最高精神与情绪的流通的'",故而一个文学作品的产生,"乃是人类的最高精神,又多了一个慰藉与交通的光明的道路",而如果世界各国的文学之间不能互相交流、互相影响,则文学作品的"和融的光明,就不能照临于别的地方了"❶。这种观点,郑振铎早在《〈文学旬刊〉宣言》中,也有过类似的表达。针对当时中国文学界的现实状况,郑振铎指出中国文学与世界文学的隔绝,中国文学对于世界的文学"不惟无所与,而且也无所取",这是所有中国人"非常大的羞辱与损失",所以他指出中国文学与世界文学的相互沟通与相互影响:"一面努力介绍世界文学到中国,一面努力创造中国的文学,以贡献于世界的文学界中",中国的新文学不仅于世界文学有所"取",也要于世界文学有所"与",通过这种文学上的"介绍"与"贡献"来最终实现中国人与世界上其他地方的人们在精神上的"联锁"❷。郑振铎的这种文学使命观不仅指向中国新文学本身,他认为新文学的使命不仅仅是为中国创造一种异于传统文学的新的文学,而应着眼于世界文学的整体。他认为中国的新文学运动不仅要介绍世界文学、从世界文学中吸收有用的东西,也要将自身有价值的东西贡献给世界文学。郑振铎的这种观点不同于有些新文化

---

❶ 郑振铎. 郑振铎全集:第3卷[M]. 石家庄:花山文艺出版社,1998:487.
❷ 同❶389.

运动者的将文学作为一种思想启蒙的工具，也不同于有些新文学运动者的过分夸大外国文学的价值而认为中国文学只能向外国文学学习。郑振铎的这种新文学使命观是将中国文学与世界各国的文学放在平等的位置上，主张双方之间的互动，强调新文学的使命是中国文学与世界各国文学的沟通和联锁，是中国人的思想和精神与世界各国的人们的思想和精神的沟通和联锁。

二

从新文学的情绪本质和新文学的改造使命出发，郑振铎在新文学思想的建设又上走出了重要的两步：提倡"血和泪的文学"和主张"革命的文学"。

1921 年 6 月 30 日，郑振铎在《文学旬刊》上发表杂谈《血和泪的文学》，谈道："我们现在需要血的文学和泪的文学，似乎比'雍容尔雅'，'吟风啸月'的作品甚些吧"，明确提出"血和泪的文学"主张。那么，"血和泪的文学"究竟是什么样的文学呢？在这篇杂谈中，郑振铎并没有明确地给"血和泪的文学"下一个定义，也没有给出其在内容上具体是什么，但是从他的表述中，从郑振铎主要是从反对消闲娱乐的文艺的角度来提出"血和泪的文学"的主张来看，我们似乎可以对他所说的"血和泪的文学"的内容有一个大致的推测："血和泪的文学"是与"雍容尔雅""吟风啸月"的作品在内容、风格和创作目的上截然不同的一种文学。而要知道什么是"血和泪的文学"，我们首先必须了解一下郑振铎在这里所说的"雍容尔雅""吟风啸月"的作品是什么。

在这篇杂谈中，郑振铎谈道："'雍容尔雅'么？恐怕不能吧！'吟风啸月'么？恐怕不能吧！然后竟有人能之；满口的纯艺术，剽窃几个新名辞，不断的做白话的鸳鸯蝴蝶式的抒情诗文，或是唱道着与自然接近，满堆上云，月，树影，闪光，等字。"❶从这段话的表述中可以推测，郑振铎所说的"雍容尔雅""吟风啸月"的文学作品极有可能指的就是当时主要以"礼拜六派"和"鸳鸯蝴蝶派"为代表的游戏娱乐的消闲文艺。而事实正是如此，在从 1921 年 5 月 20 日至 1922 年 12 月 1 日的一年半时间里，郑振铎在《文学旬刊》上先后发表了三十多篇"杂谈"，除了有一小部分文章是谈文学翻译的问题之外，其余大部分都是针对当时以"鸳鸯蝴蝶派"为代表的娱乐游戏的消闲文艺而发的，以下试举几例："中国式的文人（？）以文章为游戏的，到现在还没有敛迹"，"以文学为游戏的习气不铲除净尽，中国文学界的前途是永远没有希望的"（《集锦小说》）；"黑幕小说在一二年前已经缩头不出的，现在也大肆活动，居然有复活之状态。它们一复活，多少的青年男女的思想与行动，就要受它们的断送了"（《复活》）；"《礼拜六》的诸位作者的思想本来是纯粹中国旧式的，却也时时冒允新式，做几首游戏的新诗；在陈陈相因的小说中，砌上几个'解放''家庭问题'的现成名辞。同时却又大提倡'节''孝'"（《思

---

❶ 郑振铎. 郑振铎全集：第 3 卷 [M]. 石家庄：花山文艺出版社，1998：490.

想的反流》）；等等。《血和泪的文学》就是这诸多杂谈中的一篇。

在这一系列的杂谈中，郑振铎指出"消遣式的小说什志，近来忽然盛行"，对在以《快活》《礼拜六》《半月》《游戏世界》等为代表的小说杂志上大量刊载的"集锦小说""黑幕小说""《礼拜六》小说"消闲娱乐的小说集中进行了批判，指出这些消闲作品所表现的是一种"浅薄的享乐主义"❶，这些小说家写作小说是一种商业化的生产，这样的文艺不仅对于中国的文学界产生极大的消极影响，而且还将断送"青年男女的思想与行动"。由此可知，郑振铎在《血和泪的文学》中所提到的"雍容尔雅""吟风啸月"的文学毫无疑问指的就是以"礼拜六派"和"鸳鸯蝴蝶派"为代表的消闲娱乐的小说，而郑振铎对它们是持坚决否定和反对的态度的。

在反对"雍容尔雅""吟风啸月"的文学的同时，郑振铎表明了自己对于新文学作品究竟要反映什么、表达什么的看法，这便是"血和泪的文学"。在郑振铎看来，当时的中国社会是一个"到处是榛棘，是悲惨，是枪声炮影"的世界，而这"榛棘"，这"悲惨"是什么呢？在郑振铎看来，"榛棘""悲惨"就是"武昌的枪声"，是"孝感车站的客车上的枪孔"，是"新华门外的血迹"……在这样的一个世界中，"萨但（Satan）日日以毒箭射我们的兄弟，战神又不断的高唱它的战歌"；在这样的一个世界中，人们的灵魂是"被扰乱"的，心神是"苦闷的"❷，而"雍容尔雅""吟风啸月"的作品并不能"安慰我

---

❶　郑振铎. 郑振铎全集：第3卷［M］. 石家庄：花山文艺出版社，1998：492.

❷　同❶490–491.

们的被扰的灵魂与苦闷的心神"。很显然,郑振铎认为当时的中国社
会就是这样的一个充满着"血"和"泪"的世界,是"这样残酷的无
情的,遍地皆是痛苦的呼声的世界",而能够真实地描写和反映当时
中国社会中各种残酷、黑暗的现实的文学就是"血和泪的文学","充
满着呼吁的,祈祷的言辞,忧闷痛苦的暗淡的色彩"的文学就是"血
和泪的文学"❶,这是郑振铎对新文学作品内容的总体要求。例如,
在诗歌创作方面,他就曾提出写"憎厌之歌",要求"歌憎厌之歌的
诗人"的出现。这种"憎厌之歌"是郑振铎的"血和泪的文学"主张
在诗歌创作上的具体化,他所要求的诗歌不是谈情说爱的,也不是一
味去歌颂"美"的,而是对于"这个狐鼠横行,血腥扑鼻"的现实社
会所唱出的"悲怨之曲",在他看来,"憎厌之歌,虽是刺耳感心,
却至少也是日出之前的可爱之鸡的鸣声呀!"❷

郑振铎的这种"血和泪的文学"主张是与他对于旧文学的否定和
批判紧密联系在一起的。需要特别指出的是,郑振铎否定和批判的并
非全部的旧文学,而是以游戏的态度创作、在内容上以消闲娱乐为主
的那部分旧文学。在这一系列杂谈中,郑振铎有两篇文章专门谈到新
旧文学调和的问题。在 1921 年 6 月 10 日发表于《文学旬刊》上的
《新旧文学的调和》一文中,郑振铎在肯定中国传统文学的价值的同
时也对当时文坛的现象进行了直接的批判:"中国古代的文学作品有

---

❶ 郑振铎. 郑振铎全集:第 3 卷 [M]. 石家庄:花山文艺出版社,1998:395.

❷ 同❶ 497.

许多是有文学上的价值的。但现在自命为国粹派的，却是连国粹也不明白的。上海滑头文人所出的什么《消闲钟》，《礼拜六》，根本上就不知道什么是文学，又有什么可调和的呢？"由此可以确定，郑振铎否定和批判的旧文学专指消闲娱乐的旧小说，对于这一类旧小说，郑振铎是深恶痛绝的。在 1921 年 6 月 30 日的《文学旬刊》上，郑振铎又发表《新旧文学果可调和么？》，坚决反对调和新旧文学的主张，他清醒地看到旧文学对于中国社会苦难现实的冷血的麻木与顽固的落后，"在现在这样黑暗的世界，这样黑暗的中国，他们也不起一点儿反感，不起一点儿厌恶的观念与怜悯的心肠，反而傅虎以翼，见火投薪；日以靡靡之音，花月之词，消磨青年的意气"，在他看来，这部分旧小说根本不是文学作品，这就实际上把这部分旧小说拒斥在文学的殿堂之外。因此在新文学与这部分消闲娱乐旧小说的关系上，郑振铎的态度是坚决的，认为新旧文学不能调和："至于调和呢，我们实是不屑为的"，"是决不欲有丝毫的迁就的"。❶

郑振铎之所以态度如此坚决地反对新旧文学的调和论，不仅是因为他意识到旧文学的不可被改造，还因为他敏锐地看到了新旧文学在争夺文学阵地这个问题上矛盾冲突的尖锐性。郑振铎清醒地看到新文学和消闲娱乐的旧文学二者在本质上的差异，在他看来，这种差异之大，以至于如果用"调和"二字，都是"极端的不对的"；这种差异之大，就好比"有两碗水，一碗是蓝的，一碗是红的；不调和在一块时，

---

❶ 郑振铎. 郑振铎全集：第 3 卷 [M]. 石家庄：花山文艺出版社，1998：490.

红的仍旧是红的，蓝的仍旧是蓝的；一旦调和之后，就变成紫色了"，
而郑振铎是不能接受这种"非驴非马的调和派的紫色的文学"的。❶
郑振铎担心，如果对新旧文学进行调和，那么实际上不是新文学改
造了旧文学，而是新文学所占有的领地被旧文学给夺了回去，是新文
学中混杂入旧文学的颜色，那么新文学也就并非真正的"新"文学，
而是半新半旧的文学了。所以他主张新文学对于旧文学是绝对不能调
和、不能迁就的，甚至他将这种"不可迁就"提升到了一种非黑即白、
非此即彼的极端高度，明确指出"迁就"就是堕落。

郑振铎提倡"血和泪的文学"，一方面，他认为在当时的中国社
会现实便是"血和泪"的现实，"像这种不安的社会，虎狼群行于道
中，弱者日受其鱼肉，谁不能感受到一种普遍的压力与悲哀呢？"❷
但是，旧文学回避或逃避这个现实，继续蒙头大睡，继续写作其"雍
容尔雅""吟风啸月"的小说，而新文学则直面社会现实，真实地反
映现实中的战乱、饥饿、贫病、灾祸，反映人在这种现实中的情绪、
思想和精神，故而新文学作品是"血和泪的文学"。在这一点上，文
学内部的两支——新文学与旧文学分道扬镳，走上了不同的道路。另
一方面，他认为只有"血和泪的文学"，才能够真正地实现新文学的使
命——改造现实。"我们的心灵上已饱受这不安的社会所给予的压迫
与悲哀了。因此，我们的情绪便不得不应这外面的呼声而有所言"❸，

---

❶ 郑振铎. 郑振铎全集：第 3 卷［M］. 石家庄：花山文艺出版社，1998：489.

❷ 同❶ 502.

❸ 同❷.

因而文学作品只有对残酷而黑暗的现实做出真实的反映，引起读者在情绪、思想和精神上的共鸣，才能唤醒人们去改造现实，而这一使命只有"血和泪的文学"才能实现。郑振铎不仅在文学创作上提倡"血和泪的文学"，他还提倡通过文学批评上的引导来促进产生"血和泪文学"。他认为，文学批评家"不能没有一种决绝的主张"，且"批评者的主张对于创作者的影响也是极大的。因为几个极端的批评者，往往能把当时创作界的空气变换过"，"这也许不是批评者的能力，而是环境的威权"。正是基于此，郑振铎才大力提倡"血和泪的文学"，并断言："血与泪的文学，恐将成为中国文坛的将来的趋向"❶。由此看来，郑振铎对于"血和泪的文学"的提倡，并非仅仅限于提倡写作"血和泪的文学"作品，还包括文学批评、新旧文学的区隔等几个不同的层面，是一个较为系统的文学主张体系。

郑振铎虽然如此极力地提倡新文学应当主要是"血和泪的文学"，如此热切地期待着大量表现"血和泪"的新文学作品的出现，但是他并非认为新文学中只能有"血和泪的文学"。在1922年6月的《文学旬刊》上，郑振铎在一篇杂谈中对"血和泪的文学"做了进一步的补充说明。他指出"鼓吹'血和泪'的文学，不是便叫一切的作家都弃了他素来的主义，齐向这方向努力；也不是便认为除了'血和泪'的作品以外，便没有别的好文学"，他提出"血和泪的文学"的主张，"不过以为在这个环境当中，应该且必要产生这种的作品罢了。决不

---

❶ 郑振铎. 郑振铎全集：第3卷［M］. 石家庄：花山文艺出版社，1998：502.

愿意强人以必同"❶。所以，他极力反对虚伪的"血和泪的文学"作品。在郑振铎看来，"血和泪的文学"不仅是要求作品对于现实社会中的血泪和苦难作出反映，而且是要求对于现实做出一种真实的反映，作者在作品中寄予的感情必须是真实的感情。在这一点上，郑振铎依然体现了其新文学思想中文学作品以"情绪"为其最为重要的元素的观点："文学是情绪的作品。我们不能强欢乐的人哭泣，正如不能叫那些哭泣的人强为欢笑。如果自己感不到真挚深切的哀感，而强欲作'血和泪'的作品，则其'做作'其'空虚'必与那些'无病而呻'的假作家一样无二。"❷他认为，新文学作家创作"血和泪的文学"的过程，是作家本人对于充满"血"和"泪"的社会现实有了深刻的感受和体悟，并且由心中自然地升起一种表现这种现实的愿望，因此才有了"血和泪的文学"作品的产生。很显然，郑振铎虽然极力主张新文学作品应当是表现"血和泪的文学"，但是他同时也非常重视新文学创作中作家主体情感的真实，他对于"血和泪的文学"的提倡，不但是对于新文学的创作对象和作品内容提出的一种要求，而且也非常重视文学创作本身的独特属性，尊重文学创作过程中的作家主体作用。由此可见，郑振铎的"血和泪的文学"主张，并非仅仅的如字面所表示的只有"血和泪"的文学，而是提倡创作者用自己的真实情感去真实地反映和表现社会现实，这正是他的新文学的本质观和使命观

---

❶ 郑振铎. 郑振铎全集：第3卷［M］. 石家庄：花山文艺出版社，1998：498-499.
❷ 同❶499.

的结合，是他的新文学思想的进一步深化和系统化，也是他对于建设新文学在理论上所做出的重要贡献。

三

1921 年 7 月 30 日，郑振铎在《文学旬刊》第 9 期上发表《文学与革命》一文，倡导将新文学与社会革命联系起来，提倡"革命文学"。在这篇文章中，郑振铎首先从费觉天的一封来信谈起，介绍了费觉天对于"革命的文学家"的提倡，费觉天在信中针对"今日一般青年，不但消极，而且转入悲观"的思想和精神现状，指出"当今日一般青年沉闷时代，最需要的是产生几位革命的文学家，激刺他们底感情，激刺他们大众底冷心，使其发狂、浮动，然后才有革命之可言"，提出"革命的文学家"的主张，并认为，在当时的中国社会中，真正能够完成革命的任务、能够成功改造社会的人，并非社会活动家，而是革命的文学家。郑振铎对此表示了极大的认同。他有感于五四运动之后的社会状况和思想状况，指出当时的青年人身上普遍存在着消沉的情绪，"许多青年，变节的变节，消极的消极……革命之歌消沉，革命之帜不扬"，郑振铎敏锐感觉到了这种社会状况所将产生的危险后果："如果不有以起其'沉疴'，恐怕就要'病入膏肓'了。"郑振铎的这种担忧不无道理。在 20 世纪 20 年代初期的中国，五四运动所带来的革命精神逐渐退潮，这对于刚刚取得一点成绩的新文化运动来说，无疑是一种危险的倒退。"五四"的时代激情正在褪去，青年们的精神和思想重又回到彷徨无依的境地里去。针对这种情况，郑振铎不但对费觉天所提出的产生"革命的文学家"做出了积极的回应，而且在费天觉的基础上，郑振铎更进一步，对"文学"与"革命"之间的关系做了深刻的阐释。费觉天强调的是要靠"革命的文学"来振奋"五四"后青年们的消极情绪，郑振铎则指出"革命"与"文学"的天然联系。一方面，在"革命"与"情绪"（情感）的关系上，郑振铎指出：

> 理性是难能使革命之火复燃的。因为革命天然是感情的事；一方面是为要求光明的热望所鼓动，一方面是为厌恶憎恨旧来的黑暗的感情所驱使。因为痛恨人间的传袭的束缚，所以起了要求自由的呼声；因为看了被压迫的辗转哀鸣，所以动了人道的感情。❶

这段话从革命产生原因的角度阐释了"情绪"与"革命"的关系：情绪是推动革命发生的最直接、最根本的原因。另一方面，在"文学"与"情绪"（情感）的关系上，郑振铎认为：

> 文学本是感情的产品。在文学里，虽然也含有许多别的元素，虽然也有时不免带有些理性的分子；但是无论如何，

---

❶ 郑振铎. 郑振铎全集：第3卷［M］. 石家庄：花山文艺出版社，1998：420.

感情的元素总是满盈盈的充塞于其中。不含有理性的分子的
作品，不失其为文学，如果不含有感情的分子，那末，这个
作品就不配称为文学了。❶

结合上述两段，对于"情绪""革命"和"文学"三者的关系，
可以得到一个来自郑振铎文学思想体系的解释。具体到当时的中国，
郑振铎认为革命的形成需要一种"憎恶与涕泣不禁的感情"，而当时
青年人的"憎恶旧秽的感情不大盛"的现状正是导致了革命热潮的衰
退。郑振铎在这里并没有批评青年的意味，他客观而理性地从当时的
知识青年的现实生活入手，分析了青年人之所以缺乏这种"憎恶旧秽
的感情"的原因在于"他们平常的生活，都是水平的，都是波平浪静，
没有什么变化的。除了家庭，学校以外社会上一切的龌龊黑暗的情形
他们都没有知道"，这种从社会的现实状况出发来分析革命热潮衰退
的观点可以说是相当深刻了。在充分分析了革命衰退的现状和原因之
后，郑振铎明确地指出"文学与革命是有非常大的关系的"，他认为"这
种引起一般青年的憎厌旧秽的感情的任务，只有文学，才能担任"，
"文学是感情的产品，所以他最容易感动人，最容易沸腾人们的感情
之火"。在郑振铎看来，"血和泪的文学"就是"革命文学"的一种
更为具体的形态。在 1923 年的《文学旬刊》上，郑振铎为推荐小说
家徐玉诺的创作而写了《在摇篮里》一文，在这篇文章中，郑振铎再

---

❶ 郑振铎. 郑振铎全集：第 3 卷 [M]. 石家庄：花山文艺出版社，1998：420.

次谈到"血和泪的文学"的问题。这次，他不再仅仅针对"鸳鸯蝴蝶派"等旧式文艺创作，而是向新文学阵营内部的作家们提出："我们不相信所谓新的作家竟只是些叙写两性，歌颂自然，与民众不生关系的人"，他呼唤着"带着血泪的红色的作品出来"❶。实际上，郑振铎认为这种"带着血泪的红色的作品"的"血和泪的文学"就是一种"革命文学"。

在20世纪20年代初期，"文学革命"的热潮为中国文坛带来了新文学，新文学还处在比较稚嫩的发展时期，郑振铎便注意到了文学与革命之间的天然的联系，这不能不说是他对于新文学的一次重要建设。郑振铎对于文学与革命关系的提倡，无疑可以视为后来的"革命文学"的先声。在郑振铎指出文学与革命的天然联系之后，关于"革命文学"的大讨论直到1923年至1925年期间才开始广泛地开展起来，茅盾、郭沫若、邓中夏、萧楚女、蒋光慈、沈泽民等人都先后提出了自己对于"革命文学"看法。当茅盾、邓中夏、萧楚女、蒋光慈等人大声呼唤"革命文学"、呼唤"无产阶级文学"的时候，他们也同样看到了文学中的情绪对于革命的刺激作用，虽然不能说他们是受到了郑振铎思想的影响，但是毫无疑问可以将郑振铎视为这种主张的先行者。当人们注意于20年代中期的这场关于"革命文学"的大讨论以及20年代后期开始的"革命文学"创作热潮时，不应当忽视郑振铎早在1921年就对文学与革命的关系做出了强调。

---

❶ 郑振铎. 郑振铎全集：第3卷［M］. 石家庄：花山文艺出版社，1998：440.

　　在新文学史上，郑振铎较早地将新文学与革命联系了起来，在
20 世纪 20 年代初期就初步涉及了"革命文学"的概念。从理论发展
的逻辑链条上来看，郑振铎在文学思想上从主张新文学以"情绪"为
本质到提出新文学以"改造"为使命，到提出"血和泪的文学"主张，
再进一步发展到"革命文学"的观点，似乎是一种必然。

第三节
新文学的基础观

在郑振铎的新文学思想体系中，建设新文学的基础也是一个至关重要的问题。他认为，新文学的基础在于建立一种新的文学观，而要建立这种新文学观，则必须首先对以往的文学进行整理和研究，在充分认识和了解以往的文学历史，尤其是以往的文学观念的基础之上建立起一种新的文学观念。在郑振铎看来，新的文学观念可以从两个方面汲取养料：一方面是外国文学的资源，他主张向新文学输入和引进外国文学的理论与方法，运用这些理论与方法去整理中国传统文学和指导新文学的发展；另一方面，郑振铎主张整理中国传统文学，这也是在建设新文学基础的过程中更加注重的一个资源。因此，他主张对古今中外的文学传统进行积极的整理和研究，以此来建构新文学、特别是新文学观的坚实基础。

基于此，郑振铎提出了一系列中外文学整理和研究的理论主张与具体方法，试图通过整理和研究中外传统文学来建构文学的基础。郑振铎有关整理和研究中外文学的思想主要集中在《整理中国文学的提

议》（1922 年发表于《文学旬刊》第 51 期）和《研究中国文学的新
途径》（1927 年 6 月发表于《小说月报》第 17 卷《中国文学研究》
专号）中提出来的。这两篇文章虽然在发表时间上相隔近 5 年，但是
内容都是关于中外文学研究的思想和方法问题，似乎有些重复。然而，
通过仔细辨析可以发现，后者在思想方法和理论深度上比前者又更进
一步，从中我们可以归纳出郑振铎在中国文学整理和研究方面的整体
思想及其发展演变的轨迹。

一

首先来看《整理中国文学的提议》。在这篇文章中，郑振铎遵循
其一贯的思维风格，第一步总是先从最基础、最根本的问题出发，集中
解决了"整理的范围"和"整理的方法"两个最重要的问题，让人知
道整理中国文学应当从何入手，为进一步地整理中国文学廓清道路。

（一）整理中国文学的范围

郑振铎认为，要确定文学的范围，极为不易；而要确定中国文学
的范围，尤为不易。为什么？因为在郑振铎看来，中国传统的以经史
子集为代表的分类，"极为纷乱"：

> ……有人以为集部都是文学书，其实不然。《离骚草
> 木疏》也附在集部，所谓"诗话"之类，尤为芜杂，即在"别

集"及"总集"中。如果严格讲起来，所谓"奏疏"，所谓"论
说"之类够得上称为文学的，实在也很少。还有二程集（程
颢、程颐）集中多讲性理之文，及卢文弨，段玉裁，桂馥，
钱大昕诸人文集中，多言汉学考证之文，这种文字也是很难
叫他做文学的。最奇怪的是子部中的小说家。真正的小说，
如《水浒》，《西游记》等倒没有列进去。他里边所列的却
反是哪些惟中国特有的"丛谭"，"杂记"，"杂识"之类的
笔记。❶

　　之所以将这段话完整地转述在此，是因为我们需要对其仔细进行
一番辨析。在这段表述中，我们可以清楚地看到郑振铎对于文学作品
和其他文字的严格划分：《离骚草木疏》不是文学，奏疏论说不是
文学，性理之文、考证之文同样不是文学；而《水浒》是文学，《西
游记》是文学，并且它们是"真正的"文学。那么，郑振铎对这些文
字是否为文学的判断标准是什么？对于这一问题的回答，我们需要回
溯到前述第一节中郑振铎关于文学性质的观点。郑振铎在这里对文
学的判断标准是：是否具有情绪、思想、想象、文字等基本元素，而
这一判定标准显然来源于他的新文学思想体系，是其新文学思想的
具体休现。
　　基于上述标准，郑振铎重新对中国文学的类别进行划定，将其分

---

❶　郑振铎. 郑振铎全集：第6卷［M］. 石家庄：花山文艺出版社，1998：2-3.

为如下九个类别：（1）诗歌；（2）杂剧，传奇；（3）长篇小说；（4）短篇小说；（5）笔记小说；（6）史书和传记；（7）论文；（8）文学批评；（9）杂著。在郑振铎看来，上述 9 类基本可以把中国文学都包括在内。也就是说，上述 9 类文章可以纳入文学的范围进行整理。尤其对于其中的第 5 类至第 9 类的文章，郑振铎强调其文学价值、文学影响、文学地位等因素，即具有文学价值、文学影响、文学地位的方可纳入文学的范围。

（二）整理中国文学的方法

在《整理中国文学的提议》这篇文章的第二部分，郑振铎给出了"整理的方法"。他为，学术研究不能强制规定具体的研究方法，即一方面自己不能受制于他人研究方法，另一方面也不能强求他人使用自己的研究方法。这一观点是尊重学术研究的独立性的。但是，他认为"我们站在现代，而去整理中国文学"，至少要有一定的"研究的趋向"："（一）打破一切传袭的文学观念的勇气与（二）近代的文学研究的精神。"❶从这篇文章第二部分的具体的论述中可以看出，郑振铎在这里中所说的"方法"，并非指具体的研究法，而是指这个"研究的趋向"。其中，"打破一切传袭的文学观念"是前提条件和基础，"近代的文学研究"是具体可资借鉴的精神资源，二者共同构成了整理中国文学的方法。

---

❶ 郑振铎. 郑振铎全集：第 6 卷 [M]. 石家庄：花山文艺出版社，1998：5.

郑振铎指出，中国文学不发达的原因就在于中国的传统文学观念存在很大的谬误，其中主要是"文以载道"和"消闲娱乐"两种文学观念，前者以文学作为政治统治的工具，后者以文学为"雕虫小技"不足为道，这两种文学观念在本质上都是否定文学在人类社会进程中的作用和地位。在这两种文学观念的统治下，中国古代的许多优秀文学作品被曲解，被解释得毫无文学的审美性。以《诗经》第一首《关雎》为例，郑振铎指出，汉代的儒学家判定这首诗是写"后妃之德，风之始也，所以风天下而正夫妇也"，虽然后来有朱熹从汉儒的道统中脱离出来，将其解释为"盖此人之德，世不常有。求之不得，则无以配君子而成其内治之美"，但在郑振铎看来，朱熹的解释和汉儒的一样，实际上都是在以儒家的伦理道德标准来解释《关雎》，这种解释大大偏离了《关雎》作为一篇"诗歌"所具有的文学性审美内涵。在郑振铎看来，自《诗经》开始，包括《离骚》与之后的各种小说，均遭到了不同程度的曲解。此外，郑振铎还强调"文学贵独创"，而中国传统文学却"以仿古为高，学古为则"，"摹袭之作，决无佳构"，缺乏独创精神，也因此导致大部分传统文学作品缺乏真正的文学审美性。郑振铎认为这些传统的文学研究观念都是应当彻底抛弃的，所以他提出对于中国文学的整理和研究"非赤手空拳、从平地上做起不可。以前的一切评论，一切文学上的旧观念都应一律打破"，也就是中国文学的整理和研究需要"打破一切传袭的文学研究的精神"❶，实现

---

❶ 郑振铎. 郑振铎全集：第6卷［M］. 石家庄：花山文艺出版社，1998：7.

一种真正意义上的重新整理和研究。

在打破中国传统文学观念的基础上，运用"近代的文学研究的精神"来对中国传统文学进行整理和研究，这在郑振铎看来是一条可行的路径。他指出这种"近世精神"就是美国学者莫尔顿（Richard Green Moulton，1849—1924）在《文学的近代研究》（*The Morden Study of Literature*，1915）中所提出的"文学的统一观""归纳的研究"和"文学进化的观念"三者，且在他看来，这三者正是研究中国传统文学所可以借鉴的精神及可以采用的具体方法。

1. "文学的统一观"

在郑振铎所提到的这种"近世精神"中，"文学的统一观"是一种整理和研究文学的方法，而这种实践层面的研究方法则是以观念层面的"文学的统一观"为基础的，是从"文学的统一观"出发而展开的一种具体的研究路径。郑振铎在《整理中国文学的提议》中对"文学的统一观"做过相关的界定："所谓文学的统一观，便是承认文学是一个统一体，与一切科学，哲学是一样的，不能分国单独研究，或分时代单独研究。因为古代的文学与近代的文学是有密切的关系的，这一国的文学与那一国的文学也是有密切的关系的。我们研究文学应该以'文学'为单位，不应该以'国'或以'时代'为单位。"❶这

---

❶ 郑振铎. 郑振铎全集：第6卷［M］. 石家庄：花山文艺出版社，1998：6.

段话表明，在郑振铎的新文学思想体系中，文学研究是一门独立完整的学科，文学研究应当和历史学研究、哲学研究、经济学研究等一样，将其研究的对象——"文学"视为一个有机的整体，并注意这个整体中的各个因素之间的相互关联和相互影响，然后来做一种统一的研究。郑振铎的这种文学研究观，打破了中国文学批评中的片段研究、专题研究、作家研究等传统，而要求以一种世界性的眼光来对文学的起源、文学的性质、文学的风格等问题展开整体性的研究，注重国与国之间、民族与民族之间、一种文化与另一种文化之间的影响研究。

关于"文学的统一观"，郑振铎在《整理中国文学的提议》仅做了简短的界定，而在另一篇文章《文学的统一观》（发表于 1922 年 8 月《小说月报》第 13 卷第 8 期）中却做出了更加详尽的阐释。也就是说，他在《整理中国文学的提议》中将"文学的统一观察"作为一种研究文学的现代方法提出来，并且在《文学的统一观》中对这一观点做出了集中而详细的说明，故而将这两篇文章联系起来考察，可以对"文学的统一观"有更深入的理解。

在《文学的统一观》中，郑振铎提出要将文学视为一个"独立的研究对象"，主张对文学做一种"整体"的研究。他指出，从古至今的文学研究都只是对文学上的时代、国别、文体、作家进行片段的、局部的研究，而从未以文学作为整体，"通时与地与人与种类一以贯之，而作彻底的全部的研究"。在郑振铎看来，要为新文学的发展建立起一个坚实的基础，正需要进行这种"通时与地与人与种类一以贯之，而作彻底的全部的研究"，也即在"文学的统一观"的指导下进

行"文学的统一观察"。❶

对于在文学研究中运用"文学的统一观"的必要性，郑振铎做出如下阐释：首先，他认为"文学的时与地与人与种类，都是互相关连的"，研究一个作家，不能只考察他的作品，还应该思考他在文学史上的意义；研究一个时代的文学，眼睛不能只看着这个时代，还应当考察这个时代前后的渊源与影响；研究一个地方的文学，同样也不能仅限于对这一个地方的文学的考察，还要去了解这个地方的文学与世界上其他地区的文学之间的关系……也就是说，郑振铎认为从文学研究本身来说，实在有必要进行一种"统一研究"，只有将世界各地的文学、各个时代的文学、各个作家的文学等联系起来作统一的考察，文学研究才能得到"精确与完备的见解"；其次，郑振铎认为在文学中运用"文学统一观"，还有一个更为重要的原因——文学的情绪本质。在郑振铎的新文学思想体系中，文学是人类普遍情绪的一种真实反映，文学的关键是情绪；同时，他又强调"人类虽相隔至远，虽面色不同，而其精神与情绪究竟是几乎完全无异的"。基于此，郑振铎提出文学不分时代、地区、人种，不同文学作品之间是相互联系的，它们所表达的情绪都是相通的。因此，他认为文学研究"决不宜为地域或时代的见解所限，而应当视他们为一个整体，为一面反映全体人类的忧闷与痛苦与喜悦与微笑的镜子"❷。很显然，郑振铎将"文学

---

❶ 郑振铎. 郑振铎全集：第 15 卷［M］. 石家庄：花山文艺出版社，1998：137-138.
❷ 同❶ 140-142.

的统一观"与其新文学思想体系中的文学的性质观打通，以性质观为基础，为"文学的统一观"找到了文学本质上的依据。

除了为"文学的统一观"在文学研究中的运用寻找到文学本质上的依据，郑振铎还对两种反对文学的统一研究的意见做出有力的反驳。首先，郑振铎指出有一种观点认为：世界上并没有一种统一的语言和文字，文学研究只能分别在不同的国家或不同的语言文字内进行而绝无统一研究的可能。但是郑振铎认为依靠翻译的功能可以帮助解决这个困难。这里实际上牵涉郑振铎关于文学翻译的思想，他认为文学书是可以翻译并且不会丧失其原有价值的。在郑振铎看来，虽然文学的基本构成元素情绪、想象和思想是通过一定的文字表达出来，但是它们并非与这种文字"坚固的结合在一起"。他认为翻译者阅读原文时，原作者在作品中所表达的情绪会在翻译者的心中"重生"，所以只要翻译者忠实于原文，"不漏不支的翻译过来"，原作中的情绪也就"可以跟着移植过来"。因此，郑振铎主张"凡从事于文学的统一研究，与凡有世界文学的兴趣的，都可以不疑惑的尽量的自由使用一切文学书的译本了。"其次，郑振铎指出另一种反对文学统一研究的观点认为：作为一种艺术的文学，对它的研究建立在"深藏莫测的赏鉴的基础上"，因此文学不能统一起来研究。针对这种观点，郑振铎指出虽然"文学"是艺术，但是他认为"文学研究"如同哲学、生物学一样也是科学，"文学研究"不同于"文学"。虽然郑振铎承认在"文学研究"中也需要对于文学作品的艺术的鉴赏，但是他认为"文学研究"的真正任务在于"综合人类所有的文学作品，以研究他的发生的原因，与进化的痕迹，与他的所包含的人类的思想情绪的进化的痕迹"❶。从这个角度上来看，郑振铎所主张的"文学的统一观"就不仅是必要的，而且是研究文学的一种主要方法。

在证明了"文学统一观"的积极意义之后，郑振铎还将自己的这种"文学的统一观"与莫尔顿的"文学统一观"进行了比较。郑振铎指出，莫尔顿是第一个主张"文学的统一观"的人，并且自己的"文学的统一观"的主张也是受到莫尔顿的影响而产生的。但是郑振铎认为虽然自己与莫尔顿一样都提倡"文学的统一观"，但是在具体的主张上却有很大的不同。郑振铎指出莫尔顿在《世界文学》一书中也主张对世界文学做一种整体的全部的研究，但他却是从"观察者的国家立足点上发出来的"，因此他认为莫尔顿的这种"文学统一观""虽是较别的只研究一国的文学，一个时代的文学，一个种类的文学或一个人的文学稍为进步些，然而仍然是十分不彻底的"。郑振铎认为文学是对于人类普遍所具有的精神和情感的真实反映，这种反映没有国界、时代和种族的区别，因而文学研究也不应该"以一国为观察的出发点"，而是要以"人类当做观察的出发点"❷。事实上，郑振铎所主张的"文学的统一研究"是要求消除以往的以一个具体的国家、一个具体的时代、一个具体的种族以及一个具体的作家为研究的出发点的做法，以整个世界的文学为观察和研究文学的角度，对一切的文学作品、文学现象做一种彻底的全局性的研究。

---

❶ 郑振铎. 郑振铎全集：第 15 卷 [M]. 石家庄：花山文艺出版社，1998：144-147.
❷ 同❶ 149.

2."归纳的观察"

在《整理中国文学的提议》中，郑振铎谈到"近世精神"的第二点是"归纳的观察"。郑振铎在《整理中国文学的提议》中对这种"归纳的观察"仅仅做了一个简单的说明，指出"归纳的观察"的目标是研究作家、作品的共同的原则与特质。虽然郑振铎并没有在《整理中国文学的提议》一文中对"归纳的观察"做出更详尽的说明，但是在这篇文章发表9天之后，同样在《文学旬刊》上，他又写了另一篇文章专门论述这一问题。

1922年10月10日，郑振铎在《文学旬刊》上发表《圣皮韦（Sainte Beuve）的自然主义批评论》，介绍了由圣皮韦创始的近代欧洲的文学批评——自然主义文学批评，特别是圣皮韦在文学批评中对于"归纳法"的运用。郑振铎认为批评与创作之间呈正相关的关系，文学批评发达的时代则文学创作也发达，然而"中国人的文学批评，还在因袭的法则的束缚之下，许多年来，儒学的批评论，支配一切，没有人敢违背他的固定的主义的。而所谓批评者，亦无系统之可言。古籍的训诂评释，为其惟一的势力所在。现在虽已把这种传袭的主张打破，而新批评观念，尚未成立"❶，因此，郑振铎提出引进西方的文学批评方法是新文学建设者们的任务之一，而圣皮韦的自然主义批评正是中国文学研究所需要的"新批评观念"。

---

❶ 郑振铎. 郑振铎全集：第15卷［M］. 石家庄：花山文艺出版社，1998：151.

郑振铎指出，圣皮韦之所以成为近代欧洲文学批评之祖，他的自然主义批评之所以能够产生较大影响，原因就在于他是文学批评史上第一个运用培根的归纳法的人。可以说，郑振铎对于圣皮韦自然主义文学批评的介绍，实际上主要是对于他在文学批评中运用的"归纳法"的介绍，也就是对于圣皮韦的文学批评所采用的"把详细的事实归纳成几个原则"，以"细密的观察"来代替"抽象的统一"，从而对文学的真实面貌做一种客观的、理性的分析方法的介绍。郑振铎对于这一文学批评方法极为认同。圣皮韦的这种归纳的观察法用于文学上，就是要从生理遗传和成长环境的角度来对作家的文学创作进行研究，这是一种对文学创作的外部因素进行分析和考证的方法。很显然，这种文学批评方法与中国传统的文学批评截然不同，这一文学批评的观念和方法与郑振铎本人的文学思想更为接近。所以，郑振铎认为"圣皮韦的这个方法，这个归纳的或自然主义的方法，确为求真理最稳当的途径"，他甚至认为中国文学研究"似非倾向于自然主义的批评法不可"❶。而对于这一方法的介绍和借鉴，自然需要前述的"打破一切传袭的文学研究的精神"。后来，郑振铎又在《研究中国文学的新途径》一文中继续强调，"归纳的考察"是研究中国新文学的"新路"，并指出归纳法的使用，可以使得文学研究中不再有不着边际的臆想或漫谈，也不再有主观的全凭个人兴趣或性格的论断，文学研究中要下一个定论，则必须搜集整理大量的资料，在研究中充分地使用大量的

---

❶ 郑振铎. 郑振铎全集：第 15 卷［M］. 石家庄：花山文艺出版社，1998：157–158.

资料作为证据。很显然，郑振铎在这里将文学研究视为与自然科学研究具有相同属性的学科，强调在文学研究中使用科学的研究方法，而不是像中国传统的文学研究那样，从政治统治的角度来做文学批评，或者全从研究者个人的性灵角度来做文学批评。

3."进化的观念"

郑振铎在《整理中国文学的提议》中指出"近世精神"中的第三点是"进化的观念"，即将达尔文的"进化论"运用到文学研究上来。针对当时有人对于文学进化论的反对，他专门对"进化"二字的涵义做出了说明："'进化'二字，并不是作'后者胜于前'的解释。不过说明某事物一时期一时期的有机的演进或蜕变而已"❶。郑振铎认为中国传统的文学批评以各种拟古仿古为尚。针对这一弊病，郑振铎主张文学上的进化论，打破传统的"偶像"，使新文学从传统观念的束缚中解放出来。

在《研究中国文学的新途径》一文中，郑振铎对这种文学上的"进化的观念"做了进一步的说明，他强调文学上的进化论可以使人对于文学研究中的一些既定结论产生怀疑，从而把已有的文学史上的许多错误见解改正过来，而这种错误的见解中最大的一个，他认为是"古是最好的，凡近代的东西是不如古代的"这样一种传统观念。在这里，郑振铎实际谈的是文学上的"新"与"旧"、"古"与"今"的问题。

---

❶ 郑振铎. 郑振铎全集：第 6 卷［M］. 石家庄：花山文艺出版社，1998：9.

郑振铎认为，时代的"古"与"今"并不能作为评价文学作品优劣的标准，无论古今都有十分优秀的创作，同时也有低劣不堪的作品。他指出，"进化"的观念并不是认为一切事物都是越进化越高级的，"进化论"的观念"乃是把事物的真相显示出来，使人有了时代的正确观念，使人明白每件东西都是时时随了环境之变异而在变动，有时是'进化'，有时也许是在'退化'。文学与别的东西也是一样的，自有他的进化的曲线，有时而高，有时而低，不过在大体上看来，总是向高处趋走"。❶可见，郑振铎之主张运用"进化的观念"于文学的研究之中，并非简单地认为后代的文学就一定胜过前代的文学，他的文学的进化论所强调的是在文学研究中取一种运动的、变化的眼光去看待文学的历史。为了进一步说明这种"进化的痕迹"，郑振铎指出在中国小说的发展演变过程中，从《搜神记》《世说新语》中所含的最初的"小说材料"，到唐人传奇中逐渐详细的"描写"和"更婉曲的情绪"，又到宋人平话中"更细腻"的描写，直至明代的小说"演化之而为百回，百二十回"，这是一种"显著的进化"；不唯小说如此，郑振铎认为中国传统戏剧的演出形式从元曲中的"四五出"和"只限一个主要的人物歌唱"演化到明传奇中的"出数多至三十四十，人物也多了不少"，这更是"一个大进化"。随后，郑振铎又举了"琵琶行""李娃传""白蛇记"这几种故事在中国古代的演变过程，都是逐渐"变得内容更复杂""描写更细腻"，他认为这种变化"真是

---

❶　郑振铎. 郑振铎全集：第5卷［M］. 石家庄：花山文艺出版社，1998：295.

一步更进一步"。在郑振铎看来，中国文学的历史不是静止的，而是在总体上向着更高级、更成熟的方向上走去，其中随处可见"进化"的痕迹。他指出"进化论"在文学研究中的作用，就是"告诉我们，文学是时时在前进，在变异的，一个时代有一个时代的文学，一个时代有一个时代的作家"，用这种"进化"眼光去审视中国文学的历史，就可以打破中国自古以来盛行的拟古的风气，从而得到中国文学演变历史的真实面貌❶。

在郑振铎的新文学思想体系中，文学研究者与文学作家、文学创作与文学研究的不同为：文学作家是"富于想象的浪漫的人物"，而文学研究者"却是一个不同样的人，他是要以冷静的考察去寻求真理的"；文学研究也与文学创作不同，文学研究"是文学之科学的研究"。因此，无论"归纳的观察"，还是"进化的观念"，都是将文学研究视为与自然科学研究具有相同属性的活动，将文学研究视为一种科学研究活动，试图在文学研究中尽可能地筛除研究者个人的主观臆断或想象，尊重文学本身的发展规律，进行一种客观的、实证的研究。正如有研究者所评价的："郑振铎无疑是五四时期倡导文学与文学研究的现代化的先驱之一。❷"郑振铎的这一文学研究思想和方法完全脱离了中国传统的文学批评思想和方法，引入了近代西方的重要科学观念和研究方法，甚至可以说，郑振铎的文学研究思想在一定程度上与

---

❶ 郑振铎. 郑振铎全集：第 5 卷 [M]. 石家庄：花山文艺出版社，1998：296.
❷ 范宁. 郑振铎对中国文学研究的杰出贡献 [M] // 王瑶. 中国文学研究现代化进程. 北京：北京大学出版社，1996：397.

中国传统的文学批评思想是对立的，他的这种文学研究思想是一种真正具有现代意义的文学研究思想。

二

在前述"归纳的观察"和"进化的观念"的基础上，郑振铎在《研究中国文学的新途径》中继续提出，可以开辟三条文学研究的新途径，即"文学的外来影响考""巨著的发现""中国文学的整理"。

1．"文学的外来影响考"

"文学的外来影响考"，也就是要研究历代的中国文学所受到的外来的影响有多少，以及这些影响究竟是怎样的。郑振铎颇有先见地指出："这种研究是向来没有人着手过……是一种新鲜的研究。"❶他的这一思想主要着眼于中国文学所受到的外国文学的影响，却没有提及中国文学对于外国文学的影响。很显然，这是因为他是完全站在研究中国文学的立场上来提出这一主张的。实际上，他的这一主张已经非常接近后来的比较文学研究。

郑振铎否定了传统的中国文学研究中认为"中国的文学乃是完全的中国的，不曾受过什么外面的影响与感化"的观点，指出文学研究

---

❶ 郑振铎. 郑振铎全集：第5卷［M］. 石家庄：花山文艺出版社，1998：297.

者如果考察中国文学的事实情况，就可以发现中国文学中存在外来的文学或文化元素。在这种外来文学的影响中，郑振铎尤其重视印度文学对于中国文学的影响。郑振铎认为自印度佛教输入中国后，中国的音韵研究、音乐艺术和文艺思想都受到了"无穷大的影响"，其中的一个重要影响就是印度的小说和戏曲在体裁与结构上极大地影响了中国的戏剧和小说的体裁和结构，从而使得中国的宋元时期在戏曲和小说创作上产生了重要的作品。除此之外，郑振铎认为中国俗文学中的变文、弹词和鼓词等文艺形式都是受到了印度文学的影响而产生的。因此，郑振铎认定这种对于中国文学所受的外来影响的研究"在文学史上是大有功绩的"❶。

2."巨著的发现"

在《研究中国文学的新途径》中，郑振铎提出的第二条新途径是"巨著的发现"。郑振铎在这里所提倡的"巨著的发现"，实际上谈的是文学研究对象的问题。他认为，中国传统的文学研究不仅方法有欠缺，而且研究对象的范围也很狭窄，即使历经长时间的发展，到了近代，文学研究者的研究对象依然局限在诗、文、词、戏曲、小说的范围。郑振铎认为，"中国文学乃是一个大海，乃是一座森林，在其中未被发见的巨著还多着呢"，而这"未被发见的巨著"，在他看来就是变文或佛曲、弹词和鼓词、各地的民间故事和民歌等各种民

---

❶ 郑振铎. 郑振铎全集：第5卷［M］. 石家庄：花山文艺出版社，1998：297~299.

间文艺，这些自唐五代以来便盛行于民间，在民间有广泛的传播，郑振铎认为这些流传于民间的文艺形式"都有待于中国文学研究者自己努力去掘发，去搜寻"，它们之中"有无数的宝物在，有无数的巨著在"。❶

郑振铎之所以提出将文学研究的范围扩大到俗文学领域，主要是基于他对于俗文学作品在大众之中所产生的艺术影响力的深刻认识。例如，郑振铎谈到变文《梁山伯祝英台》《香山宝卷》在民间的传播：

> 其及于民间的影响却更不小，有多少妇人村夫是虔敬的听着这些故事，为之喜，为之忧，为之哭泣，为之发奋的，有不少妇人村夫是于无形中深深的受到他们的教训的。一炉香焚了起来，宣卷者朗朗的背诵着，一家人，也许还有不少邻居，围住了听，此景此情，到如今还未变更呢。❷

此外还有弹词，郑振铎也看到了这种文学形式在民众间的影响力：

> 夏天，夜色与凉风俱来时，天空只有熠熠的星光，一个盲者挟着一面鼓或三弦，登上支搭于街头巷尾的木台上，弹着唱着，四周是有了无数的妇人与男子，静静的坐在自备的

---

❶ 郑振铎. 郑振铎全集：第5卷［M］. 石家庄：花山文艺出版社，1998：299-301.
❷ 同❶.

木凳上听着。……都至少要有半个月或十天八天才能终毕呢；然而听者却始终没有怠惰过。黑漆漆的夜里，黑压压的一群人，鸦雀无声的，在听着一个人挥着弦朗唱着，间时的有大蒲扇子噼啪噼啪的扇动之声；直到了盲者住了弦声唱声而去喝一口茶时，大众方才也吐一口气。❶

在这两段话中，郑振铎细腻而形象地描绘出了变文和弹词这两种民间文艺形式在民众中的传播，指出了俗文学作品的艺术价值在民众中所产生的影响。但是，这些流传于民间的文艺形式到了近代依然是"被笼罩于黑雾之间，或被隔绝于一个荒岛中而未为人发见的支干"❷。因此，郑振铎提倡整理和研究这些受欢迎的民间文艺形式，并逐渐形成了他的俗文学思想。由此可见，郑振铎对于俗文学的关注早在20世纪20年代便已开始了。郑振铎最初是从为中国文学研究拓宽范围的角度而注意俗文学的，也就是说，他是从整理国故的层面来关注和研究俗文学的。到了30年代，郑振铎进一步地形成了自己完整的俗文学思想，并完成了一部对于中国俗文学研究具有奠基式意义的著作——《中国俗文学史》，这部专著对于中国现代文学史的最重要的贡献便是对俗文学在中国文学史上的地位做出了积极的肯定。如前所述，在郑振铎看来，中国传统文学的范围狭窄，而从大众对于义

---

❶ 郑振铎. 郑振铎全集：第5卷［M］. 石家庄：花山文艺出版社，1998：299.
❷ 同❶ 300.

学的接受实际来看，文学的范围远比诗、文、词、戏曲、小说更为宽大。不仅如此，郑振铎还提出，俗文学不仅在民间深受大众的喜爱，甚至"许多的正统文学的文体原都是由'俗文学'升格而来的"，正统文学的发展与俗文学的发展之间存在非常紧密的联系❶。例如，戏曲发展至明代初叶，正统的戏曲界是以北剧为正宗的，南戏被文人学士们视为民间的草野。但是，昆山腔出现之后，南戏被文人学士们拿来，并在他们手中逐渐走向典雅，最终成为正统文学。因此，郑振铎认为，俗文学虽然来自民间，但它们随着历史长河的流淌，历经时日，最终从民间走向了庙堂，由"俗"走向了"雅"。可见，在郑振铎的新文学思想体系中，俗文学源源不断地为正统文学提供养料，成为正统文学发展的重要推动力，因而研究中国文学，不能忽视对于俗文学的研究。需要指出的是，郑振铎的俗文学思想虽然重视俗文学的历史地位并主张对其进行专门的研究，但并非要将俗文学从中国文学的母体中分离出来成为一个独立的个体，而是要将俗文学的研究纳入文学研究的范畴来进行整体上的观照。

3."中国文学的整理"

在《研究中国文学的新途径》中，郑振铎提出的研究中国文学的第三条新途径是"中国文学的整理"，即对中国文学进行分类、整理与考证的工作。郑振铎指出这种对文学的整理在中国传统的文学研究

---

❶ 郑振铎. 郑振铎全集：第 7 卷［M］. 石家庄：花山文艺出版社，1998：2.

中历来就有，例如"小说丛考""小说考证""曲目""曲丛"，以及各种"书目"之类，它们都试图将各种文学作品进行分门别类并加以考证。但是，郑振铎认为这种传统的文学整理工作并没有能够很好地解决诸如文艺的界说和文学的分类等问题，传统的文学研究不仅没有得到一个清晰的认识，反而由于各种分类的模糊与错乱而使得文学的分类处于一种混乱不堪的状态：例如，明明是要考证小说的，却将传奇杂剧和小说视为一类，或者专去谈论戏剧了；本来是一部专谈戏剧的《曲丛》，却又将小令三套混入了杂剧传奇之中。所以郑振铎极力主张对中国文学重新进行分类，"使某类归于某类，某种归于某种，同类者并举，异体者分列"，他希望通过这种整理工作来廓清中国文学的混沌状态，使它的面目清晰、明朗地呈现在后人的眼前。❶

郑振铎将中国文学分为九个大的类别："总集及选集""诗歌""戏曲""小说""佛曲弹词及鼓词""散文集""批评文学""个人文学"及"杂著"。在这九类之中，"总集"类包括《唐文粹》《元文类》等各种体裁的作品总集和个人著作的总集，"诗歌"类不仅有诗歌，还包括各种词和曲的别集，"戏曲"类含有杂剧、传奇和近代剧，"小说"则包括短篇小说、长篇小说和童话及民间故事，"佛曲弹词及鼓词"就是指的佛曲、弹词和鼓词这三种文艺形式，"散文集"就是指的"诗集之外的一切四库中之别集，及总集类之一部分"，"批评文学"则主要包括一般的文学批评、专门的诗话、词话和文

---

❶ 郑振铎. 郑振铎全集：第5卷［M］. 石家庄：花山文艺出版社，1998：302.

话，"个人文学"指的是日记、自传和尺牍等作家关于个人的文字，而"杂著"则是指不能并入前面八种类别的其他一切文学作品，主要是一些演说、寓言、游记、制义、教训文和滑稽文等。在前述《整理中国文学的提议》一文中，郑振铎在划定中国文学的范围时，也曾经把中国文学分为九个的类别："诗歌""杂剧，传奇""长篇小说""短篇小说""笔记小说""史书，传记""论文""文学批评""杂著"。与1922年在《整理中国文学的提议》中的这个分类相比较，郑振铎1927年在《研究中国文学的新途径》中的文学分类的一个最大的不同就是增加了"佛曲弹词及鼓词"这些民间的文学形式。郑振铎这两次对于文学的分类相隔五年，而显然1927年的这一次分类要比1922年的那次视野更加开阔，思考得更加成熟。郑振铎在《研究中国文学的新途径》中的分类，既有诗歌、散文、小说、戏剧这四种主要体裁的作品，也有文学批评；既有正统的"庙堂文学"，又有深受大众喜爱的俗文学，可以说包罗比较全面而科学。郑振铎希望通过这样的整理工作，可以"使久困于迷雾中的人眼目为之一明"，他认为这将"对于作品的研究，作家的研究，以及其他的专门研究，都可有不少的帮助"❶。

20世纪30年代，郑振铎的中国文学研究思想进一步深化。1933年《文学》杂志的《中国文学研究专号》上，郑振铎发表了《中国文学研究者向哪里去？》，继续提倡中国文学研究应注意外来影响、民

---

❶ 郑振铎. 郑振铎全集：第5卷［M］. 石家庄：花山文艺出版社，1998：307.

间文艺等一些历来容易为研究者们所忽视的问题，此外更指出这些研究"并不是好奇也不是要人弃我取"，而实是因为在中国的文学中，"未垦发，未耕耘的土地太多了……实在没有工夫再去顾视向来天天陈列在外面的东西"。从这里可以看出，郑振铎所提倡的对于中国文学研究新领域的开掘和新材料的发现，并不是完全否定既有的研究的领域和研究成果。在郑振铎看来，俗文学研究和传统的中国文学研究虽然在研究对象和内容上各有所偏重，但是他并不认为二者之间是完全对立或者互相排斥的关系。郑振铎主张将俗文学视为中国文学的一个部分，将俗文学研究视为中国文学研究的一个部分，对于变文、诸宫调、弹词和鼓词等材料的研究，其最终也是为了"添加了若干伟大的著作"，从而使得文坛"更为光彩灿烂些耳"。❶

---

❶ 郑振铎. 郑振铎全集：第 5 卷 [M]. 石家庄：花山文艺出版社，1998：310-311.

第二章
新文学发展中的文学创作

郑振铎是文学研究会的发起人和重要成员，他的文学创作是否完全和文学研究会的现实主义主张一致，也表现出强烈、典型的现实主义倾向呢？如果我们仔细考察郑振铎的文学作品，可以发现事实并非如此简单。郑振铎的文学作品，不仅关注现实，还注重塑造、抒发个体的"情绪"，有些作品甚至表现出鲜明的浪漫主义抒情倾向。由于郑振铎在新文学的理论建设和组织活动方面的诸多实践，研究者们更多地将郑振铎视为中国现代文学史上一位重要的理论家、活动家和文学研究者，往往容易忽视他在文学创作方面的成绩。这种研究对于郑振铎在新文学史上的地位的认识是不完整的。事实上，郑振铎在新文学创作方面也十分活跃，尤其值得我们注意并思考是，像郑振铎这样的一个在"五四"新文学的理论建设和文学实践等多方面为新文学建设做出了贡献的人，他的文学创作必然会表现出某些独特之处，他的文学作品与他的文学思想二者之间也必然有着密切的关系，而这也是我们考察郑振铎的文学创作时应当特别注意之处。

第一章已经论述，在郑振铎的新文学思想体系中，建设新文学是最核心的问题，文学以情绪为最根本的性质，情绪是构成文学的最本质的元素；文学的使命是通过情绪的影响来改造人们的思想和精神并最终改造现代社会和现代文明；文学的基础是中外优秀的文学遗产。郑振铎的新文学思想在他的文学创作中有非常明显的痕迹。在郑振铎的小说、诗歌、散文中，有的作品以人物的"情绪"为主要的表现中心，这类作品注重的是"情绪"的抒发和传递；有的作品以反映黑暗现实为主要内容指向，以"改造"现实为创作指向，但同时也注重人物情感和情绪的描摹，以"情"动人，以"情"鼓动人去"改造"现实。除此之外，郑振铎还在作品的形式上进行了开掘：在小说的模式上，他尝试了一种新的小说形式——"主题小说"的创作，如以"家庭生活"为主题、以"神话传说"为主题、以"历史故事"为主题。郑振铎的这种"主题小说"采取短篇小说的形式来表现，但是各篇之间的人物和情节都或多或少地有着一定的联系，或者是在小说所要表达的内在感情和意蕴上有着一定的相关性。因此，郑振铎的小说作品，分则可以独立成篇，合则可以成一个整体，具有开放性与闭合性的双重特点。郑振铎最优秀的散文是他在去法国避难、去山中避暑、去西北考察的途中，以及"隐居"沦陷区时期所写的记述各种见闻的作品。在这些作品中，郑振铎或者用书信的形式，将旅途中的经历娓娓道来，使人读来恍如亲身跟随作者经历了一次又一次的奇异之旅；或者用类似于简笔画的手法，将生活中的某个截面和片段凝固下来，使人仿佛透过作者的眼睛阅读了现实。在诗歌创作领域，郑振铎写了许多"战号"式的呼唤斗争和反抗的诗歌，除此之外还创作了一些抒写个性心灵的诗歌，特别是采用"小诗"这种形式来表达对于人生的瞬间感悟和哲理思考。

第一节
新的文学原点：真我情绪

据郑振铎研究者陈福康教授在搜集、整理、考察了大量史料之后统计，郑振铎一生所发表的诗作有一百二三十首，其中第一首发表于1919年11月，其诗歌创作延续到了中华人民共和国成立前后。郑振铎一生发表的小说，可见到的一共有36篇，其中有32篇创作和发表于1920年至1939年之间。1939年之后，郑振铎很少再创作或发表小说作品，仅在1946年和1957年分别发表了《访问》《变》和《汨罗江》三篇。除此之外，郑振铎还有一篇小说《向光明去》，这是一篇尚未完成的作品，并且未见单独发表，只是在1957年10月人民文学出版社出版的《郑振铎文集》第1卷中第一次收入，尚不知其具体的创作时间。郑振铎从"五四"时期就开始写作散文，直至20世纪50年代依然有作品问世。❶也就是说，郑振铎的文学创作开始于"五四"

---

❶ 陈福康. 郑振铎论（修订版）［M］. 北京：商务印书馆，2010：266，298，393.

新文学运动初期，并伴随着新文学的发展与深入而始终延续。本章主要选择郑振铎的文学作品中成就较高的诗歌、小说和散文进行考察。

一

郑振铎的文学创作生涯是从"五四"时期写作诗歌开始的，他所有的诗歌作品都是采用白话新诗的形式，其中有许多都是以抒写个人情绪为主旨的。

在郑振铎的诗歌作品中，有的是表达诗人内心的一种情绪或者感受，如《柳》这首诗只有一句："春风徐徐地吹拂着，橘黄的柳丝微微地绿了"，在这简短的一句话中，通过"徐徐地""微微地""吹拂""绿"这些词的运用，诗人表达了春天来临时的一种轻盈欢快的感觉；《夜游三潭印月》也是一首短诗，全诗只有两句。在这首短诗中，作者并没有描写三潭印月的景色和夜游的经过，而是抓住光和声这两种物理感受去写，将月夜泛舟的那种悠游自在的乐趣呈现在读者眼前；在《忧闷》中，诗人轻轻叹息着"忧闷"是一个不能战退的"细小而顽悍而且无所不在的仇敌"，"忧闷"像"日光下的人影子"，像"招致疟疾的霉菌，河边屋角，到处潜伏着"。这首诗表达了诗人对于"忧闷"这种情绪的一种急欲摆脱却又无法摆脱的无可奈何的感叹。在《静》中，诗人抓住"烦闷"这种情绪来谈自己的感受，表达了一种烦闷情绪之下的窒息感和无力感。在《"回忆"》里，"我"反复低吟着不愿意唤起过去的"回忆"，但这种反复的自我暗示正表明了"我"是无法真正埋葬"回忆"的。在《空虚之心》中，夜莺、萤火虫、玫瑰花都是快乐的、欣喜的，唯有"我"犹如漂泊的空船和痛苦不堪的病人，只有"我"的心是空虚的。《小孩子》表达了诗人对于儿童生活的怀念与羡慕之情，诗人想象自己依然是一个孩子，憧憬着三幅美丽的画面：黄昏时候母亲给"我"唱歌、讲故事，下午时候"我"和小同伴们在树荫下游戏，以及"我"和伙伴们终日自由自在地游逛。在这种对儿童的自由生活的向往中，诗人同时也慨叹着成人世界的悲哀。《云与月》是一首甜蜜的恋歌，"我"思念着恋人，"我"愿是白云"为你遮着日光"，"我"愿是小鸟唱着"爱的歌给你听"，"我"还愿是月光"在你的前额，不使你警觉，轻轻的密吻着了"。

除了表达情绪和抒发感情的诗歌之外，郑振铎还创作了许多表达人生感悟、充满哲理的诗歌。《成人之哭》表达了对于儿童可以放声大哭而成人的眼泪却只能流向腹中的感慨。《母亲》赞美了母亲对于子女的无私的爱。《一株梨树》表达了美好事物的容易逝去的惋惜。《本性》讲述了事物的本来性质是不会由于外界的影响而改变的道理。在《燕子》中，通过燕子的见闻讲述了事物无论美丑都无法摆脱死亡的结局。《社会》用金鱼与大海来象征个体的人与社会的关系，原本养在白磁盆里的美丽的金鱼一旦到了大海中便消失了踪影。《痛苦》告诉人们，"痛苦"虽然令人们无法承受，但它实际上却只是在人们的感情和回忆中存在着，并不是一个现实的具象存在物。实际上，这首诗是对于正处在"痛苦"中的人们的一剂良药，唤醒他们面对生活现实，不再沉溺于个人精神世界中的"痛苦"而无法自拔。《漂泊者》是一首小诗，作者反对贪求安逸的人生观，并向人们揭示人生的实质就是奔波忙碌的，人生始终就是"漂泊"的。《鼓声》也是一首深刻的小诗。诗人虽然看到了人生的目的地是"墓场"，但他依然鼓励人们在人生的道路上要敲着鼓前进，每个人在自己的道路上都应当敲出点声音来，这声音就是每个人的人生意义所在。这首诗很简短，语言也很平实，但是却表达了作者对于人生的深刻思考。在《荆棘》中，作者以"荆棘"为赞美的对象，讽刺了爱情中注重"美丽"外表的肤浅表现：荷花虽然富有美丽与清香，但是却引起人们贪婪的占有之心，荆棘却因为有刺而保护自己不被采摘。除此之外，这首诗也讽刺了爱情中的不忠。在《自由》这首诗中，国王、军官、农夫和孩子在"生的旷原"中互相询问是否得到了"自由"，但是国王终日被"尊严"与"荣誉"束缚着，军官被"责任"与"赏罚"束缚着，农夫被"工作""饥饿"和"赋税"束缚着，孩子被"母亲"和"读书"束缚着，最后当他们跟随"死之神"来到"死之宫"之后，才得到了最终的"自由"。作者在这首诗中表面上谈的是"自由"的问题，而实际上讲的是关于"责任"与人生的关系问题：一个人只要活着，就有他必须要尽的"责任"。《荒芜了的花园》是一首寓言诗。几个人认真讨论着如何改造一座荒芜的花园，由于意见的分歧，他们始终辩论不休，谁也不同意谁，最后的结果是花园一直得不到改造，始终荒芜着。在这首诗中，作者讽刺了某些改革者的那种只讨论方案而不去实践的做法。

二

　　郑振铎从 20 世纪 20 年代初期便开始小说创作，二三十年代是他小说创作的高峰期，作品最初主要发表在《小说月报》《文学旬刊》《文学》《文学季刊》上，其中的大部分后来又结集为三个小说集出版，即 1928 年由上海远东图书公司出版的《家庭的故事》，1934 年由上海生活书店出版的《取火者的逮捕》，以及 1936 年由上海商务印书馆出版的《桂公塘》。

　　在 1920 年 9 月 17 日的《晨报》上，当时还是北京铁路管理学校学生的郑振铎发表了他的第一篇小说《惊悸》。

　　《惊悸》开头第一句就是"我低着头顺马路一直往北走"，士兵的呵斥声"把我惊了一跳"。当"我"看见士兵们挥赶路人、押送大车时，"我"的心里又不断产生疑惑，忽而以为是军队开拔，忽而又以为是总统出行；直到"我"看见大车上的那些双手被反缚着、脸色苍白、嘴唇颤抖的人时，我才"立刻明白了"，心里顿时由"奇怪"转为觉得"可怕"，并被一阵阵"惊悸"搅扰得内心无法安宁，以至于"我"在梦中也被兵车押送到城外等待被处决，所见的是"许多张口舞爪的虎豹"。最后，"我"从噩梦中惊醒，只见"如豆的灯"放出"惨绿绿的火苗"，被惊得"一身都是冷汗"。❶这篇小说的情节

---

❶　郑振铎. 郑振铎全集：第 1 卷［M］. 石家庄：花山文艺出版社，1998：373-374.

较为简单，作者并没有做任何背景的铺垫或者繁琐的叙述，而是将笔墨集中于表现"我"的一种"惊悸"的心理感受。作者以第一人称"我"的视角来展开叙述，如此便可以直接向读者呈现主人公"我"的心理意识的流动变化。

这篇小说第一句话"低着头顺马路往北走"便塑造了一个胆小、疑惧、敏感甚至有可能还有些神经质的人物形象。整篇小说描写的是主人公"我"的心理故事。小说从开头到结尾，作者用几个意象，例如静悄悄人烟断绝的马路、大声呵斥的士兵、囚车里的犯人、前方的刑场制造出黑暗、恐怖的气氛，这种气氛不仅是外在的客观环境，更是"我"的内心对外界环境的一种感受和体验。"我"始终处在一种"惊悸"的状态中，并且这种"惊悸"的情绪体验在"我的"心理上不断加重，使最终从"惊悸"变成一种对"我"即将被害的强烈的疑虑和恐惧的情绪。在小说的最后，"我"被这种恐惧的心理压迫得无法忍受，终于在心里喊出了"为什么"的呼声。这种"惊悸"的心理以及由此而产生的被害的疑虑是这篇小说所要表现的中心。值得注意的是，在这篇《惊悸》中，"我"的这种担心自己被害的心理颇有鲁迅的小说《狂人日记》中的"狂人"的心理状态，"我"与"狂人"都表现出一种强烈的对于个体即将被害的疑虑和恐惧的心理。不同的是，"狂人"最后终于"痊愈"，赴某地候补去了，而郑振铎这篇小说中的"我"却对于"我"的同类的"兄弟们"、对于全体的"人"质问"为什么"。与《狂人日记》相比较，郑振铎的这篇《惊悸》在艺术表现上还不够成熟，但是其立意却颇有新意。作者紧紧抓住了主人公情绪的变化，将矛盾的焦点集中在外界环境与人物情绪的关系上，以主人公情绪的逐渐加深加重为主线来构造全篇。可以说，郑振铎的这篇《惊悸》在一定程度上表现出了西方现代意识流小说的基本特征，同时也反映了他本人对于文学作品中"情绪"元素的重视，这是与他的新文学思想中关于文学的本质的观点高度一致的，是他的新文学思想在小说创作中的具体化表现。

不仅是郑振铎强调"情绪"在文学作品中的重要地位，20世纪30年代的其他作家对此也相当重视。30年代的新感觉派小说主要通过人的意识和情绪流动来揭示人的内心世界、反映现实生活。新感觉派的代表作家施蛰存的心理分析小说就是淡化小说中的情节元素，而以展现主人公内心深层意识流动和情绪变化见长。"就作品的整体构思而言，施蛰存的小说通过淡化情节、结构、语言及人物形象等小说中的传统因素来突出人物的意识活动这一主体内容"，"几乎是一篇篇人物的'心灵独白'"❶。在这一点上，作为文学研究会创始人之一的郑振铎和作为新感觉派代表作家的施蛰存产生了惊人的相似。

郑振铎《惊悸》的最后"我"从噩梦中"忽地醒来，心里还嘭嘭的跳个不住，桌上一盏如豆的灯，放出绿惨惨的火苗……一身都是冷汗"，读者到此时才明白整篇小说写的并非实际发生的事，而是主人公的一次梦境。这种对人物梦境、潜意识、幻觉等的表现，正是施蛰存小说中的一个重要主题。"施蛰存的心理分析小说是中国现代小

---

❶ 文茜. 论施蛰存小说中的欲望主题 [J]. 中国文学研究，2006（2）：94.

说中最接近真正意义上的现代派的"❶，他最擅长于运用西方现代派小说中常见的幻觉、梦境、象征、怪诞等创作手法来展现主人公情绪中的潜意识。施蛰存的小说《鸠摩罗什》并没有以鸠摩罗什前往秦国担任国师的故事发展为线索，而是大量描写鸠摩罗什的潜意识及心理活动，以这种心理过程为小说的主体内容，展现了高僧也有如同凡人般灵与肉冲突的内心世界。《梅雨之夕》以第一人称"我"的视角展开，"我"在路上与一年轻姑娘结伴而行，途中"我"的内心产生诸多的幻觉与想象。《雾》中的素贞坐火车去上海，小说集中笔墨描写了坐在火车车厢里的素贞的心理活动。在这些心理分析小说中，施蛰存"没有刻意地去构思波澜起伏的情节，也没有创作别具一格的结构，更没有精心锻造语言，作品吸引读者的就是它所揭示的人物复杂的内心世界。施蛰存将艺术的笔触从现实世界中抽离出来，直接伸入主人公隐秘的心灵深处"❷。在具体的叙述策略上，施蛰存将人物意识的直接展现与作者的间接叙述结合，使人物的内心世界更加丰满地呈现在读者面前。例如，在小说《石秀之恋》中就有这样一段描述："所以此时的石秀，其心境却是两歧的；而这两歧的心境，都与轻蔑的感情相去极远。为杨雄义弟的石秀，以客观意志的两端在的立场来看潘巧云，只感觉到她未免稍微不庄重一点。而因为对于她的以前的历史有了一些确实的了解，便觉得这种不庄重的所以然，也

---

❶ 文茜. 论施蛰存小说中的欲望主题 [J]. 中国文学研究，2006（2）：94.

❷ 同❶.

不是什么不可饶恕的了。……但是，同时，在另一方面，为一个热情的石秀自己，却是正因为晓得了潘巧云曾经是勾栏里的人物而有所喜悦着。……倘若真是勾栏里的人呢，万一她这种亲热的表情又是故意的，那么，在我这方面，只要以为对于杨雄哥哥没有什么过不去，倒是不能辜负她的好意了。像她这样的美人，对于如杨雄哥哥这样的一个黄胖大汉，照人情讲起来，也实在是厮配不上的。而俺石秀，不娶浑家便罢，要娶浑家，既已看见过世上有这等美貌的女人，却非娶这等女人不可了。"在《魔道》《将军的头》《旅舍》等小说中，施蛰存更是大量使用了幻觉、梦境、象征、怪诞和幻象重叠等西方现代派的小说技巧，通过人物内心的意识流来展现人物的情绪并推进小说的发展。

这种淡化小说的故事情节元素，突出展现人物的心理和情绪的创作倾向不仅在施蛰存的心理分析小说中是一种非常重要的创作手法，同样也得到整个新感觉派小说家们的推崇。这种创作倾向不仅受到西方现代主义文学思潮的影响，同时也是 20 世纪 30 年代中国文坛的一股重要文学潮流。郑振铎对"情绪"的提倡，在具体的文学创作中对于人物情绪中隐含的意识流的重视，在某种程度上与这一股文学潮流共鸣、交融，这恰恰体现了他的文学思想的包容性和开放性。

1923 年 4 月 10 日，郑振铎在《小说月报》第 14 卷第 4 号上发表小说《淡漠》。在这篇小说中，主人公文贞和芝清都是南京学校里的青年学生。"五四"期间，文贞和芝清两人作为各自学校的代表参加了南京的学生运动。芝清是南京学生联合会的主席，怀抱着兴办教育的理想，文贞倾慕于芝清的才华和抱负，二人在运动中彼此产生了强烈的爱情，并各自解除婚约走到了一起。但是，这种甜蜜的爱情生活没有持续多久便由于芝清的毕业和赴上海工作而被打破。芝清离开之后，文贞感到十分的寂寞，情绪低落，以至于什么事情都没有兴趣去做，"无聊的烦闷之感，如霉菌似的爬占在她的心的全部"；而芝清却由于事情太多，与文贞的联系越来越少，感情也越来越淡漠，文贞由此而逐渐生出一种苦闷的情绪来。二人之间的这种疏离随着文贞的毕业进一步加深。文贞毕业后想到大学继续读书，而芝清却主张文贞"出来做事，在经济上帮他一点忙"，于是文贞"第一次感到芝清的变异和利己，第一次感到芝清现在已成了一个现实的人，已忘净了他们的理想计划"。从此之后，文贞便"由彷徨而消极，而悲观，而厌世"，从一个"活泼泼的人"变成了一个"深思的忧郁病者"，深深地陷入一种无法摆脱的"淡漠"之中。小说的最后，文贞不再希望芝清的到来，原本活泼快乐的她变成了"心里除了淡漠与凄惨，什么也没有。……生命于她如一片橘黄的树叶，什么时候离开枝头，她都愿意"这样的一个人。在这篇小说中，作者探讨了青年人的精神、思想与现实之间的关系。芝清原本有着崇高的理想——"毕业后捐弃一切，专心在乡间办小学"。但是在实际面临毕业后的去向时，他却执意要去上海；他在上海过着勤俭拮据的生活，感受到现实生活的巨大压力，逐渐抛弃了办教育的理想，而堕入庸庸碌碌的生活之中。文贞原本是一个活泼热情、积极参加进步运动的新式女青年，但是她却将自己的人生幸福完全依附于爱情的美满之上，于是在爱情得不到满足的时候，她便陷入了苦闷悲观的情绪之中，并进而对于整个人生的目的与意义都彻底失去了兴趣。芝清和文贞这两个人物是"五四"时期很有代表性的人物。小说的标题"淡漠"揭示了当时青年人情绪上、精神上所存在的问题：这种"淡漠"不仅仅是文贞与芝清两人之间爱情的"淡漠"，更是缺乏人生信仰的青年人对于人生的"淡漠"，是不能勇敢地去追求理想的青年人的"淡漠"。这种"淡漠"的情绪和精神状态犹如一剂慢性的毒药，将原本充满热情、富于理想、乐于参加改良社会的实际活动的青年一点点地"杀死"，最后只剩下没有人生追求、缺乏人生信仰，甚至对于人生彻底麻木失去希望的人。与《惊悸》相比，这篇《淡漠》也是以人的"情绪"为主题，不同的是《淡漠》在主题的开掘上也比《惊悸》更加深刻，在艺术手法上也更加成熟。

对"两性关系"的表现，是自清末民初以来中国文坛上的一个重要主题。自19世纪末至1917年胡适、陈独秀等人提倡"文学革命"，这期间的"言情小说先后出现了三种主题形态：19世纪末至20世纪初言情小说的主题延续着19世纪中期以来的'狭邪'传统，描写妓女与恩客之间的情爱关系，如《海天鸿雪记》（1899年）、《梦游上海名妓争风传》（1900年）、《海上名妓四大金刚奇书》（1903年）、《海上繁华梦》（1903—1906年）、《九尾龟》（1906—1910年）、《新茶花》（190年）、《九尾狐》（1908年）；1906年，《恨海》和《禽海石》这两部小说在言情小说领域产生了广泛的影响。在接下来的几年里，'写情'主题盛行，'情爱+政治'的倾向成为新的潮流并逐渐取代了'狭邪'的主流地位；1911年，徐枕亚的《玉梨魂》开'哀情小说'之端，其后的《碎琴楼》（1911—1912年）、《兰娘哀史》（1913年）、《玉田恨史》（1913年）和苏曼殊的短篇小说等都着力于表现情之至'哀'。"❶言情小说的本质即言两性之情，也即言"两性关系"。可以说，自晚清开始，中国小说在表现两性关系方面，其主题经历了"狭邪""写情"和"哀情"三个阶段，伴随着这种主题变化而来的是小说家们在描写两性关系时视角的转变和内涵挖掘的逐渐深入。

狭邪小说表现的是两性关系中的"金钱"和"肉欲"，"性"与"钱"的吸引力是两性关系得以建立和维系的关键，小说的整体架构局限于两性关系之狭小一隅，在情爱表现之中暗含讽喻和谴责。狭邪之后，辛亥革命前夕，开始盛行"情爱＋政治"的写情小说，写情小说家们往往将男女主人公放到急剧变化的社会大环境中去经历和体验，在社会变迁和政治变动的宏大背景下来展开两性关系，使写情小说呈现出浓厚的社会政治底色。自吴趼人的《恨海》《情变》《劫余灰》始，小说家们的眼光开始转向两性感情发展变化的过程，明显区别于狭邪小说中对情欲和金钱的偏重。不仅如此，吴趼人还将两性关系的内涵拓展出来，其笔下的两性关系中融入人类其他感情形式——"家国之情"，例如《恨海》在庚子事变的政治背景下来描写男女主人公的感情变化，在时代的变故中推进人物命运的发展，展现男主人公的自私软弱和女主人公的坚贞与执着，两性关系超越了"狭邪"的范畴。《禽海石》中男女主人公在庚子事变中亲历社会变动，两性脱离了家庭的狭小空间，在现实的离乱中成长与蜕变。由此，写情

---

❶ 文茜. 论清末民初言情小说的主题形态与观念转变［J］. 中国文学研究，2009（2）：82.

小说的表现范围不再限于传统才子佳人小说中的"后花园"与狭邪小说中的"烟花巷",而是"走出提供安全庇护的家庭和闺阁,一头栽进风风雨雨的大社会"。❶写情小说对两性关系中的心理过程和情绪波动也有一定程度的表现。"《恨海》中有好几处棣华的内心独白,表现出这个年轻女孩在战争和离乱中内心的波动与起伏。"❷正如加拿大学者迈克尔·艾格所指出的,《恨海》"在对于爱情与情感的深刻心理描写方面取得的进步与西方小说取得的进展相似",从而"预示了中国小说发展的新方向"。❸《禽海石》也使用第一人称以男主人公"我"的回忆与讲述来展开情节,具有一定程度的现代心理小说特点。但是,写情小说这种对主人公心理的接触只是浅尝辄止的,只是对人物心理活动的一种初步关注,并没有深入人物灵魂深处的颤动。直至民国前后,"情爱"与"政治"一直都是言情小说中两条相互交织的主线。这种创作倾向是辛亥革命前那个暗潮涌动的时代的特殊产物,其余风一直影响了民国前期甚至"五四"时期的小说创作。当时的中国社会正处于由传统向现代转型的过渡期,已经觉醒和将要觉醒的个体的"人"处于无名的苦闷与迷茫之中,哀情小说开始盛行,主人公往往在挫折中感悟人生的虚无与幻灭,普遍表现出一股仿佛是挥之不去的个体之哀、家国之哀、生命之哀。哀情小说家往往抓住人

---

❶ 黄锦珠. 论清末民初言情小说的质变与发展 [J]. 明清小说研究,2002(1):210.

❷ 同❶ 84.

❸ 米列娜. 从传统到现代——19至20世纪转折时期的中国小说 [M]. 北京:北京大学出版社,1991:167.

物的心理意识来展开和推进故事情节的发展，主人公的个体思想和自我意识成为小说家表现的主体部分。例如，《玉梨魂》在表现两性关系时，突出两性的内心世界，在塑造人物和构造情节时表现出了鲜明的心灵化和抒情性的特点。可以说，在展现人物情绪变化和个性心理方面，哀情小说比之前的狭邪和写情小说更进一大步。

由狭邪小说中的讽喻谴责，到写情小说中的时代和社会变动，再到哀情小说中的个体的苦闷与迷茫，小说家们表现两性关系的视角逐渐远离物质的和社会的因素而内化到两性的精神世界，对两性关系本质的挖掘越来越有力度，小说整体内涵的现代性属性越来越凸显。从小说发展的这一条脉络上来看，郑振铎的《淡漠》是一次重要的拓进，它彻底摆脱了传统小说在展现两性关系时的狭隘视角，也不再仅仅将社会政治背景作为一种小说底色，而是将两性关系放置于"人生"的大命题下来考察，让两性矛盾集中在"人性"上爆发。在《淡漠》这篇小说中，人物的命运和精神世界不再仅仅是受到社会变动和政治变革的影响，而是它们本身就是社会变动和政治变革的产物和结果。从这一意义上来说，《淡漠》是郑振铎创作真正意义的现代小说的又一次有力的成功尝试。

在《淡漠》发表两年之后的1925年5月，郑振铎远赴法国避难，身在异乡而苦苦思念家乡与亲人的郑振铎由此集中创作了一组"家庭的故事"。

《风波》和《书之幸运》最初都刊登在《文学周报》上，前者发表于1925年12月27日，后者发表于1926年1月3日，这两篇小说在故事内容上有一定的关联，都是讲述仲清与宛眉这一对年轻夫妻在日常生活中的冲突和矛盾，从发表的时间和小说情节来看，这两篇小说表现出一种鲜明的连续性，可以将它们放在一起来阅读。有趣的是，这两篇作品中矛盾的焦点所在正好相反：在《风波》中，仲清与宛眉之间的矛盾源于宛眉的经常打牌，引发情感冲突的是妻子宛眉；而在《书之幸运》中，夫妻二人冲突的起因在于仲清的爱买书，甚至是借钱买书，矛盾的焦点转移到丈夫仲清这一方来。在这两篇小说中，作者的笔墨集中于人物之间的情绪的变化和情感上的矛盾与冲突，刻画了个性鲜明的人物形象。

在《风波》中，仲清与宛眉这一对青年夫妻经常由于宛眉打牌而晚归甚至不归的事情而陷入矛盾与冲突之中。宛眉总是被亲戚家叫去打牌，有时是一整天，有时甚至直到半夜才回家。每当宛眉出去打牌，仲清便总是坐立难安，想要看书或写点东西却没心思去做，想要找朋友谈谈却发现自己结婚之后便跟朋友们疏远了。对于仲清的这种在等待中而产生的孤寂和焦躁情绪，作者描写得细致入微：

> 仲清孤寂的在他的书房兼作卧房用的那间楼下厢房里，手里执着一部屠格涅夫的《罗亭》在看，看了几页，又不耐烦起来，把它放下了，又到书架上取下了一册《三宝太监下西洋演义》；没有看到二三回，又觉得毫无兴趣，把书一抛，从椅上立了起来，微微叹了一口气，在房里踱来踱去。❶

---

❶ 郑振铎. 郑振铎全集：第1卷［M］. 石家庄：花山文艺出版社，1998：10.

作者通过对仲清的一些细微动作的描写来表现他的心理状态：

> 于是他的耳朵格外留意起来，一听见衣挨衣挨的黄包车拖近来的声音，或马蹄的的的走过，他便谛听了一会，站起身来，到窗户上望着，还预备叫蔡嫂去开门。❶

在《风波》中，类似这样的描写还有很多处，这正是《风波》一个重要特点：作者并没有着力去制造故事情节上的紧张与冲突，而是聚焦于主人公情绪上的矛盾与起伏，将笔力集中在人物波动不安的情绪变化上，通过描写人物行为的来衬托其内心的情绪或者直接描写情绪来呈现人物之间的矛盾与冲突，人物的情绪表现十分丰富、曲折。小说试图通过对主人公情绪和思想的挖掘与表现，唤起读者情绪上的共鸣。在这篇小说中，作者塑造了两个具有时代特点的青年男女形象。当仲清责怪宛眉："现在你们女人家真快活了。从前的女人哪里有这个样子！只有男人出去很晚回来，她在家里老等着，又不敢先睡。他吃得醉了回来，她还要小心的侍候他，替他脱衣服，还要受他的骂！唉，现在不同了！时代变了，丈夫却要等待着妻子了！"宛眉的回应是："自然喽，现在是现在的样子！你们男子们舒服了好久了，现在也要轮到我们女子了！"❷这段对话表面看来是仲清与宛眉夫妻间的斗嘴，但实际上却是小说借宛眉之口，表达五四运动几年之后，社会

---

❶ 郑振铎. 郑振铎全集：第 1 卷［M］. 石家庄：花山文艺出版社，1998：12.
❷ 同❶ 16.

思想的深刻变化：像宛眉这样的生活在旧式家庭的"少奶奶"，其自我意识也被唤醒，不再受封建道统思想的桎梏，而是认识到自己是与男性平等的个体存在，男性能做的事情女性也能做，男性能过的生活女性也能过，女性不再是丈夫的附庸，而是在社会生活中具有自己独立的主体性，正如宛眉所说："现在也要轮到我们女子了！"根据小说中主人公的思想状态，再结合这篇小说发表的时间，1925 年年底，距离五四运动发生已经将近 7 年的时间，我们可以大致推断作者的意图正在于描写五四新文化运动对于时代和社会的深远影响。这也是《风波》这篇小说立意独特之处：作者没有去写五四运动的激流中，人们的思想和情绪；而是选取五四运动发生之后相隔了几年的时间，再来呈现人们的思想和情绪，而这种在时间的推移中"沉淀"下来的思想和情绪，则是更能够说明五四新文化运动对于人们的深刻影响的。

在《书之幸运》中，仲清是一个爱买书的读书人，经常花不少钱去买些古书，但却又没有决心去做学问，只是徒然地买了许多书在书架上装样子，家里的经济却因此而"十分穷困"，他的妻子宛眉"因为他的浪买书，已经和他争闹不止几十次了"。[1]因此，当这次天一书局的伙计送来《浣纱记》《隋杨艳史》《隋唐演义》《笑史》几部书时，仲清虽然爱不释手，却只是不露声色。这篇小说在情节上有两次重要的人物冲突。第一次是在仲清与书局老板之间。作者将仲清的假装不买与老板的坚持高价之间的矛盾冲突描写得细腻生动而又颇

---

❶ 郑振铎. 郑振铎全集：第 1 卷［M］. 石家庄：花山文艺出版社，1998：20.

有起伏：仲清强忍住强烈的买书的冲动，几次与老板还价，老板却始终不肯让价，并一再坚持这几部书是如何的值得这么高的价格，直到仲清走到店门口装出要走的架势，老板才最终肯稍微让价。所以，当仲清终于买得这几部书回家时，他"如像从前打得了一次胜仗，占了敌国一大块土地似的喜悦"❶，宛眉的责怪、经济的拮据早已被他抛诸脑后。通过这些细节描写，仲清身上那种知识分子爱书、嗜书的心理特点被充分表现出来。小说中的另一次冲突发生在仲清与宛眉之间。仲清将书买回家之后许久，才想起借钱去还书账的问题。仲清想到自己是从来没有开口向人借过钱的，只好请宛眉去找亲戚借钱。看似无意的一笔，但作者却通过对这一心理细节的描写，表现出了仲清性格中那种知识分子要面子、重自尊的心态。妻子宛眉回家发现新买的书后着急地追问仲清，仲清只好谎称不是赊账买来的让宛眉暂时安心，但自己随后便"全夜在焦苦、追悔、自责中度过"。仲清在心里挣扎了许久，终于向宛眉吐露买书的真相，宛眉"生气起来，把桌上的书一本一本的抛在地上"，对仲清大加指责。仲清一边心疼地上的书，一边仍尽力向宛眉解释这些书以后"一定可以赚钱"的。最后，宛眉终于出去借钱了，而仲清也"一块大石已在心上落下"。❷小说的这种结局，似乎在暗示读者：仲清和宛眉之间的这场关于书的"战争"永不会结束，而必将继续下去。在这篇《书之幸运》中，作者将

---

❶　郑振铎. 郑振铎全集：第 1 卷［M］. 石家庄：花山文艺出版社，1998：26.

❷　同❶ 27-28.

仲清对于书的喜爱和难舍、与书店的伙计和老板讨价还价时的隐忍、买书之后如同得胜将军般的狂喜、回家后担心妻子宛眉责怪而产生的焦虑不安等种种情绪进行了细细的描画，两位主人公的情绪随着爱书、买书、抛书、藏书而起起伏伏，人物情绪的变化依然是小说表现的中心。通过这些情绪的描写，小说塑造了仲清和宛眉这两个丰满的人物形象。

郑振铎有两篇以动物为题材的小说，同样是以主人公的情绪和情感作为表现中心。小说《猫》讲述了"我"三次养猫的经历。前两只小猫都很活泼可爱，但是第一只小猫不久便死了，第二只小猫被人偷偷抱走，使"我"和家人都很难过，于是很久都不再养猫。第三只小猫是在一个冬天的早晨被家中的佣人捡回来的，它"好像是具着天生的忧郁性似的"，"终日懒惰的伏着"，全家人都不像喜欢前两只小猫那样地喜欢它。❶有一次，妻子的芙蓉鸟被咬死了一只，"我"和家人都断定是小猫所为，"我"愤怒地拿起木棒追打小猫，把它赶出了家。后来"我"才知道，原来咬死芙蓉鸟的是另外一只黑猫，并不是"我"家的小猫。"我"的良心因此而受到责备。小猫死后，"我对于它的亡失"反而"比以前的两只猫的亡失，更难过得多。"❷在《失去的兔》一开始，"我"与母亲和二妹讨论着"窃贼"的问题。"我"对于贼之偷窃行为并不感到气愤，相比那些"贪官、军阀、奸

---

❶ 郑振铎. 郑振铎全集：第1卷［M］. 石家庄：花山文艺出版社，1998：7.
❷ 同❶8.

商、少爷等等，……明明的劫夺、偷盗一般人民的东西，反得了荣誉、恭敬"，"我"反而对那些迫于生计被迫为贼的人心存同情，并认为"人原不是完全坏的，社会上的坏人都是被环境迫成的"❶，甚至贼也是能够被感化的。因此，"我"对于窃贼十分同情，即使被偷去贵重的衣物也不会在意。但是当"我"喜爱的兔子被偷走之后，"我"便开始"诅咒贼，怨恨贼"。小说主要表达的是一种人道主义的感情："我"先是对于窃贼给予一种人道主义的同情，而对于上层剥削阶级持一种批判的态度；母兔被偷走之后，"我"又同情于嗷嗷待哺、生命垂危的小兔，而对偷兔的贼则充满了怨恨与诅咒。很显然，"我"的这种人道主义的感情主要是一种对于弱者的同情。在这两篇小说中，主人公的情绪和情感始终是作品所要表现的中心，如"我"对于小动物的怜爱，对于偷窃或残害动物等行为的愤恨，对于社会不公现象的痛斥……人物的种种情绪以及情绪的变化，都是作者所要着力表达的中心。

《王榆》的主人公是"我"家的老仆——王榆。王榆的父亲作过小官，他自己"也读过几年书"，由于家道的中落而做了"我"的祖父的司事进而又作了"我"家的佣人。王榆吃饭时爱喝酒，耽误老妈子洗碗，经常招来老妈子的埋怨；他对待新来的佣人态度傲慢，因而遭到佣人们的抵触；他经常干涉"我"的游玩："孙少爷不要跟他们做这种下流事"，"孙少爷不要打她，她也是好好人家的子女"，因

---

❶ 郑振铎. 郑振铎全集：第 1 卷 [M]. 石家庄：花山文艺出版社，1998：42.

此而总被"我"不耐烦地打断："不要你管！"❶王榆经常买菜回来后偷偷留下好的部分给自己下酒吃，于是招来"我"的妻子的责怪……但是，这样令人"讨厌"的王榆在我家的地位却很特殊，"介乎'佣人'和亲密的朋友之间。"王榆"没事便住在我们这里"，帮我们管理家事；虽然有时"有旧东家写信来叫他去了"，但是他"每年至少有三封拜年拜节的贺片由邮差送到，不像别的佣人，一去便如鸿鹄，一点消息也没有"❷。虽然王榆爱使气骂人，但他只是在厨房里发发牢骚，"从不曾开口顶撞过上头的人，就连小孩子他也从不曾背后骂过"❸；"我"结婚的那天，大家都去礼堂，王榆却自告奋勇地在家留守；虽然他自己十分拮据，但是"却还时时烧了一钵或一磁缸祖母爱吃的菜蔬"送来；王榆发现"我"的一位好友是个好赌的人，特意回家来劝说"我"不要借钱给那个朋友，却被"我"误会，并遭到"我"无礼的呵斥。如此看来，王榆在这个家庭中的位置不仅是"特殊"，简直是"奇特"了。一方面，在这个家庭中，除了老一辈的祖父、父亲和母亲之外，几乎所有的人都讨厌王榆；另一方面，王榆却比别的佣人更忠诚、更恪守职责、更重视与主人家的情分。

《五老爹》中的主人公同样是一个在家庭中有着"奇特"地位的人物。五老爹是祖母的叔父，所以家人都叫他"五老爹"。五老爹虽然"不曾念过许多书"，但午轻时也曾"赴过考场"，只是后来"弃了

---

❶ 郑振铎. 郑振铎全集：第1卷［M］. 石家庄：花山文艺出版社，1998：68.

❷ 同❶ 66.

❸ 同❶ 67.

求功名的念头……跟随了祖父谋衣食"。但是,五老爹的跟随祖父"如绕树而生的绿藤一样,总是随树而高低,祖父有好差事了,他便也有;祖父一时赋闲了,他便也闲居着",并且"总是闲居的时候多"。❶五老爹尤其喜欢"我",他给"我"折纸船,用手指映着灯光做种种姿态逗"我"、把"我"举在空中如白鹄似的飞翔、给我讲"海盗"、《聊斋》和《三国志》的故事……这些都在我的童年记忆中留了深刻的痕迹,以至于在三十年的岁月中,我最忘不了的人就是五老爹。五老爹的命运十分凄苦:他在四十多岁的年纪才依靠祖父的帮助而娶了妻,但是他的妻"年纪只有二十左右,同他在一起真可算是父女","胖得圆圆的,身材矮短……简直像一个皮球",并且"不大说话,样子是很傻笨的";他的女儿"很会哭,样子又难看","终日呆涩死板的坐在房里,也不大使合家怎么满意"。唯有五老爹自己,"依旧得众人的欢心""依旧健谈不休"❷。十年后,"我"在北京念书时,五老爹来北京请三叔帮忙找事做。但是五老爹在三叔家待了半年却还依旧没找着事情可做,不仅受不了北京的寒冷,还差点被煤气熏死。无奈之下,五老爹只好回南方老家。又五年后,当"我"在故乡遇到五老爹,发现他过着比以前更加穷苦的日子。五老爹希望我资助他点钱,但当我"带了不多的钱"给他后,他却用了至少"我给他的三分之一的钱"来预备午饭为"我"接风。

---

❶ 郑振铎. 郑振铎全集: 第 1 卷 [M]. 石家庄: 花山文艺出版社, 1998: 55.

❷ 同❶ 59.

《九叔》里的主人公九叔在大家庭中"占着一个很奇特的地位"。
九叔是家中的闲人,"他的失业,一年二年不算多,而他的就事,两月三
月已算久"❶。他爱管闲事,荷花偷吃、郭妈打碎碗、李妈抱小弟弟
出门,他都要干涉;太太们打牌时,他总在一旁"东指点,西教导",
因此而惹来与二嫂的对骂。但是,这样"人人的眼中钉,心中刺"、
闹得"合宅不宁"的九叔却在静谧而富有诗意的夏夜拉起了胡琴、
唱起了小调:

> 夏夜是长长的,夏夜的天空蔚蓝得如蓝色丝绒的长袍,
> 夏夜的星光灿烂如灯底下的钻石。九叔吃了晚饭,不能就睡。
> 便在夏夜的天井里,拖了一张凳子来,坐在那里拉胡琴。拉
> 的还是他每个夏夜必拉的那个烂熟的福建调子《偷打胎》。
> 他那又高又尖的嗓子,随和了胡琴声,粗野而讨人厌的反复
> 的唱着。微亮的银河横亘天空,深夜的凉风吹到人身上,使
> 他忘记这是夏天。清露正无声的聚集在绿草上,花瓣上。而
> 九叔的'歌兴'还未阑。李妈、郭妈、荷花们这时是坐在后
> 天井里,大蒲扇啪啪的声响着。见到的是和九叔见到的同一
> 的夏夜的天空。荷花已经打了好几次的呵欠了。❷

---

❶ 郑振铎. 郑振铎全集:第1卷[M]. 石家庄:花山文艺出版社,1998:91.
❷ 同❶ 96.

在这深沉而美丽的夏夜，家中人都欲安睡，没有人去欣赏这夏夜之美。唯有这合家都不甚喜欢的九叔，竟宛如一位艺术家般地弹唱着，应和着这美丽的夏夜。不仅如此，这个被全家人视为"讨厌鬼"的九叔竟然在一次强盗袭击家里的时候，沉着而机智地挽救了全家人的性命。更令人意外的是，一年之后，这个游手好闲的九叔竟然在做着一份正经的工作，穿着"高价的熟罗衫"、带着两只"很沉重，很沉重"的皮箱回到家中来，连说话都是"甜蜜蜜的"，而不再是"尖尖刻刻的谩骂"了。最后，当那深沉而又美丽的夏夜再度降临时，天井里却不再见到九叔拉胡琴唱小调，也不复见李妈、郭妈、荷花们摇蒲扇、打呵欠，全家人都在屋子里打牌消遣，包括九叔与荷花们。

在《王榆》《五老爹》和《九叔》这三篇作品中，作者塑造了三个"符号化"的人物：王榆、五老爹和九叔。他们都是当时正在没落的旧式大家庭中的一员，他们都对自己所在的大家庭以及家庭中的成员有着一种深沉的感情，但他们自身却并不受到家庭其他成员的关注或重视。因此，这三个人物与家庭其他成员之间的感情的冲突便成为作者描写的焦点。

《三姑与三姑丈》讲述的是三姑燕娟与三姑丈和修夫妻俩从原本富裕的生活而逐渐"落在艰难穷困的陷阱中"，并且在这"坚不可破"的陷阱之中挣扎了二十年的故事。三姑丈和修是一个忠厚又无能的人，他的家庭原本很阔，虽然分家产的时候被两个哥哥夺去了许多，但三姑和三姑丈还是能过着衣食无忧的生活。但是，三姑丈的"丰富的家产，不败于浪费，不败于嫖赌，却另有第三条大路，把他的所有，都瓦解冰消"，这"第三条大路"就是败于他的"忠厚无能"❶。为了争回应得的家产，三姑丈被几个讼师骗得一次次花钱去打官司。但是由于他的毫无主见，在这场官司中真正得利的是县里的太爷、师爷、胥吏和讼师们，三姑丈自己的财产却"一天天的，一年年的少了"；三姑丈原本还有一家米店，却止不住亲戚们一次次地来赊米，最后甚至被米店经理卷走所有现款；祖父介绍三姑丈一份帮闲的差事，三姑丈竟无法守住这一份简单的工作；最后，三姑丈沦落到当了一名长警，却因遭到责打而一病不起，并最终丧命。这篇小说表明了忠厚无能的人无法存活于黑暗的旧社会，同时更寄予了作者对于和修这样一种人物的既恨其不争又怜其可悲的复杂情感。

《压岁钱》是一篇以儿童生活为题材的作品，在人物情绪的描画上也非常成功。小说一开始，作者浓墨重彩地描绘了孩子们热切地盼望着大年夜的到来以及大人们为大年夜而做着各种准备的忙碌情景：孩子们捉迷藏、踢毽子、读童话、看电影，戴了面具围着火堆跳舞、看大人们蒸米粉、做年糕……家中的大人们都在为新年而紧张地做着各种准备，厨子忙着腌各种鸡鸭鱼肉，女佣人们把家里的垫子、桌子和烛台都擦洗得干干净净，母亲带领大家一起钳猪头上细毛……作者通过对这些活动的细致描写，将小说中喜庆的节日气氛一步步推向高潮，全家人都沉浸在热烈的欢快情绪之中。终于到了年三十的晚上，小弟却因为压岁钱太少而哭闹不休，于是大哥向小弟讲述自己小的时候家里经济窘迫，而年幼无知的自己却由于压岁钱太少而在大年夜哭

---

❶ 郑振铎. 郑振铎全集：第1卷［M］. 石家庄：花山文艺出版社，1998：78.

闹，惹得祖母伤心落泪的经历。故事随着大哥对于童年往事的回忆而转入一种悲凉而沉重的哀伤情绪之中。在大哥的回忆中，童年时候家庭生活的拮据、年幼而无知的孩子的哭闹、年迈的辛苦操持家事的祖母……令人读来不禁产生一种淡淡的伤感。从题材上看，这篇《压岁钱》是一篇儿童文学作品。小说在对儿童生活的细腻描述中充满了童趣，在对儿童心理的准确把握中流露出对于儿童的教育。整篇作品始终以人物的情绪为中心，表现了儿童情感的纯真稚嫩和成年人情感的深沉蕴藉。随着故事情节的发展，人物的情绪从欢乐一步一步地转为哀伤。可以说，人的"情绪"是这篇《压岁钱》所要描画的中心元素。

在郑振铎所创作的这些"家庭的故事"中，还有《春兰与秋菊》《五叔春荆》《赵太太》和《元荫嫂的墓前》等几篇，描写的都是中国旧式家庭里的生活故事。《春兰与秋菊》讲述的是大家庭里的两个小丫鬟的故事。春兰与秋菊都是自小被卖到大户人家当丫鬟的，春兰漂亮、勤快、伶俐，秋菊却长得不好看，而且还又愚笨又懒惰。因此，春兰很受主人的宠爱，秋菊却经常受到责骂。但是，作者却给她们安排了截然相反的命运。秋菊嫁了个憨厚但是能干的年轻人，慢慢地竟也穿起了绫罗绸缎、戴起了金镯子，而春兰却因为主人的喜爱和自己心气过高而一直没有找到合适的人家出嫁，最后竟跟着一个陌生人走了。《五叔春荆》这篇小说由"我"的回忆和祖母的回忆构成，讲述的是"生平没有写过一个潦草的字，也没有做过一件潦草的事"的五叔的故事。在几位叔叔中，"最使我纪念着的"是早逝的五叔。五叔从不贪玩、打丫头、骂家里的佣人，他总是那么"温温和和的，对什么都讲和气，读书又用功"❶。为了祖姨的失落于水中的家产，五叔涉水奔波，因此而染病。后来，五叔病中又屡次为祖姨的事情而奔走，以至于身上的病越发加重，最终死于病榻之上。在《赵太太》中，赵太太原本是一个乡间的农妇，偶然间到八婶家当了女佣，又偶然间与八叔做了"非常轨的结合"。八叔因此而有了两个家，一个是在北京的和八婶的家，一个是在上海的和赵太太的家。赵太太在整个家族中的地位是尴尬的，因为这种"非常轨的结合"，所以赵太太与八叔的结合一直还是亲友间的谈资与口实，并且"除了底下人之外，没有一个人曾称呼她为某太太的"，亲友们见了她，都"以'不称呼'的称呼了结之"。❷《元荫嫂的墓前》又是一篇在回忆中展开的故事。小说一开始便讲述"我"与五姊去墓地拜祭三伯时见到元荫，由此而牵引出五姊对于元荫嫂之死的回忆。元荫嫂是一个少见的"美好的少妇"，却嫁给了元荫那么"一个忠厚而委琐的人物"。在一次亲友间的牌局上，元荫嫂与"人品很漂亮"的容芬一见钟情，从此便开始频繁地暗中往来。当亲友们逐渐发现二人的秘密约会之后，元荫嫂在家庭中"几乎成了一个女巫，成了一个不名誉的罪犯，到处都要引动人家的疑虑和讥评"，只有元荫依然"死心塌地的一味爱她，奉承她，侍候她"。❸后来，二婶家搬到上海，元荫嫂与容芬便断了交往。

❶ 郑振铎. 郑振铎全集：第 1 卷［M］．石家庄：花山文艺出版社，1998：117.
❷ 同❶ 145.
❸ 同❶ 140–141.

但是，元荫嫂竟一病不起，不到两年便逝去，容芬则沉湎于喝酒，而元荫则在每个礼拜天上午"必定很远很远的由家跑到墓场里，去看望他的妻的墓"。

在郑振铎的这些以家庭为表现对象的小说中，《三年》是非常优秀的一篇作品。小说一开始便渲染了一种淡淡的哀伤情调：

> 独有在沉寂寂的下午，红红的午日晒在东墙，树影花影交错的印在地上，而街头巷尾，随风飘来了一声半声的盲目的算命先生的三弦琴，这简单而熟悉的铮铮当当之声，将勾引起你何等样子的心绪呢？……这铮铮当当的简单而熟悉的三弦声，仿佛是运命她自己站在你面前和你絮絮叨叨的谈着，你不能避开了她的灰白如死人的大而凄惨的脸，你不能不听她那淡泊无味而单调的语声。呵，这铮铮当当的简单而熟悉的三弦声，虽只是一声半声，由街头巷尾而飘来你的书室里，却使你受伤了，一枝两枝无形的毒箭，正中在你的心"。❶

在这种使人心中起了莫名而哀伤的涟漪的"铮铮当当的三弦声"中，"板涩失神""枯黄，憔悴，惨闷"的十七嫂走进读者眼中。在十七嫂9岁时，算命先生说她"命可是不大好……要克父……要克子"。十七嫂刚嫁入四婶家时，四婶待她十分的"细心体贴"，新房里"几

---

❶ 郑振铎. 郑振铎全集：第1卷［M］. 石家庄：花山文艺出版社，1998：100.

乎可以闻得出那'新'味来"，四婶嘴里也总是"新少奶长，新少奶短，一天到她房里总有七八趟"，一切都是新而美好的。一个月后，在"浙江省做了二十年的小官僚，候补的赋闲的时间总在十二三年以上的"四叔便"署理了天台县"，三个月后，十七嫂又怀上了身孕。自此四婶待十七嫂更是"体贴得入微"，这时候的十七嫂是"过着她的黄金时代"。❶然而，这种"黄金时代"的生活却随着四叔的突然病逝、十七嫂小时候被算命先生说命硬的流言的传开而迅速消失，"如一块红红的刚从炉中取出的热铁浸在冷水中一样"，并且"永不再来"。四婶不再"新少奶，新少奶"地叫着，不再问她要吃什么不，热络地拣着好菜往她的碗里送，而是终日里责骂着十七嫂；十七哥远在上海工作，很快又娶了一个妻子。十七嫂从此整日地待在自己房中，"如坐卧在愁城中"一般。孩子的出生令四婶和十七嫂都重新感到了快乐，但不久孩子就夭折了，于是十七嫂的"命硬"更是成了"一个铁案"，"人人这样的说，人人冷面冷眼的望着她，仿佛她是一个刽子手，既杀了父亲，又杀了公公，又杀了自己的孩子"。从此，十七嫂便"终日茫然的望着墙角，望着天井"，只有那"铮铮当当的三弦声"使她的"麻木笨重的心上"偶然间"不由得不深深的中了一箭"。在这篇小说中，由于人们迷信于算命，十七嫂从"黄金时代"坠入无尽的忧郁。❷

郑振铎在旅居法国期间所创作的这些小说作品后来于 1928 年结

---

❶ 郑振铎. 郑振铎全集：第 1 卷［M］. 石家庄：花山文艺出版社，1998：103–104.
❷ 同❶ 111–113.

集成小说集《家庭的故事》出版，在该小说集的《自序》中，郑振铎说道："中国的家庭，是一个神妙莫测的所在。凭我的良心的评判，我实在说不出它究竟是好，还是坏，更难于指出它的坏处何在，或好处何在。但从那几篇的故事中或可以略略看出这个神妙莫测的将逝的中国旧家庭的片影吧"。从这一组"家庭的故事"中的各篇作品看来，郑振铎对于中国旧式家庭的感情主要是一种深厚的眷恋。他同情于那些旧式家庭中的各种旧式的人物，无论是那无用而吵闹的九叔，那与八叔作了"非常轨的结合"而成为亲友间谈资的赵太太，那秘密约会的元荫嫂与容芬，还是那忠诚而尽责但却被佣人和妻子厌恶的王榆，那凄苦而善良的五老爹，那忠厚而无用的三姑丈，那因迷信而坠入不幸之中的十七嫂……在郑振铎的眼中，旧式的中国家庭酝酿了"许许多多的悲剧"，但是这些悲剧却并非旧式家庭"本身的罪恶"。他创作这一部"家庭的故事"，旨在描绘旧式家庭的"积影"，刻画这些家庭中的各色人物的"积影"，而并没有任何的谴责，只因为他对于这些家庭是"有些眷恋的"。

三

散文是现代中国文坛上的一种重要体裁，许多现代作家在散文创作领域都取得了不小的成绩，郑振铎的散文作品以其所蕴含的真挚的情感和深厚的文化内涵而在中国现代散文史上占有重要的一页。郑振铎的散文主要是一种"见闻录"式的文章，经常采用日记体或者通信体的形式来进行创作，因此他的散文大多蕴含深厚的感情，在内容上具有丰富的知识性，在风格上表现出一种娓娓而谈的谈话风，并且在这种看似平实而质朴的记叙与介绍之中，体现出了作者所具有的敏锐的洞察力和深刻的思考力。郑振铎的散文主要被收入《山中杂记》《海燕》《西行书简》和《蛰居散记》这四本散文集之中，其他的一些的文章则散见于各种报刊上。

《山中杂记》1927 年由上海开明书店出版，收录了郑振铎写的一组介绍在莫干山避暑期间的见闻的文章。1926 年 7 月 22 日，郑振铎前往莫干山避暑，一直到 8 月 21 日才从莫干山回到上海。《山中杂记》中的散文除了首篇《前记》是郑振铎在莫干山期间所写的之外，其余的文章都是他在回到上海后通过自己的回忆来追记的。《山中杂记》的《前记》的副标题为"山中通信"，表明了接下来的这一组散文将采用通信的形式向好友介绍在莫干山的见闻。这种通信的形式使得《山中杂记》中的文章整体都表现出一种仿佛是作者与读者面对面交谈的亲切而徐缓的风格。

《避暑会》介绍了莫干山上的"避暑会"这个组织。"我"初到山中便对避暑会产生了好奇心，慢慢地了解到由外国避暑者组织的避暑会在莫干山上办了许多利于避暑者的公共事业，但是中国的避暑者却并不十分关心和了解这个组织。于是"我"对中国人对于公众事业和社会事务的淡漠感到了一种愤怒。在《三死》中一位守山老人和两位避暑者的突然死亡成为人们议论纷纷的新闻，但是人们对于死者的兴趣很快就淡去了，无论是死于大火的可怜守山老人，还是死于肺病的十七八岁的年轻人，还是不知原因突然死亡的客人，几天之后便被人们遗忘。《月夜之话》营造了一种具有独特情调的意境：在"如美人身上披着蓝天鹅绒的晚衣，缀了几颗不规则的宝石"般的天空之下，有"如水银似的白"的月光洒下，周围的一切"都朦朦胧胧的不太看得清楚"。❶在这样如梦似幻的环境之下，天真的小女孩唱起童谣，引发"我"与好友闲谈起民间流传的歌谣，纯真而富于真情的民歌飘荡于这样幽谧而温柔的月夜，民间歌谣的淳朴之美与山中月夜的自然之美融合在一起，令人不由得随着文中人物的闲谈而进入了一种远离尘世、复归天然的意境之中。《山中的历日》回忆了"我"在莫干山上的完整的一天的生活。"我"在山中过着晚上不点灯、天黑便睡天亮就起的生活，白天能见到满山的白云和壮美的瀑布。在这样远离现代文明的山中，"我"开始过一种与都市生活截然不同的有规律的生活，并且辛勤地工作着。《塔山公园》《蝉与纺织娘》同样还是描写山中的自然之美。在《苦鸦子》中，"我"由几个做佣人的老婆子的闲谈中了解了下层妇女的不幸生活；《不速之客》写"我"思念的妻子突然到来所带来的喜悦之情；《山市》写"我"在山中买躺椅的经过并介绍"我"见到的山中的市集，山市之冷清出乎"我"的预料，而山中人在买卖中的狡猾与欺诈也是"我"所预料不到的。

在《山中杂记》里，郑振铎描画了宛如世外桃源般的莫干山上的人事和人情。在山中，可见漫天的云、壮美的瀑布、静谧的月夜；在山中，可听清幽的蝉鸣，可唱淳朴的民谣，可登崎岖的山径；在山中，

---

❶ 郑振铎. 郑振铎全集：第2卷［M］. 石家庄：花山文艺出版社，1998：225.

一个老人的死亡可引发半月的议论，几个老妈子的闲谈可引出一段凄惨的身世……一方面，莫干山仿佛自成一个小型社会，山中的生活自有它的清雅隽永；另一方面，山中的生活也并非完全的脱俗：生活在山中的人们有懒惰的，有欺诈的，有不幸的，更有对于他人的死亡表示冷漠的……作者捕捉到山中各色人物的情感，通过人事来写人情，读来令人觉得人事更加丰富生动，人情则更加蕴藉深沉。

1927 年 5 月，由于国内政治局势的逐渐紧张，郑振铎被迫离开上海前往法国躲避政治迫害。5 月 21 日，郑振铎搭乘法国邮船"阿托士"（Athos）从上海出发，6 月 25 日到达法国马赛。在这次长达一个月的海上旅行中，郑振铎写下了一组介绍旅途见闻的文章，发表在《文学周报》上，后来编为散文集《海燕》，由上海新中国书局于 1932 年出版。《离别》犹如一首悲伤的咏叹调，"我"回忆起启程前的一幕幕情景，反复吟咏着对祖国的爱、对亲友的爱："别了，我爱的中国，我全心爱着的中国""别了，我最爱的祖母、母亲、妹妹以及一切的亲友们"❶。《海燕》开篇描绘了作者家乡那"积伶积俐""为春光平添许多的生趣"的小燕子。作者在离家几千里的大海上见到了"我们的小燕子"，便不觉沉醉在那"如轻烟似的乡愁"之中❷。"*A LA MER！*"讲述"阿托士"在新加坡停靠时，作者见到划着瓜皮小艇的马来人跳入海中捡拾游客扔到水中的钱币的情形。在《大佛寺》中，"我"想象着那神秘而伟人

---

❶ 郑振铎. 郑振铎全集：第 2 卷［M］. 石家庄：花山文艺出版社，1998：261–262.
❷ 同❶ 267–269.

的"大佛寺"将是何等"庄严的佛地",然而当见到"没有黄墙""没有高殿""不是我们所想象的'佛地'"时,"我"失望了。但是当"我"在大佛寺中看到膜拜的人们"低微的念念有词""风吹动门帘,那帘上所系的小铜铃,便叮令作声"时,"我"才真正领悟了大佛寺的真谛所在。《阿剌伯人》是一篇颇富于历史感的文章。当"我"在亚丁见到笑嘻嘻地招揽生意的"阿剌伯人"、多得到半个银角便感谢不已的"阿剌伯人"、被人欺侮便惊慌恐惧的"阿剌伯人","我"又联想到历史上那曾经给世界以"强大的战栗"的、如"人类之鹰"的"阿剌伯人",那"跨着"阿剌伯种"的壮马,执着长枪,出现于无边无际的平原高原上,野风刚劲的吹拂着,黄草垂到了它们的头,而这些壮士们凛然的向着朝阳立着,唯美而且庄严,便连那映在朝阳下的黑影子也显得坚定而且勇毅"的"阿剌伯人"的祖先,"我"的心上不禁"突感着一种难名的苦楚和悲戚"❶。《同舟者》是作者在"阿托士"号上所写的最后一篇散文,作者采用简笔画似的笔法将同船的几个人勾勒得栩栩如生,在对同船者的细致的观察和描述中,作者对他们的依依惜别的感情不禁流露了出来。另一篇收入《海燕》的作品《黄昏的观前街》作于 1929 年 3 月 10 日,是郑振铎散文中相当优秀的一篇作品。文章叙述"我"原本"未见得十分喜欢苏州",由于一次偶然的机会,"我"在黄昏时候陪伴朋友闲逛苏州城最繁华的中心地带——观前街,于是便对苏州,特别是对观前街的印象大为改变:

---

❶ 郑振铎. 郑振铎全集:第 2 卷 [M]. 石家庄:花山文艺出版社,1998:279.

半里多长的一条古式的石板街道，半部车子也没有，你可以安安稳稳的在街心踱方步。灯光耀耀煌煌的，铜的，布的，黑漆金字的市招，密簇簇的排列在你的头上，一举手便可触到了几块。茶食店里的玻璃匣，亮晶晶的在繁灯之下发光……你如走在一所游艺园中。……你白天觉得这条街狭小，在这时，你，才觉这条街狭小得妙。……她将所有的宝藏，所有的繁华，所有的可引动人的东西，都陈列在你的面前，即在你的眼下，相去不到三尺左右，而别用一种黄昏的灯纱笼罩了起来，使它们更显得隐约而动情，如一位对窗里面的美人，如一位躲于绿帘后的少女。……❶

"我"如此沉醉于黄昏的观前街的"奥暖温馥"的情趣之中，宛如畅游于乐园之中般的忘情忘形，"我"是已经完全领略到了黄昏时候的观前街的美之所在，并且完全沉浸在观前街的美之中了。《黄昏的观前街》全篇都营造了一种"奥暖温馥"的情趣，在这种情趣之中满溢着"我"对于观前街的喜爱之情。可以说，《黄昏的观前街》是一篇相当成功的写景抒情散文。值得注意的是，这篇作品所写之景并不仅仅是自然之景，更是人文之景；并且作者在文中抒发的感情是自然真实、浓郁深沉的。

---

❶ 郑振铎. 郑振铎全集：第2卷［M］. 石家庄：花山文艺出版社，1998：293-294.

第二节
新的文学指向：改造人间

一

在诗歌方面，郑振铎创作了许多反映现实并呼唤改造现实的优秀作品。

1919 年 11 月，郑振铎发表了自己的第一篇白话新诗——《我是少年》，在这首诗中塑造了一个觉醒之后要求反抗的"少年"形象。这首诗开篇便以蓬勃的生气向世界大声宣告："我是少年！我是少年！"诗中的"少年"充满着澎湃的激情和昂扬的斗志，他告诉世人："我有如炬的眼"，"我的思想如泉"，"我有沸腾的热血和活泼进取的气象"。很显然，这是一个在"五四"中诞生的少年，是一个已经觉醒并要求"打破一切的权威"、向着光明"进前"的少年。❶ 在《灯光》中，作者塑造了一个孤独的先驱者形象。在"黑

---

❶ 郑振铎. 郑振铎全集：第 2 卷［M］. 石家庄：花山文艺出版社，1998：107–108.

云四罩，风吹叶落"的荒野中，"他"一个人"提着灯"前行，"照着前途明白"。"他"想与人"共享这个灯光，共向前迈往"，但是其他人都"嫌他的灯光耀眼"，于是"他"只好"孤孤零零的一个人"继续前行。在这首诗中，"他"欲以手中象征光明与觉醒的灯光来引领人们共同向前，但是却遭到拒绝，"他"孤独的行程正代表了当时中国少数已经觉醒的先驱者改造中国的艰难历程。❶《微光》号召身陷苦难中的人类反抗"Santan"（撒旦）的压迫，呼唤光明的到来，哪怕是一点点微弱的光明。《泥泽》指责了那种不信任引导者而盲目前进的行为，诗人希望人们认识到"合群是力"的道理。《悲鸣之鸟》中的悲鸣之鸟"勉振着唱哑了的歌声唱着"，它唱着孩子被饿狼追赶、工人为饥饿所迫、穿戴着衣冠的虎豹残虐善良的人们、野狼似的兵士们欺压驯善的人们……悲鸣之鸟歌唱着人间的一切不幸，但是这"寂沉沉的墟墓的人间"却"没有一个灵魂在听它"，于是悲鸣之鸟"愈唱愈悲，歌声中带着哭声，绵延而凄怨，高亢而愤怒，竟至于凄凄而哭：心之琴弦断了，再也唱不下去了！"这首诗对于生活在底层的被压迫的人们寄予了深切的同情，同时也对冷漠的残虐的人间进行了批判。❷在这些诗篇中，诗人以一个觉醒者的姿态，沉痛地指责和批判了黑暗、麻木的现实社会，并以奋发进取的精神呼唤人们起来斗争。

---

❶ 郑振铎. 郑振铎全集：第 2 卷 ［M］. 石家庄：花山文艺出版社，1998：109-110.
❷ 同❶ 135-138.

除了这些沉痛呼唤人们觉醒与反抗的诗歌之外，郑振铎还写了许多表现和反映现实生活中一些具体现象的诗歌。在《祈祷》这首诗中，作者将汽车和人力车进行了对比。汽车飞快地驶过，几乎冲倒路边的女工。有钱人的汽车在马路上是如此目中无人地疾驰，相比之下，下层人民却过着靠苦力维持生活的艰难日子："一个十三四岁的孩子拉着车儿向北跑，车上坐着一个年龄和身体至少都比他大两倍的人"，"年老的骨瘦如柴的车夫向我殷勤地招呼"，这一切使"我"愤怒，"但是我不能说什么，只是合掌地祈祷"。《在电车上》从电车里的不平等来折射整个社会的阶级分化现象，诗人为这不平等的社会现象感到愤怒不已，并呼唤人们反抗；❶在《无报酬的工作》中，作者将建筑道路的工人的辛苦与坐在车上的旅客的安逸快乐进行了对比。在这些诗歌中，作者对于社会的不公平现象表达出一种不满和愤怒的情绪，以及对生活在底层的人们的深切同情。除了批判黑暗社会中的阶级分化和不平等现象之外，郑振铎还对武力压迫的问题十分关注。在《有卫兵的车》中，"我"看到卫兵押送犯人的汽车疾驰而过，顿时充满了愤怒，渴望拿起武器去反抗；《灰色的兵丁》中士兵们"刺刀的光"和"锐利的视线"使得过往的行人都"不觉地引起灰色的生的感慨了"。❷

郑振铎的诗歌对于现实的关注不仅仅是反映社会的黑暗和发出反

---

❶　郑振铎. 郑振铎全集：第 2 卷［M］. 石家庄：花山文艺出版社，1998：5-6.
❷　同❶ 32.

抗的呼号，在二三十年代民族危亡的时刻，他还创作了许多直接反映重大事件的诗歌，在这些诗歌中抨击反动军阀的罪行、号召国民们反抗帝国主义的侵略。后来，郑振铎将这些诗歌收入自己的诗集《战号》之中。

《战号》中的诗歌分为三辑。第一辑中包含《卷头语》《为中国》《墙角的创痕》和《我们的中国》。在这几首诗歌之中，作者呼唤沉睡的中国人民醒来，号召人们为了国家和民族的未来而奋起反抗侵略者。《墙角的创痕》是五卅惨案之后，作者看到马路边墙角上所留下的枪弹痕迹后所写下的。在这首诗中，作者运用想象力塑造了一个奇特的意象："我"竟然看到墙角的弹孔上"每个创孔中似都现出一个无辜者的痛楚的脸。他们的口在伸诉些什么？他们的眼在凝望着什么？"❶这是一个饱含着深切的悲痛的意象，作者正是通过对这个意象的营造来批判屠杀者们的残忍。第二辑中的《我们的伤害永不在背上》《吴淞口的哨兵》《"哀兵"咏》《"什么时候是我杀敌的时候呢！？"》《"暾起于东方兮"》是围绕"一·二八"事变而写的一组诗。在《我们的伤痕永不在背上》中，作者想象了"一·二八"事变中的战斗场面，抓住光线和声音来表现战斗的激烈，营造了一种残酷而恐怖的战争气氛，诗人充满着高昂的战斗激情，由此呼唤人们的民族精神和反抗意识。《吴淞口的哨兵》是为"天神似的立在吴淞口断垣危壁之下"的哨兵所唱的一曲赞歌。诗人赞美哨兵无惧于

❶ 郑振铎. 郑振铎全集：第2卷［M］. 石家庄：花山文艺出版社，1998：55.

敌人的炮弹，始终"眼盯着断桥对岸的敌人，一步不移动他的岗位"❶。《"哀兵"咏》这首诗在悲伤中满含着怒火，受尽敌人挑衅的士兵为了国家而坚忍地牺牲武士的人格，最后以死来洗去自己所受的耻辱。在《"什么时候是我杀敌的时候呢！？"》和《"暾起于东方兮"》两首诗中，诗人都表达了一种积极乐观的战胜敌人的信心。第三辑是以卢沟桥事变和抗战的全面爆发为主题的一组作品。在《卢沟桥》中，诗人的爱国热情在民族存亡的时刻喷薄而出，他以无所畏惧的勇气大声高呼用鲜血来保卫国家；在《保卫北平曲》中，诗人描绘了北平城里各家翠绿的屋檐、驼队徐缓的铃声、清澄的玉泉水等，诗人对于北平的喜爱与深情在这种对于北平城的描绘中逐渐加强，于是他坚定地号召："保卫北平，保卫北平"，北平是一座敌人"永远轰不倒这坚厚的人的城"！❷《回击》呼唤人们不要退缩、要勇敢地去战斗。在诗人眼里，"苟安的和平是一条死路，忍辱的退让是一种罪恶"，只有给敌人以"重重的回击"，才能阻止侵略。❸第三辑中还有《当我们倒下来时》《枪执在我的手里》《祈战死》《吊平津》《我翱翔在天空》《机关枪手》《剩在的三个战士》《"勇士"》等诗篇，都是以"抗战"为主题，表达一种积极抗战的乐观情绪。

---

❶ 郑振铎. 郑振铎全集：第2卷［M］. 石家庄：花山文艺出版社，1998：63.

❷ 同❶79.

❸ 同❶81.

二

　　《平凡地毁了一生》原载于 1920 年 9 月 30 日的《晨报》，是郑振铎在《惊悸》之后公开发表的第二篇小说。作品讲述的是一个青年人如何在"平凡"之中简短地走完一生的故事。小说的主人公"他"一开始是个"强健"的、"活泼"的青年，"他"会做粉笔、墨汁，会算命和使用催眠术，"他"还懂一些医护的知识，"他"渴望去法国勤工俭学，过一种独立的生活。为了能够有钱去留学，"他"开始想办法自己挣钱。"他"想到开一家精神疗养院，可是又觉得会被学校的功课和专制的父亲妨碍；"他"想到要靠给人算命赚钱，可是又觉得"太不像样，利益又太薄了"；最后，"他"想到著书卖钱，可是他的国文程度又太差……就这样，"他"的留学计划只好暂时搁置。后来，"他"受到几个在青年会工作的朋友影响，萌生了服务社会、改造社会的伟大志向。入了青年会之后，"他"坐人力车要拣着老头子的车坐，去剃头要到生意清淡的下等理发所去；冬天的时候，"他"和青年会的朋友一起慰问贫民、散发米钱，在这个会里的工作使"他"逐渐成为一个"能实行的大社会改良家"。但是不久之后，父亲的去世使"他"走上了另外一条道路。在经济的压迫下，"他"不得不"牺牲了他的服务的精神"，他成了亲，整天都为家庭忙碌、为个人生活所累，于是"他"从前的"大而高的志向竟消磨了"，但"他"并不在意，而只是"尽心做家主的事"。最后，忙碌而辛苦的生活使"他"身患重病。不久，"他"的死耗便"传于朋友间了"。在这篇小说中，主人公"他"是一个聪明而又有崇高的社会服务理想的青年人，但是"他"实践理想的意志却不够坚强。虽然在青年会的影响下，"他"也能够从事许多社会服务的实际工作，但是个人生活的变动却轻易地将"他"这种为社会服务的理想打破，使他抛弃了服务社会的活动，转而陷入个人生活的泥潭之中并最终被这种"平凡"的个人生活所毁灭。郑振铎在这篇小说中所反映的是青年人的理想与实践之间不能统一的问题：有崇高的社会服务理想的青年，如果不能将他的理想付诸实际工作，或者是如果不能将这种实际工作坚持下去，那么青年人的理想甚至生命都最终会被平凡的个人生活所消磨、所毁灭。结合时代的背景来看，这篇小说的主旨不可谓不深刻。在五四运动结束后的不到一年半的时间里，郑振铎敏感地看到了青年人身上所存在的问题，并以小说的形式表现了出来，从这个意义上来说，这篇作品在题材的选取和主旨的挖掘上都是成功的。

1920 年 12 月，临近毕业的郑振铎参与编辑《铁路管理学校高等科乙班毕业纪念册》，并在其中刊载了自己的小说作品《一个不幸的车夫》，不久之后他又将这篇小说的题目改为"不幸的人"，在1921 年 1 月 10 日的《小说月报》第 12 卷第 1 号上公开发表。在这篇小说中，作者再次选取第一人称"我"的视角，写"我"在上学路上看到人力车夫被汽车撞死，并通过围观人群的议论得知车夫家庭的凄惨状况。在小说中，作者没有去写车夫被撞的经过，而是让"我"开场便见到车夫被撞之后的场景；同时，作者也没有直接去描述车夫家里的惨状，而是让读者跟随着"我"的耳朵去听，从其他车夫的议论中得知被撞者的家庭的不幸。这样的构思，不但能带给读者一种身临其境的现场感，而且还能留给读者一定的想象空间。因此，这篇作品在构思上是成功的。除此之外，作者在这篇小说中还蕴含了对社会上的不平等现象的揭露和批判，并对社会底层人民的悲惨遭遇寄予了一种人道主义同情。

《平凡地毁了一生》和《一个不幸的车夫》这两篇小说在选材和构思上都不同，但是却又都表现出一种共同的特点：它们都是以"改造"现实生活为根本的指向，以表现和反映某种现实人生的问题和社会现象为主旨，都是指向实际的"人间"生活。这两篇作品都是创作于 1920 年，当时的郑振铎还处在自己的学生时代。如同"五四"前后的其他青年学生一样，郑振铎此时关注的重心是当时中国的社会现实。可以说，呼唤"改造"是这两篇小说所表现出来的一个共同的主题，这一主题也成为后来郑振铎文学创作中的一个重要倾向。

小说集《取火者的逮捕》于 1934 年由上海生活书店出版，其中收录了郑振铎在 1933 年到 1934 年之间写成的 4 篇作品。与《家庭的故事》相比，《取火者的逮捕》中的 4 篇小说在题材上更加集中，全部取材于希腊神话中关于柏洛米修士（今译普罗米修斯）与宙斯之间的故事，主题都是"描写'神'的统治的横暴与歌颂'人'的最后胜利"，各篇故事之间在情节上的联系也更加紧密，4 篇小说实际上"可以说是一个长篇"。在表达的中心上，《取火者的逮捕》中的诸篇作品更倾向于对现实的反映和改造。

第一篇小说《取火者的逮捕》原载于 1933 年 9 月 1 日的《文学》，写取火给人间的柏洛米修士被逮捕的过程。这篇小说在结构上分为6 个部分：一，前奏。小说一开始写柏洛米修士已将火种盗给人类，以宙斯为首的众神在愤怒中等待着柏洛米修士的到来。这样的开场设计省去了情节上的繁琐枝蔓，而将笔墨集中于小说中的矛盾双方——柏洛米修士与宙斯，并渲染了一种暴风雨来临前的郁热而压抑的气氛。二，柏洛米修士的出场。当有着"山峰似的躯干，忠恳而有神威的双眼，表现着坚定的意志的带着浓髭的嘴唇，鬓边的斑白的头发，因思虑而微秃的头颅，以及那双多才多艺的巨手"的柏洛米修士出现在神厅之上时，那些"期待着壮烈的、残虐的表演的诸神们反都有些茫然自失"，"反省"与"同情"的情绪顿时弥漫于神厅之上，连宙斯的质问都变得"无力和和缓"❶。在这个部分，柏洛米修士的坚毅不屈、仁慈智慧与宙斯的自私虚伪、专制暴露形成对比，通过这种对比来鲜明地表现人物的个性。三，宙斯的回忆。宙斯回忆起自己发现火种已为人类所有的经过。当他发现人类学会使用油灯、学会打铁时，他愤恨不已，感到神族受到了巨大的威胁。四，柏洛米修士对于神族的控诉。当宙斯质问柏洛米修士为何要盗取火种给人类时，柏洛米修士并没有辩解，而是对以宙斯为首的神族进行了强烈地控诉："去了一个吃人的，却换了无数的吃人的；去了一位专制家，却换来了无数更凶暴的专制者"❷。五，柏洛米修士对于人类的同情。柏洛米修士进一步申明取火的理由是"为了正义"，为了救人类于神族残虐的压迫之下。六，柏洛米修士被押往高加索山。柏洛米修士拒绝了宙斯所

---

❶ 郑振铎. 郑振铎全集：第 1 卷 [M]. 石家庄：花山文艺出版社，1998：167-168.
❷ 同❶ 174.

给的最后的机会，为了正义、自由和光明，他义无反顾地走向了自己的被囚之地——高加索山。

《亚凯诺的诱惑》最初发表在 1933 年 12 月 1 日的《文学》，它的情节是《取火者的逮捕》的继续。这篇文章在结构上也是由鲜明的几个部分构成：一，锁囚。柏洛米修士被"权威"与"势力"两位神带往高加索山的史克撒峰上，由"天上的铁匠"海泛斯托士用链子锁在了岩石峭壁上。二，受难。柏洛米修士被紧紧地锁在岩石上，承受着"死以上的苦楚"。三，仙女的劝说。一群"美丽的海中仙女"劝说柏洛米修士向宙斯屈服。四，亚凯诺的诱惑。海王亚凯诺装成柏洛米修士的同情者，游说着柏洛米修士取回火种。但无论他如何威逼、利诱，柏洛米修士始终坚定地预言着神族必将灭亡的命运。五，受难者的宣言。合尔米士奉宙斯之命询问柏洛米修士是否愿意取回火种，但是柏洛米修士以巨大的勇气和决心坚守着受难者的预言。六，尾声。柏洛米修士在史克撒峰的峭壁上继续承受着被囚的苦难。

《埃娥》初载于 1934 年 1 月 14 日的《文学》上，这篇小说虽然不再以柏洛米修士为主人公，转而记述河神的女儿埃娥的不幸遭遇，但是主旨却仍然在表现专制者宙斯的残暴与自私。美丽而又天真烂漫的埃娥与父亲在埃那克河边幸福地生活着，却不幸遭到宙斯的蹂躏并被变成了一只白色的牝牛。善妒的宙斯之妻希拉召来百眼的亚哥斯去日夜看守埃娥。当埃娥受尽苦难，终于与老父重逢时，却被亚哥斯无情地阻止。伤心欲绝的埃娥发狂般的挣脱亚哥斯的羁勒，发誓要报复，"为她自己，也为了一切受难的女性"而报复宙斯。最后，埃娥流浪到高加索山，遇见被锁在史克萨峰上的柏洛米修士。柏洛米修士告诉埃娥关于神族灭亡的预言，埃娥心中因此而恢复希望、勇气和信念。
《埃娥》在结构上延续了前两篇小说的模式，即以几个鲜明的部分来
构成：埃娥的幸福生活，闯入者的追逐，劫掠者宙斯，绝望的父亲，
被弃的牝牛，百眼怪的看守，父女的重逢，希望的光。

《神的灭亡》是小说集《取火者的逮捕》中最长的一篇，初载于
1934 年 4 月 1 日的《文学季刊》。在这篇小说中，故事又回到了"取
火"这条情节主线上来。与前面的作品不同的是，这次矛盾的焦点转
移到了人族对于神族的反抗与斗争上来。神族对人类的压迫越来越严
重，柏洛米修士的火种使人类具有了前所未有的力量，于是人类中的
年轻一代开始觉醒、反抗，并最终战胜了整个神族，柏洛米修士的预
言终于实现。这篇作品的几个部分分别是：神族的腐朽颓败，"反抗"
种子之萌芽，人类的聚议，人与神的初次战斗，人类的庆祝，神族
的会议，女神的诱惑，神族的溃败，取火者的最后预言，人的胜利。

郑振铎认为，神话的"美"在于其中所蕴含的深刻的社会意义，
他指出"神话里的天和地，根本上便不是人类幻想的结果，而是记录
着真实的古代人的苦斗的经过，以及他们的心灵上所印染的可能的争
斗的实感与其他一切的人生的印象的"。基于对神话本质的这种认识，
郑振铎在三十年代创作了这一组神话题材的小说。在后来于 1956 年
为《取火者的逮捕》所写的新序中，郑振铎又进一步阐述了这一组神
话小说的创作意图是"借古人的酒杯，浇自己的块垒"，"虽然写的
是古代的希腊神话，说的却是当时当地的事"。在郑振铎创作这些小
说的同时，国民党当局的文化控制越来越严格，于是郑振铎便借柏洛
米修士盗火给人类以光明和力量、人类因此而最终推翻神族压迫的

故事来表达对于当时社会现实的憎恶之心和反抗之意，希望通过这些小说来唤起人们反抗的决心、鼓舞人们革命胜利的信心。因此，《取火者的逮捕》集子中的各篇都贯穿着同一个主题——"反抗"和"改造"，借柏洛米修士对宙斯的反抗、埃娥对宙斯的反抗、人类对整个神族的反抗、人类对火的使用以及由此而带来的人类社会的改变来折射现实生活中遭受压迫的人们反抗现实和改造现实的要求。因此，小说集《取火者的逮捕》中的各篇虽然所写的是古代希腊神话故事，但是表达的却是现代社会的民主要求，是对当时社会现实的折射。

除了在内涵上具有深刻的现实意义之外，《取火者的逮捕》中的各篇之间还表现出一种类似于"多幕剧"式的特点。《取火者的逮捕》和《亚凯诺的诱惑》都是由 6 个部分构成，《埃娥》有 9 个部分，《神的灭亡》可以分为 10 个部。每一个部分不仅是整篇作品的结构上的一个重要部分，更是小说情节上的一个重要的点，每一个"点"犹如戏剧中的多幕剧中的一"幕"。作者精心选择了这些"点"，并将它们串联起来，犹如戏剧家将戏剧中的"幕"连接起来，如此才构成了一篇精彩的作品。可以说，郑振铎的这部《取火者的逮捕》中的作品都是一种"多幕剧"式的小说。郑振铎对这种新型的小说形式的探索和尝试是成功的。

20 世纪 30 年代，郑振铎创作和发表了一组历史题材的小说，其中的《桂公塘》《黄公俊之最后》和《毁灭》这篇作品后来结集为小说集《桂公塘》，由上海商务印书馆于 1936 年出版。

《桂公塘》最初发表在 1934 年 4 月 1 日的《文学》上，小说讲述了南宋末年文天祥拯救国难的艰辛历程。文天祥出使蒙古军营，却被羁押于蒙古军中，文天祥及其跟随者历尽艰辛逃脱出来，为联络南宋将领共同抗击蒙古军队而辗转来到真州城，却被真州太守拒之城外，文天祥等人欲转去扬州，却又得知扬州太守正欲杀自己。最后，文天祥及其随从决心归顺江南的二主，再图救国之道。小说是从文天祥等人从真州城出来后前往江南的途中夜憩于桂公塘一处废弃的牛栏开始的。在牛栏之中，文天祥感慨万千，回想起由都城至蒙古军中，由蒙古军中逃至真州，再由真州城前往江南投靠二主这一路的艰辛过程。文天祥的回忆构成了这篇小说的主体内容。然而作者却以"桂公塘"为题，并且小说开始于桂公塘，结束于桂公塘，可见"桂公塘"在小说中的意义并非只是文天祥等人从真州前往江南中途的一个休憩地而已，而是具有更为重要的意义。在这篇小说的最后，文天祥等人从桂公塘出发闯过一个山口之后，作者写道："太阳从东方升起。和蔼的金光正迎面射在他们的身上脸上。有一股新的活力输入肢体。山背后还是黝黑的，但前面是一片的金光"。❶由此可见，"桂公塘"象征着"希望"，一种包含着胜利与光明的"希望"，而这种"希望"便是整个小说的主旨所在。作者在这篇小说中花了大量笔墨去写文天祥为了抗击蒙古军队而做的各种努力、他在蒙古军中所受的侮辱，以及他被拒之于真州城外的遭遇等，最后都归结到这个"希望"上来。作者意在告诉人们：虽然斗争的过程是如此艰难，如此地充满挫折，但是光明却在不远的将来。

---

❶ 郑振铎. 郑振铎全集：第 1 卷 [M]. 石家庄：花山文艺出版社，1998：307.

《黄公俊之最后》原载于 1934 年 7 月 1 日的《文学》，小说以清末的太平天国运动为背景，讲述了黄公俊支持和参加太平军的故事。湘人黄公俊的祖辈因为反抗清朝的统治而被流放至长沙，这种"血写的家庭的历史"和长沙城内清军的跋扈在黄公俊的心中早已埋下了仇恨与反抗的种子。于是，当反抗清朝的火焰从广西金田熊熊燃起，曾国藩、曾国荃府中乡绅们聚议时，黄公俊的心中却与乡绅们有着完全不同的想法，他是终日期盼着、等待着反清斗争的大火燃遍中国大地的，因此他热心地投入太平军的反清斗争之中。在太平军与湘军相持不下时，黄公俊只身前往湘军军营与曾国藩谈判，却遭到军棍的毒打并被逐出军营；当太平军的军势日益衰颓时，他再度前往湘军大营，试图说服曾国荃脱离清廷，却又被曾国藩囚禁；当太平军彻底失败，曾国荃带来赦免黄公俊的消息时，黄公俊悲伤欲绝，不求赦免只求一死。

《毁灭》最初发表在 1934 年 11 月 1 日的《文学》，讲述了南明王朝阮大铖、马士英等权奸为了个人私欲而不顾国家的危亡、出卖民族利益，最后落得被愤怒的百姓们烧毁家宅、捣毁家产、仓皇而逃的下场。在这篇小说中，作者着力塑造了阮大铖这个人物形象。阮大铖的私欲极重，因为陈定生、吴次尾、侯朝宗等人以前拒绝与他为友，他心中存下了多年的怨恨，等到当权之时便立即对侯朝宗等人实施报复；听到杨龙友说时局不妙，担心自己的权位财势不保的阮大铖便立刻"心脏像从腔膛里跳出，跑进了冰水里一样，一阵的凉麻"❶；清

---

❶ 郑振铎. 郑振铎全集：第 1 卷 [M]. 石家庄：花山文艺出版社，1998：347.

军南下进攻，阮大铖与马士英等人极力保全南明小朝廷，但实际上只是想如何保全自己的地位和家产；看到"清君侧"的檄文时，阮大铖一心想的是，"什么国家，什么民族，他都可牺牲，都不顾恤！" ❶在国家和民族面临危亡的大局面前，阮大铖一心顾虑的只是自己个人的权位和收藏的那些古玩字画，他心痛的竟是词曲的秘本和原稿本、唐宋古瓷、名家书画……但不管他如何处心积虑地谋划，最终还是毁灭于民众所燃起的大火之中。在这篇小说中，作者通过对于阮大铖、马士英等人的个人的"毁灭"，表现了在权奸当道之下的国家和民族的"毁灭"的命运。

王瑶在《中国新文学史稿》中谈到三十年代的历史小说创作时，列举了鲁迅、郭沫若、茅盾、施蛰存、巴金和郭源新（郑振铎发表历史小说时所用的笔名）这六人的历史题材的小说作品，并且在论述鲁迅和郑振铎两人的创作时花费笔墨最多，可见他对于郑振铎的历史小说是相当重视的。王瑶认为，郑振铎以"郭源新"为笔名所发表并被收入《桂公塘》的"这几篇小说都以一个历史上的有民族气节的人物为中心，他们为着理想，宁可牺牲自己，却决不向黑暗低头；这正是作者命意的所在"。《桂公塘》中收录的三篇小说在创作主旨上是与《取火者的逮捕》一脉相承的，同样是选择了看似与当时的社会现实无关的题材，但实际却恰恰是与当时的现实有着非常深刻的关系，是借历史来对现实进行折射和隐喻。被收入《取火者的逮捕》

---

❶ 郑振铎. 郑振铎全集：第 1 卷［M］. 石家庄：花山文艺出版社，1998：359.

和《桂公塘》的这些小说的发表时间大致是从 1933 年 9 月至 1934 年 11 月，当时正值抗战爆发的前夕，中国人民正面临着越来越严重的社会矛盾、阶级矛盾和民族矛盾，政府的腐败无能与侵略者的虎视眈眈都使得中国社会所面临的危机不断加剧。在这样的社会之中，如郑振铎这样的文人同样也遭到各种威胁。因此，郑振铎选择了借神话题材和历史题材之口来说时代社会之命运的方式，将他对现实的巨大不满、对民族危机的剧烈担忧、对革命和反抗的热切期待都寄予到他的神话题材小说和历史题材小说之中。

除了前述收入《桂公塘》的诸篇作品之外，郑振铎还创作了其他几篇以历史为题材的小说。《陈士章传》讲述的是一个"无用的好人"的故事。陈士章从中学刚毕业的时候，也曾有过去当小学教员的志向，却由于父亲的反对而打消了念头，并从此开始在家里守着百十亩田地过日子，"软瘫瘫的像他家里的鹅和羊和猪一样，只是逍遥自在，不做一点事"，闲暇时唯一的消遣就是去王大嫂的酒店去听人们的闲谈与争论；同学李书怀几次劝说他去城里的学校担任教员，但是陈士章却怎么也提不起兴趣，"在家庭里的几年依赖的生活，使他更软的，更怯懦下去了；简直连有人扶着也站不稳了"。❶陈士章的这种平静的生活不久便被动乱打破，他的财产几乎全部毁于事变之中，最后只剩下一些卖不出去的田地。怯懦而无主张的陈士章根本不知道如何安排自己的将来，也不知道自己的前途究竟在哪里，只能终日徘徊于乡

---

❶ 郑振铎. 郑振铎全集：第 1 卷［M］. 石家庄：花山文艺出版社，1998：420-421.

间并最终沦落为乞丐。在《漩涡》里，镇立第一高等小学校里的反动教员对进步的教员和学生进行迫害，由此而在学校里掀起了一股斗争的"漩涡"。在《漩涡》的一开始，进步教员李书怀离开了学校，但是他在这所学校中留下的新思想的种子却开始在部分学生和教员心中发芽，进步学生王洵、刘元恩和已经开始觉醒的教员武克刚等人与反动教员王英、周希哲进行了斗争，虽然最后以武克刚被迫离开学校结束，但是通过这样的斗争，武克刚更加成熟而坚定了，"他觉得自己是坚定而伟大的……他要开始踏着坚定的足步，为正义而奋斗"。（《郑振铎全集》第1卷，第458页）除了上述作品之外，郑振铎还有两篇历史题材的小说。《王秀才的使命——"庚辛之际"之一》写的是王秀才、林监生与地痞阿林哥、小黑子、周茂林等人勾结起来向侵略中国的英国军队出卖所需物资的故事，《风涛》讲述了明代的东林党与魏忠贤集团斗争的故事。这两篇故事都是以揭露和讽刺为主题的。

到了四五十年代，郑振铎还在坚持进行小说创作。虽然作品的艺术水平已不如他在二三十年代的小说，但是依然延续了他的反映现实、呼唤改造现实的主题，如《访问——一个未来的故事》讲述的是"警管区制度"对小市民生活造成的压迫，《汨罗江》通过对于屈原晚年生活的描写来表现屈原的爱国主义精神。郑振铎还有一篇未完成的长篇小说《向光明去》，小说写了"五四"时期的爱国学生运动和青年学生思想上的发展。

三

　　在散文创作中，郑振铎同样写下了许多直接反映现实、呼唤改造现实的作品。

　　《西行书简》是郑振铎于 1934 年的七八月间两次与友人参观平绥沿线时写给妻子高君箴的一组信件，因此这组文章全部采用书信体，记录了作者两次前往绥远的行程和沿途所见的风物，着重介绍了西北地区的一些重要的历史古迹。郑振铎后来表示希望通过自己的这些散文，"就将成为问题的中心的西北，其危急的情形，以及民间的疾苦，或可于此得到些消息"。在对古迹风貌的细致描绘和对古迹历史渊源的介绍中，郑振铎显示出了他广博而深厚的历史文化知识与深湛而精当的艺术表现力。第一篇《从清华园到宣化》记录了从清华园出发到宣化一路上的过程并介绍了宣化城里的几座古建筑。自清华园出发，沿途可见平原、大山、巨崖、白云、麦田、树林、溪流、山洞，果贩们叫卖着、喧闹着，出售的鲜桃味美价廉……作者一方面以一种轻松、愉悦的心情描绘这一幕幕充满野趣的风景与人情，而另一方面他在看到昔日的烽火台时，又禁不住涌起一种因担忧时事而凝重的心情；"昔日的国防，是这样的设备得周密，今已一无所用了。长城线已不能阻限敌人们铁骑的蹂躏了！"❶可以说，整部《西行书简》

---

❶ 郑振铎. 郑振铎全集：第 2 卷 [M]．石家庄：花山文艺出版社，1998：301.

中的文章都表现出《从清华园到宣化》一文中所具有的这种复杂情调：一方面，作者领略到西北地区的自然风光和风土人情，感到宛如置身异域般的新鲜而欢悦；另一方面，当作者浏览西北各镇的历史遗迹时，联想到历史上的各种人事的变迁，不禁流露出对于现实局势的隐隐的担忧。在《从清华园到宣化》中，作者参观了土木堡内的显忠祠，回顾了明代中原地区遭遇少数民族侵袭的历史；在介绍宣化城中的威远楼、镇房台时，作者又回顾了明清两朝交战的历史；在宣化城中，作者还介绍了恒山寺、朝玄观、弥陀寺、清真寺等庙宇和镇朔楼、清远楼、介春园等明清两代的古建筑。在《张家口》中，作者游览了作为汉蒙交易处的元宝山，参观了云泉寺、忠义宫、地藏寺等地，在看到原本是商业中心的张家口如今却成了关系西北几省存亡乃至在远东战局上占有关键地位的要塞时，作者感叹战争形势下的张家口之繁华景象将不能持续久矣。《大同》记叙了作者游览大同城中的九龙壁和上下华严寺的情形。作者由上华严寺的涂饰得已失去古意的壁画联想到南北方佛教兴盛之不同，进一步为北方佛寺的衰败和壁画艺术家的被冷落的遭遇而叹惋。在下华严寺看到"一个最伟大的塑像的宝藏"时，作者不禁抛开一切烦念，专心陶醉于精湛的艺术之美中。《云冈》从历史的角度考证了云冈石窟的开凿与后来的发展，在作者引经据典的介绍中可见到佛教在我国古代发展的一个片影。在云冈的第一天，作者游览了石窟寺和五佛洞，只见到石窟寺内被后人修补过的彩画和五佛洞西边被封闭的几个石窟，并没能欣赏到云冈艺术的精髓。当作者在晚餐之后，聆听山下人家娶亲的乐声时，心中不禁涌起一股淡淡的愁绪：

在这古窟宝洞之前，在这天黑星稀的时候，在当前便是
一千五百年前雕刻的大佛，便是经历了不知多少次的人世浩
劫的佛室，听得了这一声声的呜呜托托的乐调，这情怀是怎
样可以分析呢？凄惋？眷恋？舒畅？忧郁？沉闷？啊，这飘
荡着轻纱似的无端的薄愁呀！"❶

这一缕"飘荡着轻纱似的无端的薄愁"与这一千五百年来屹立在
西北大地上的云冈石窟使人仿若置身远古的历史深处，读者仿佛能感
受到作者心中那交织在一起的怅惘的愁绪与深邃的历史感。在正式参
观云冈的石窟与佛像时，作者对于所经所见的一窟一佛都缓缓道来，
石窟的精巧建筑、佛像的婀娜姿态、壁画的古艳色彩、洞壁上的题字
与碑刻……作者对于云冈石窟的每一处细节的美都仔细品味，并且一
点一滴地去猜想和推测有关云冈石窟的历史，如由石窟的建筑与布局
联想到当时的社会状况，由自"左云交界处"至碧霞洞的一组石洞推
测其地原为明代士人往来繁密之处，由西边儿窟内佛像古艳的色彩辨
别其应为元魏时期的作品……在《云冈》这篇文章中，作者将精湛的
石窟艺术之美与深厚的历史之美融合在一起，带领读者完整地领略了
云冈石窟的魅力。《口泉镇》讲述了作者参观口泉煤矿的经过，作者
详细介绍了煤矿公司的规模、煤矿工人的工作和收入情况，矿井中那

---

❶ 郑振铎. 郑振铎全集：第 2 卷 [M]．石家庄：花山文艺出版社，1998：322.

"只有两个眼白是白得发亮，一脸一身都是黑炭的黑"的煤矿工人使作者感到"很难过"。《大同的再游》《从丰镇到平地泉》同样还是记述旅途中所见之历史建筑和当地风物。

作者的第二次平绥之行是于当年 8 月进行的，从清华园出发直接到绥远省城。在第二次的旅途中，作者对"百灵庙"之行做了相当详尽的描述。《百灵庙之一》讲述了作者在前往百灵庙的路上，白天领略草原的自然风光，夜晚宿于蒙古包之中，"被包裹于这大自然的黑裳里"的奇妙经历。《百灵庙之二》介绍了百灵庙的历史、宗教地位、地方风俗，并描述了夜间在蒙古包中聆听胡琴、马头琴演奏时的慷慨之情。《百灵庙之三》是作者在百灵庙停留的第三天，游览了康熙征准格尔时的驻所，参观了寻常的蒙古人家，访问了河东的商家，对于当地的风物和人情做了更为深入的介绍。《昭君墓》介绍了昭君墓的外观、碑刻和题诗，并对传说中的几处昭君墓的遗址做了一番考证；在《归绥的四"召"》中，作者介绍了绥远有名的四召：锡拉图召、小召、五塔召和大召，描绘了喇嘛教寺庙中的建筑、雕刻、壁画、佛像。最后，作者在《包头》和《民生渠及其他》中介绍了包头的商业情况、新村运动、民生渠的匪患……在《西行书简》的诸文中，作者描绘的历史古迹主要是与政治事件相关的遗迹和与宗教活动相关的古寺庙。作者的这种对宗教寺庙和历史遗迹的巨细无遗的介绍与描写，带给人一种强烈的古朴的气息，仿佛将人从现实中抽拔出来投入历史的深处，使读者仿佛被笼罩在一层层厚重的历史帷幕之中。

1945 年 9 月 8 日，由柯灵、唐弢主编的《周报》创刊，从第 1 期开始连载郑振铎的一系列描写沦陷区生活的散文，一直持续到 1946

年2月16日《周报》第18期结束，这些文章后来都被收入散文集《蛰居散记》之中，由上海出版公司于1951年作为"文艺复兴丛书"之一出版。在《蛰居散记》的自序中，郑振铎提到在抗战期间的沦陷区，"极度的荒淫无耻与极度的受压迫的呻吟，作着极鲜明的黑与白的对照，是地狱相，是鬼趣图"，他愿为之作"一部详细的记载，作为'千秋龟鉴'"，"使将来的史家们有些参考"。出于这样的目的，郑振铎在写作《蛰居散记》时，着力表现的是沦陷区的各种"地狱相"和"鬼趣图"。可以说，《蛰居散记》是对于沦陷区人民遭受侵略者压迫的惨状的一幅幅"图画式"的记录，那一篇篇文章宛如一幅幅用黑白色的简单线条勾勒出来的图画，简练而清晰、形象而生动地描画出沦陷区人民悲惨生活的各种片段和截面，而其中又渗透着作者那无尽而深沉的悲哀、愤怒、痛惜的感情。

《蛰居散记》中的第一篇——《暮影笼罩了一切》描述了上海沦陷初期时的情形："暮色开始笼罩了一切。是群鬼出现，百怪跳梁的时候。……黑暗渐渐的统治了一切"，汉奸不断暴露出来，日军四处搜捕爱国人士……整个上海陷入群鬼横行的黑暗之中。（《郑振铎全集》第2卷，第389页）虽然这篇文章题为"暮影笼罩了一切"，但是作者想要表达的却是对于光明的信心，是要鼓励那多数的人"守着信仰在等待天亮"。在接下来的文章中，郑振铎描述了作为沦陷区的上海的多方面的问题：《"野有饿莩"》《从"轧"米到"踏"米》两篇文章记述了沦陷区粮食的短缺和人民的饥饿状况。在《"野有饿莩"》中，因饥饿而面临死亡的人遍布于上海城内。侵略者不仅掠夺中国的土地，更掠夺中国土地上的出产物——粮食，导致中国人大多吃不上白米饭。作者因此而心中悲愤不已，并发誓要向侵略者讨回这笔血账。在《从"轧"米到"踏"米》一文中，作者生动地描绘了一幅真实反映沦陷区人民悲惨生活的"轧米图"：

> "轧"米的队伍……常常的排到了一两条街。有的实在支持不住了，便坐在地上。有的带了干粮来吃。……开头，"轧"米的人以贫苦者为多，以后，渐有衣衫齐整的人加入。他们的表情，焦急、不耐、忍辱、等候、麻木、激动，无所不有，但都充分地表示着无可奈何的忍受。……有执鞭子或竹棒的人在旁，稍一不慎，或硬"轧"进队伍，便被打了出去。有的，在说明理由，有的，只好忍气吞声而去。强有力的人，有时中途插了进去，后边的人便大嚷起来，制止着；秩序顿时乱了起来。"❶

作者对于"轧"米者的观察是如此细致，采用类似漫画的笔法，通过简练的几笔将"轧"米者神形毕肖地表现出来，沦陷区人民受压迫的状况由此可见一斑。

《鹈鹕与鱼》《汉奸是怎样造成的》《我的邻居们》谈的是汉奸的问题。在《鹈鹕与鱼》中，作者由鹈鹕联想到汉奸，并预言那"臭虫似的"汉奸们必将走上末路；《汉奸是怎样造成的》刻画了一群"求

---

❶ 郑振铎. 郑振铎全集：第 2 卷［M］. 石家庄：花山文艺出版社，1998：429.

神问卜"、投机钻营的"汉奸相"。《我的邻居们》通过"我"的生活所受到的干扰，抨击了汉奸周佛海的巧取豪夺的恶行与奢侈糜烂的生活。《烧书记》《"废纸"劫》讲述的是侵略者的文化控制政策所导致的沦陷区的文化破坏问题。《烧书记》从回顾中国历史上的焚书事件开始，记述了侵略者在沦陷区大举搜书、毁书，沦陷区人民在高压之下被迫大量烧书的"怪事、奇事、惨事"，作者以异常沉重的心情拣选烧毁着自己的书，而那因烧书而散发的黑烟飘散在沦陷区天空的景象则更让他为沦陷区的文化遭到如此惨重的破坏而忧虑不已；《"废纸"劫》记述了沦陷区的书商唯利以趋，将书论斤售出，"初仅收及废报及期刊，作为所谓还魂纸之原料。继则渐殃及所谓违碍书，终则无书不收，无书不可投入纸商之大熔炉中矣"的文化界之大灾难。❶作者表面上记述的是"废纸"之劫，实际上反映的是沦陷区的文化之大劫。《售书记》同样记述的是关于书的问题，只是在这篇文章中，作者关注的焦点由文化的命运转移到了知识分子的命运上来。为了生计，作者不得不将所藏之书编目以出售，然后在编目时，却又觉得"部部书本本书都是可爱的，都是舍不得去的，都是对我有用的，然而又不能不割售。摩挲着，仔细的翻看着，有时又摘抄了要用的几节几段，终于舍不得，不愿意将它上目录。但经过了一会，究竟非卖钱不可，便又狠了狠心，把它写卜"。❷这段话充分地展现了知识分

---

❶ 郑振铎. 郑振铎全集：第 2 卷［M］. 石家庄：花山文艺出版社，1998：452.

❷ 同❶ 457.

子爱书惜书与为了生活而不得不卖书的矛盾心理，作者为所失去的书而痛惜而慨叹不已。《"封锁线"内外》《最后一课》《坠楼人》描绘了侵略者对于沦陷区人们的迫害。在沦陷区里，一条"封锁线"将"生"与"死"的界限"刻画得像黑白画似的明显清晰"：

> 这一边熙熙攘攘，语笑欢哗，那一边凄凉冷落，道无行人；这一边是生气勃勃，那一边是死趣沉沉；这一边灯火通明，摊肆林立，那一边家家闲户，街灯孤照；这一边是现实的人间，活泼的世界，那一边却是"别有天地"的"黄泉"似的地狱了。❶

这便是郑振铎在《"封锁线"内外》中所描绘的场景。"封锁线"是最能说明沦陷区侵略者残酷迫害中国人民的代表物之一，作者以敏锐的眼光抓住"封锁线"进行描写，记述了由于"封锁线"而造成的各种惨事，直接呈现了"生"与"死"的对立；《最后一课》记述了作者与国立暨南大学的爱国师生们在上海沦陷时依然坚持上课直至最后一刻、宛如"殉道者"般悲壮的爱国行为。《记刘张二先生的被刺》《记几个遭难的朋友》《一个女间谍》《记陈三才》《记平祖仁与英茵》《吴佩孚的生与死》讲述了沦陷区中的爱国志士的斗争事迹和牺牲精神。在这组文章所记述的这些爱国烈士中，有作者的好

---

❶ 郑振铎. 郑振铎全集：第 2 卷［M］. 石家庄：花山文艺出版社，1998：421.

友，如慷慨激昂、嫉恶如仇的沪江大学校长刘湛恩先生，有英文报纸记者张似旭先生，有最早遭难被捕的许广平女士，还有作者在国立暨南大学工作时的同事和学生……作者既为这些朋友的遭难感到悲哀和愤怒，同时又对他们的牺牲精神表示由衷的钦佩和赞美。

第三章
新文学传播中的文学刊物

对于一个文学家而言，文学创作是他表达自我情感和思想的一种主要方式。但是，文学创作并不是文学家表达自己的唯一方式。中国现代文坛上有许多著名作家同时也是有名的编辑家，如鲁迅、茅盾、郭沫若、叶圣陶、巴金、徐志摩、施蛰存等，都曾经从事过文学刊物的编辑工作，并且在刊物编辑中表现出了各自的思想和主张。郑振铎就是他们之中的一位，并且是编辑经历相当丰富、编辑成就较高的一位。

郑振铎的一生曾经主编和参与编辑了诸多的文学刊物。其中，由他担任主编的有商务印书馆出版发行的《小说月报》《文学旬刊》《儿童世界》《星海》，上海《时事新报》社的两种副刊——《学灯》和《鉴赏周刊》，上海生活书店发行的《文学》和北平立达书店发行的《文学季刊》，上海出版公司的《文艺复兴》；由他参与编辑的有民众戏剧社主办、中华书局发行的《戏剧》，中国新诗社主办、中华书局发行的《诗》，上海生活书店的《太白》和北平文化书局的《水星》；由他担任编委会成员的有中华全国文艺界抗敌协会主办的《抗战文艺》；由他担任过顾问的有清华大学中国文学会的《文学月刊》和燕京大学国文学会的《文学年报》。可以说，郑振铎的文学生涯一直都与中国现代文坛上一些重要的文学刊物和重要的出版发行机构之间有着非常密切的联系，编辑文学刊物是郑振铎一生的文学实践中一个非常重要的部分。郑振铎编辑的这些刊物在性质和内容倾向上有所不同，如《学灯》和《鉴赏周刊》是《时事新报》的副刊，《戏剧》是新文学史上第一个专门的戏剧刊物，《诗》是新文学早期专门的诗刊，《文学旬刊》是文学研究会的会刊，《小说月报》是商务印书馆发行的畅销杂志；并且，郑振铎在这些刊物上起到的作用也不同，如《小说月报》在一段比较长的时间内一直是由他担任主编，《文学旬刊》《儿童世界》《文学季刊》是由他创刊并主编了一段时期，《戏剧》《诗》是由他作为发起人和参与者等等。

虽然郑振铎与这些刊物的关系有或深或浅的不同，但是他对于文学刊物的编辑始终是从"建设新文学"的角度来进行的，他是以一个"新文学的建设者"的眼光来选择材料、设置栏目、安排内容的。综观这些刊物在郑振铎编辑期间的栏目设置和所登载的文章内容，可以发现它们之间有一些内在的共同点或者说是相似性。这种内在的联系通过办刊宗旨、栏目设置、内容倾向等方面体现出来，使得这些表面看来是不同时期、不同性质、不同内容、不同地位的刊物在一定程度上隐隐地表现出一些共同的特点，表现出一种"郑振铎式"的烙印或痕迹。这种"郑振铎式"的烙印主要表现在三个方面：对于外国文学理论的介绍与传播、对于中国传统文学的整理和对于新文学作家作品的积极推出。

第一节
外国文学理论的"中国化"

早在 20 世纪 20 年代初期，郑振铎就提出："我愿意有一部分人出来，专用几年工夫，把文学知识多多的介绍过来——愈多愈好——庶作者不至常有误解的言论，读者不至常为谬论所误。"[1]在他看来，掌握并运用一定的外国文学原理、文学常识、基础理论，这是建设新文学过程中的一个重要工作。他始终积极地主张引进外国的文学理论，用以指导中国的创作界和读者界去了解世界文学、整理中国传统文学和建设新文学建设。郑振铎秉持着这一主张，在由他所主编和编辑的刊物上登载了大量介绍外国文学理论和外国文学研究成果的文章。

---

[1] 郑振铎. 郑振铎全集：第 3 卷［M］. 石家庄：花山文艺出版社，1998：509–510.

一

　　《小说月报》是郑振铎早期从事新文学和新文化运动时所主编的一份文学刊物，也是他一生的编辑生涯中编辑时间最长同时影响也最大的一份文学刊物，在 20 世纪 20 年代的新文坛上具有重要地位。该刊于 1921 年第 12 卷开始由沈雁冰主编，1923 年第 14 卷起改由郑振铎主编，直至 1931 年终刊（其中曾由叶圣陶代为主编 1 年半的时间）。在《小说月报》编辑发行的 11 年中，大量西方的文学理论、文学常识、文学作品和文学家通过这份刊物被介绍给中国的读者；诸多中国传统文学的遗产在该刊上得到整理、研究；中国现代众多的作家、翻译家、文学研究者都把他们的作品投给《小说月报》发表，如鲁迅、叶圣陶、冰心、王统照、徐志摩、朱自清、胡愈之、许地山、俞平伯、茅盾、巴金、老舍、丁玲、沈从文等，其中更有些作家如巴金、丁玲、老舍等都是在《小说月报》上发表其处女作。可以说，20 世纪 20 年代中国新文学的发展，与《小说月报》有着密切的关系。对这份刊物进行考察，能够有力地揭示作为《小说月报》时间最长的主编的郑振铎，其关于文学刊物的编辑思想如何在《小说月报》得到体现并最终影响新文学与新文化运动，通过这种影响研究，可以最终揭示郑振铎的编辑思想对于 20 世纪 20 年代新文学与新文化的建设与发展的重要意义。

　　早在 1920 年 11 月，《小说月报》已经在内容上初步进行了改革，由一份主要以刊载传统文人的游戏文章的休闲类刊物开始向刊载新文学作品、传播新文化的现代文学刊物转型。从 1920 年的第 11 卷开始，沈雁冰参与了《小说月报》的实际编辑工作。在当年年底的《小说月报》第 11 卷第 12 号上，刊登了一篇《本月刊特别启事一》，预告了刊物即将进行正式改革。编辑者在这篇"启事"中明确地表示："本月刊鉴于时机之既至，亦愿本介绍西洋文学之素志勉为新文学前途尽提倡鼓吹之一分天职。自明年十二卷第一期起，本月刊将尽其能力，介绍西洋之新文学，并输进研究新文学应有之常识"。❶果不其然，紧接着的下一期，即 1921 年 1 月 10 号的《小说月报》第 12 卷第 1 号正式开始革新。从这一期开始，由沈雁冰担任刊物的主编，直至 1922 年年底的《小说月报》第 13 卷第 12 号，沈雁冰在这两年时间里一共主编了 24 期的《小说月报》。《小说月报》自沈雁冰改革之后，开始大量引进和介绍外国文学。郑振铎继任刊物主编之后延续了这一特点，但同时也表现出了与沈雁冰不同的倾向性：沈雁冰在介绍西方文学时，偏重刊登外国文学的作品、文学家的评传和研究、文学界动态的研究和报道；郑振铎重视的则是介绍外国文学的各种基本理论和外国文学研究的成果。为了充分显示出郑振铎在介绍外国文学时特别关注于文学理论的这一特点，本书先就他的前任沈雁冰在《小说月报》上对于外国文学的介绍做一番简要的介绍。

在由沈雁冰所主编的 1921 午至 1922 年的《小说月报》第 12 卷和第 13 卷上，刊登了大量外国文学家的作品。特别是在从 1921 年 1 月

---

❶ 本月刊特别启事一［J］. 小说月报，1920，11（12）.

的第 12 卷第 1 号到 1922 年 5 月的第 13 卷第 5 号的《小说月报》上，可以说几乎每一期刊登的外国文学作品都要多于中国的新文学创作。在 1921 年第 12 卷的《小说月报》上刊登的外国文学作品数量分别是：第 1 号 10 篇、第 2 号 5 篇、第 3 号 4 篇、第 4 号 9 篇、第 5 号 8 篇、第 6 号 7 篇、第 7 号 10 篇、第 8 号 9 篇、第 9 号 7 篇、第 10 号 21 篇、第 11 号 7 篇、第 12 号 5 篇，再加上第 12 卷号外"俄国文学研究"中的 29 篇，总共 131 篇外国文学作品；这期间所刊登的中国新文学作品的数量则是：第 1 号 7 篇、第 2 号 3 篇、第 3 号 6 篇、第 4 号 4 篇、第 5 号 3 篇、第 6 号 11 篇、第 7 号 8 篇、第 8 号 11 篇、第 9 号 4 篇、第 11 号 7 篇、第 12 号 8 篇，共 72 篇新文学作品，明显少于外国文学作品。在沈雁冰主编期间，《小说月报》上的外国文学作品来自大量外国著名作家，如果戈理、托尔斯泰、加藤五雄、安德烈夫、契诃夫、高尔基、屠格涅夫、梅德林、杰克·伦敦、王尔德、泰戈尔、莫里哀、马克·吐温、显克微支、哈代、莫泊桑、福楼拜、欧·亨利、裴多菲、波特莱尔等。除了具体的作家作品之外，沈雁冰还相当重视翻译问题，刊登了一些有关于翻译方面的探讨文章，如 12 卷第 2 号上"通讯"栏中的"翻译文学书的讨论"，第 12 卷第 3 号至第 6 号连续 4 期每期都有的关于翻译问题的研究，等等❶。虽然关于翻译问题的内容并不多，但是这样集中而连续地探讨翻译问题，这一现象足可

---

❶ 这 4 篇《小说月报》上的文章分别是：第 12 卷第 3 号，郑振铎的《译文学书的三个问题》；第 12 卷第 4 号，沈雁冰的《译文学书方法的讨论》。第 12 卷第 5 号，沈泽民的《译文学书三问题的讨论》；第 12 卷第 6 号，郑振铎的《审定文学上名辞的提议》。

以说明作为编辑者的沈雁冰对于翻译外国文学作品这一问题的关注。

除了翻译和介绍外国文学作品以外，沈雁冰主编下的《小说月报》还登载了许多介绍外国文学的文章。在第 12 卷和第 13 卷的《小说月报》上，一共刊载了 97 篇研究类的文章，其中有 71 篇文章是与介绍和翻译外国文学有关的。在这 71 篇研究文章中，一个主要的内容就是外国文学家的评传和对于外国文学家的专门研究。在 1921 年的 13 期《小说月报》上，除了第 9 号、第 10 号和第 11 号这 3 期之外，其余各期都刊载了一篇或几篇专门介绍外国文学家的文章。这些文章主要是评传性质的，涉及的外国文学家包括挪威的般生（第 1 号）、波兰的显克微支（第 2 号）、西班牙的伊本讷兹（第 3 号）、英国的史蒂芬孙（第 3 号）、挪威鲍具尔（第 4 号）、英国的王尔德（第 5 号）、丹麦的柯伯生（第 6 号）、犹太的宾斯奇（第 7 号）、法国的罗曼·罗兰（第 8 号），意大利的邓南遮（第 12 号）；不仅如此，第 12 卷号外"俄国文学研究"上的 20 篇文学论文中有 6 篇都是关于俄国文学家的评传，即《俄国四大文学家合传——果戈理、托尔斯泰、屠格涅夫、陀思妥耶夫斯基》《近代俄国文学家三十人合传》《俄国乡村文学家伯得洛柏夫洛斯基》《阿里鲍甫略传》《兹腊托夫拉斯基略传》《菲陀尔·梭罗古勃》《阿尔志跋绥夫》，特别是其中沈雁冰的《近代俄国文学家三十人合传》一文，介绍了莱蒙托夫、赫尔岑、冈察洛大、加尔洵、安德烈夫等三十位俄国著名文学家，几乎可以算是一部简要的俄国作家小史了。从第 13 卷第 1 号开始，《小说月报》又增开"文学家研究"栏，将以往每一期介绍一位或几位西方文学家的形式改变为每一期专门介绍一位文学家，如陀思妥耶夫斯基研究（第 1 号）、泰戈尔研究（第 2 号）、屠格涅夫研究（第 3 号）、包以尔研究（第 4 号）、法朗士研究（第 5 号）、霍普德曼研究（第 6 号）……涉及的内容涵盖了文学家的生平、思想、作品以及在文学史上的地位等多方面的问题。在沈雁冰主编的两年时间内，《小说月报》以文学论文的形式一共介绍了 54 位外国文学家的生平和文学成就，几乎可以说是构成了一座西方近现代文学家的画廊。

除了刊发外国文学家传记和研究类文章之外，沈雁冰主编时期《小说月报》上的外国文学研究类文章的另外一个主要内容是对于西方文学动态的关注，其中主要是思潮现象的研究和对于文学界最新消息的报道。在介绍文学思潮和现象方面，第 12 卷的《小说月报》主要介绍了北欧文学、日本文学、德国文学、俄罗斯文学以及乌克兰、波兰、捷克、塞尔维亚、芬兰等国家和地区的文学，同时还介绍了狂飙突进运动、印象派、表现派、自然主义等西方文艺思潮。从第 13 卷第 1 号开始连载谢六逸的《西洋小说发达史》，直至第 13 卷第 7 号连载完；同时在第 13 卷新增加的内容还有从第 8 号新开的"战后文艺新潮"栏，一直持续至第 13 卷第 12 期。除此之外，还有许多对于西方文学界最新消息的报道。从沈雁冰开始主编的第 12 卷第 1 号开始，《小说月报》开辟"海外文坛消息"栏，专门刊载西方文学界的各种最新消息，内容主要包括最近的文学著作、文学家的最新情况、文学研究和文学批评的最新成果、文艺思潮最新动态、文学奖项的获得情况等方面。这个栏目中的文章一般都短小精悍，注重"消息"的性质，强调文学界"最新""最近"的动态。在沈雁冰主编期间的《小说月报》上，除了第 12 卷第 10 号的"被损害民族文学号"和第 12

卷号外"俄国文学研究"之外，其他的每一期上都有"海外文坛消息"栏，在 1921 年和 1922 年的两年时间内一共刊载了 152 篇"消息"，其中 1921 年有 107 篇，1922 年有 45 篇。

二

与沈雁冰一样，郑振铎也试图借助外国文学的资源来建设中国的新文学。但是，郑振铎与沈雁冰又不完全一样。沈雁冰是直接传播外国文学的作家作品和介绍文学潮流与动态，郑振铎则倾向于借助外国文学的基本理论来探索中国新文学的建设，通过借鉴外国文学研究的成果来推动中国文学研究的发展。

从 1923 年 1 月开始，郑振铎接任《小说月报》的主编。这一期的《小说月报》上发表了由邓演存翻译自英国学者亨德的《研究文学的方法（一）》，郑振铎在为该文所作的"附记"中说道："我们觉得无论是批评创作，或谈整理中国文学，如非对于文学的根本原则，懂得明白，则所言俱为模糊影像之谈，决不能有很坚固，很伟大的成功，甚且时要陷入错误。所以目前最急的任务，是介绍文学的原理，而介绍世界作品及其他文学常识还在其次"。[1]从这里就可以看山，与介绍外国文学作品和相关的常识相比较，郑振铎更加注重于介绍外

---

[1] 郑振铎. 研究文学的方法·附记 [J]. 小说月报，1923，14（1）.

国文学的基本原理和理论。他在这里所选择刊载的这部《研究文学的方法》开篇就从"文学的性质与元素"谈起，对于文学的基本理论和文学研究的基本原理都做了较为系统的阐述。在同一期的《小说月报》上还有《关于文学原理的重要书籍的介绍》，由郑振铎撰写，共介绍了 50 部西方国家的文学原理方面的著作，尤其偏重对西方 19 世纪后半期至 20 世纪初期的文学理论书籍的介绍。其他还有第 16 卷第 1 号和第 2 号上的由傅东华所翻译的亚里斯多德的《诗学》、从第 17 卷第 9 号开始连载的由滕固所翻译的《小泉八云的文学讲义》、第 17 卷第 10 号上的陈著所翻译的《克鲁泡特金的柴霍夫论》，从第 18 卷第 2 号开始连载的由傅东华所翻译的莫尔顿的《文学进化论》。

郑振铎主编时期的《小说月报》还十分注重刊发一些与文学研究有关的文章，其中主要是对中外文学史资料的搜集和整理的文章，为文学研究提供坚实的基础。从第 15 卷第 1 号开始，《文学大纲》、《现代世界文学者略传》和《中国文学者生卒考》在《小说月报》上连载。在这一期的"最后一页"中，编者指出："《文学大纲》，《诗的原理》，《现代世界文学者略传》及《中国文学者生卒考》等篇都是很实用的"。❶《现代世界文学者略传》至第 15 卷第 9 号连载完，刊载了 6 期，一共介绍了 40 位西方现代作家，包括法国、犹太、匈牙利、南斯拉夫、波兰、捷克、乌拉圭、秘鲁和墨西哥 9 个国家和种族的文学家。在 1924 的《小说月报》第 15 卷第 1 号至第 6 号以及

---

❶ 郑振铎. 最后一页 [J]. 小说月报，1924，15（1）.

第 9 号上，一共有 7 期都刊载了郑振铎自己所撰的"中国文学者生卒考（附传略）"。在《〈中国文学者生卒考〉自叙》中，郑振铎指出"时代的精神"总是在文学作品中有着很深的表现，他主张"着手研究一个作家时，必须先知道他生活在何时代，同时，对于他所生活的时代也必要先有个概念；这不独是研究一个作家的生活的过程与背景所必要的，而且也是要明了他的作风与思想所必要的"●。在这个观念的基础上，郑振铎有感于西方作家的生卒之方便易查而中国文学却历来疏于作家生平的介绍，即使有介绍少数重要作家的，也由于采用的是"中国式的帝王的年号为主的混乱的符记"，因此给研究中国文学的人们带来极大的不便。鉴于以上诸种原因，郑振铎搜集、整理并写作这部《中国文学者生卒考》，除了介绍文学家的生平之外，对于他们的文学方面的著述和成就也有简要的介绍或评述。郑振铎在自序中说明了《中国文学者生卒考》所涉及的文学家的年代从汉代初年（公元前 206 年）至清代末年（公元 1911 年），但实际的情况是只登载了从汉代初年的贾谊（公元前 200 年—公元前 168，即汉高宗七年至汉文帝十二年）直至晚唐、五代时期的刘昫（公元 887 年—公元 946年，即唐僖宗光启三年至五代时期的晋初帝开运三年），一共介绍了中国历史上的 386 位文学家的生平及其主要的文学成就。郑振铎写作和登载"中国文学者生卒考"的目的，一方面是为研究中国文学的人提供一些基本的资料，另一方面也是努力使一般的读者对于中国历

● 郑振铎. 中国文学者生卒考·自叙 [J]. 小说月报，1924，15（1）.

史上的众多文学家的生平和生长环境有更多的了解，从而进一步深入理解他们的作品。值得注意的是，郑振铎主编下的《小说月报》在整理中国文学和介绍西方文学的过程中，鲜明地表现出一种"文学研究"的意识，这一点也是与郑振铎的文学思想和兴趣有很大关联的。这种"文学研究"的意识具体体现在从第14卷第1号至第6号上刊载的《研究文学的方法》，从第16卷第6号开始连载的蒲克的《社会的文学评论》；在书报介绍栏中也有较多的体现，如《关于诗经研究的重要书籍介绍》、第14卷第8号上的《关于俄国文学研究的重要书籍介绍》、第14卷第9号上的《关于太戈尔研究的四部书》和《俄国文学年表》、第16卷第1号上的《各国文学史介绍》、第19卷第4号上对于批评家泰纳的介绍、第20卷第3号上陈雪帆翻译的日本冈泽秀虎的《苏俄十年间的文学论研究》，等等。除此之外，第14卷第5号至第9号上连续5期刊载了郑振铎自己撰写的《俄国文学史略》，又在第15卷第1号至第18卷第1号上连载他的《文学大纲》。

三

郑振铎不仅在《小说月报》上积极介绍、传播外国文学理论和刊登有关文学研究的文章，他在所主编和编辑的其他刊物上也做出了同样的努力。

在主编《文学旬刊》期间，郑振铎刊发了大量有关文学理论方面的文章，如第1期上的《文学的定义》、第3期上的《文学的特质》、

第 4 期的《世界文学中的德国文学》、第 5 期上的《文学的使命》、第
7 号开始连载伊达源一郎的《近代文学》、第 9 期上的《文学与革命》、
第 10 期上的《中国文人对于文学的根本误解》、第 16 期的《小说作法》、
第 23 期至第 27 期连续四期刊登了四篇关于"散文诗"的文章、第 35
期上的《支配社会底文学论》、第 54 期上的《写实小说之流弊》、第
61 期的《文学之分类》、第 75 期上的《文学与人生》、第 85 期上的《诗
歌的分类》、第 89 期上的《文学与地域》、第 102 期至第 120 期连载
厨川白村的《文艺思潮论》、第 128 期至第 129 期连载厨川白村的《文
艺创作论》、第 132 期至第 142 期连载本间久雄的《文学批评论》……
这些文章有的是针对文学的基本定义、性质和使命进行说明，有的
是就一种文体展开阐释，有的是探讨文学的外部因素与文学的关系，
有的是介绍有关文学批评的理论等等。这些文章的指向性都非常明
显——从整体上使中国的读者了解文学的本质和意义，帮助新文学读
者建立起一种与中国传统的文学观念截然不同的新的文学观。

特别值得注意的是，郑振铎在《文学旬刊》上不仅传播外国文学
的基本理论，他还特别注重把外国文学理论与中国新文学实际情况
的结合，刊载了一些运用外国文学理论来讨论新文学的发展和一些批
评、鉴赏新文学的文章。

首先是刊载一些在外国文学理论指导下，针对新文学运动中一些
实际的重大问题展开讨论的文章，如第 6 期的《现在中国创作界的两
件病》、第 7 期的"语体文欧化的讨论"、第 8 期的《文学家的责任》、
第 11 号的《儿童文学的翻译问题》、第 26 期的全部文章都是关于
"民众文学的讨论"、第 37 期的《新文学观的建设》、第 46 期的《自

然主义的今日文学论》和第47期的《自然主义的中国文学论》、第
52期的《翻译问题》、第76期的《文艺上的魔道》、第78期的《翻
译与创作》、第172至第175期连载的《论无产阶级艺术》……这
些论文涉及对于新文学的文艺思潮、创作与翻译、作品语言等重要问
题考察和研究。除此之外，《文学旬刊》还在"杂谈"栏目中刊载的
大量短文，针对新文学运动中的各种具体现象发表评论或批评。"杂
谈"类的文章在篇幅上短小精悍，在文章的主题上针对性很强，都是
有的放矢，涉及了很多新文学发展中的具体问题：探讨了新文学创作
中的一些具体现象和倾向、新旧文学之间的关系、翻译和创作二者在
新文学运动中的地位和影响、文学翻译的方法和技巧等问题，批评了
旧文学的种种弊病、新文学的创作和翻译中的一些错误的倾向……这
些文章都是立足于推动新文学的发展，积极探讨新文学运动中的各种
问题和现象。

其次，《文学旬刊》在郑振铎主编期间，从第37期开始新增"最
近的出产"一栏，旨在运用外国文学理论来评论中国新文学的创作，
建设中国的文学批评。在郑振铎看来，对于不良的文学作品指责和非
难只是一种消极的文学批评，"批评家的积极的任务，却在于抉发纯
正作品的真价值"，他认为"介绍优良作品，比攻击不良作品，更要
紧得多"，因此他强调"最近的出产"栏的宗旨和倾向是"注重在介
绍，而不在消极的批评"。❶"最近的出产"栏在《文学旬刊》出现

---

❶ 郑振铎. 最近的出产——本栏的旨趣和态度［J］. 文学旬刊，1922（37）.

的次数并不多，除了当时开设这一栏目的最初几期，即第 37 期至第 43 期较为连续地登载了这个栏目之外，后来一直是断断续续地出现，第 79 期刊载了最后一次之后就不再出现于《文学旬刊》上。从内容上看，该栏目介绍了文学创作、文学刊物和文学研究等方面的最新著作，创作方面介绍了叶圣陶的《隔膜》，冰心的《繁星》《湖畔》诗集，刊物方面介绍了《小说月报》《戏剧》《小说汇刊》，研究方面介绍了陆侃如的《屈原》、谢六逸的《西洋小说发达史》等。事实上，如果单从栏目所存在的时间和所涉及的内容量来看，"最近的出产"栏并没有产生较大的影响；但是，如果从栏目设置的意图和栏目在文学批评方面所表现出的倾向性来看，"最近的出产"栏可以说是《文学旬刊》上极富特色的一个栏目，并且鲜明地体现了作为栏目设立人的郑振铎的新文学思想。将文学界"最近的出产"及时地介绍给读者界，并且将这种"介绍"作为一个独立的栏目使之在刊物上出现……这些举措都一一指向了一个中心意图——"建设"，指向了郑振铎新文学思想的核心——"建设"新文学。

当上海的《文学》正在受到文化压迫之时，1934 年 1 月 1 日，由郑振铎、章靳以主编的《文学季刊》在北平创刊了，成为继《文学》之后的又一个新文化人的阵地。编者在第 1 期的《发刊词》中提出了"以忠实恳挚的杰度为新文学的建设而努力"的目标，并申明刊物的任务是："一、旧文学的重新估价与整理；二、文艺创作的努力；三、文艺批评的理论的建设与建立；四、世界文学的研究、介绍与批评；五、国内文艺书报的批评与介绍。"在 1935 年 12 月 16 日发行的第 2 卷第 4 期上，编辑人发表《告别的话》宣布终刊，《文学季刊》在两年的时间内一共出版了 8 期。《发刊词》中所申明的刊物的目标和任务正是体现了郑振铎的以"建设"为核心的新文学思想。在实际的刊物内容上，我们也能看到作为编辑者的郑振铎对于这种新文学思想的实践。《文学季刊》主要包括有"论文"（主要是一些研究性的文章）、"创作"（包括中外的小说、诗歌、散文、戏剧等多种形式的文学作品）、"书报副刊"（包括各种书报介绍和书评）三个方面的内容，在第 1 卷的第 2 期和第 3 期上还曾经开"补白"栏。

在每一期的《文学季刊》上都有关于介绍外国文学理论的文章和研究外国文学的文章。在这些文章中，有对于"世界文学的研究、介绍与批评"：李长之翻译自马尔霍兹的《科学的文学史之建立》、傅仲涛的《日本明治文学中之自然主义》、李辰东翻译自丹纳的《论巴尔扎克》、赵敏求的《托马斯哈代和他的〈归来〉》、傅仲涛的《日本明治文学中之自然主义》、李健吾的《论福楼拜的人生观》和《福楼拜的内容形体一致观》，徐霞村的《皮蓝得娄》、赵家璧的《海敏威研究》、莫孚翻译自冈泽秀虎的《杜斯退益夫斯基的方法》、马宗荣翻译自布拉伊的《乔治桑巴尔扎克与左拉》、易华翻译自皮思拉杜甫的《高尔基早年作品风格之研究》、曹葆华翻译自塞门斯的《两位法国象征诗人》和《法国文学上的两个怪杰》……也有"文艺批评的理论的建设与建立"：朱光潜的《笑与喜剧》和《刚性美与柔性美》、梁宗岱的《象征主义》、洪深的《希腊的悲剧》、李康田翻译的《崇高论》、孟实翻译自克罗齐的《艺术是什么》、施宏告翻译自瑞恰兹的《批评理论底分歧》，等等。这些文章涉及西方文学中的文艺美学理论、文学批评理论以及各种文学思潮和现象，为中国新文学的建设提供了丰富的外国理论资源。

　　在总共 8 期的《文学季刊》上，除了最后一期的第 2 卷第 4 期之外，其他 7 期都开辟有"书报副刊"栏，其中第 1 卷第 3 期题为"书评"，从内容看起来可以视为是"书报副刊"栏的另一种叫法。在这 7 期的"书报副刊"栏目中一共刊载了 34 篇有关书报评论的文章，其中有很多关于外国文学方面的介绍与评论，如《最近的但丁研究》《介绍莎士比亚》《论〈裴特利亚底死〉》《研究莎士比亚的伴侣》，特别是其中的《最近英美杂志中的文学论文》，从 1934 年 1 月 1 日的创刊号开始连载，直至 1935 年 9 月 16 日的第 2 卷第 3 期结束，连续刊载了 7 期，系统地介绍了西方最新的文学研究成果。

第二节
"整理国故"中的文学传统

在编辑《小说月报》的问题上，郑振铎与沈雁冰在对中外文学遗产的态度上是有所不同的。沈雁冰表现出几乎向外国文学"一边倒"的倾向。虽然沈雁冰一再申明《小说月报》借鉴西方文学的最终目的是发展中国的新文学，但是从刊物的实际内容看来，似乎更多地停留在了"借鉴"的层面，而自身的"发展"并没有得到太多的重视。也许在沈雁冰看来，向外国文学的"借鉴"本身就已经是在发展中国自己的新文学了。郑振铎时期的《小说月报》则在一定程度上回到了"中国文学"自身，在刊物的内容方面明显增加了许多对于中国传统文学的整理和思考，也就是郑振铎所提出的"整理国故"。在郑振铎看来，新文学的建设不仅需要借鉴外国文学的理论资源，也需要以中国自己的传统文学为基础，"中国文学的研究与文学上的一般原理与知识的介绍，应同时并进，而不容有所偏重"❶。因此，在他所编辑、

---

❶ 郑振铎. 郑振铎全集：第 3 卷 [M]．石家庄：花山文艺出版社，1998：512.

特别是由他所主编的各种文学刊物上，"整理国故"成为一个重要的内容，而这正是郑振铎在编辑文学刊物时所表现出来的又一个重要倾向和特点。

一

在改革号的《小说月报》第 12 卷第 1 号上刊登的《改革宣言》中，作为编辑者的沈雁冰提出革新后的《小说月报》"将于译述西洋名家小说而外，兼介绍世界文学界潮流之趋向，讨论中国文学革进之方法"❶。在实际编辑《小说月报》的过程中，作为主编的沈雁冰表现出了几乎完全倾心于"西洋文学"的态度，将大张旗鼓地将引进和介绍"西洋文学"作为《小说月报》各栏目最主要的内容，似乎在他看来，中国新文学的发展以学习和借鉴"西洋文学"的各种经验为第一要务。革新之初的《小说月报》在栏目设置和内容分配上几乎可以说是在不折不扣地实践着沈雁冰的这一构想。

《小说月报》从第 12 卷第 1 号开始，分为"论评""研究""译丛""创作""特载""杂载"六大栏目。"论评"刊登"同人观察所及愿提出与国人相讨论者"，"研究"是介绍"西洋文学变迁之过程"和整理"中国文学变迁之过程"，"译丛"登载西方各国的小说、

---

❶ 小说月报·改革宣言 [J]．小说月报，1921，12（1）．

戏剧和诗歌等作品，"创作"刊登中国的新文学作品，"特载"刊载"国人发表其创见，兼亦介绍西洋之新说"，"杂载"包括"文艺丛谈""文学家传""海外文坛消息"和"书评"四种内容。❶从实际的刊物内容来看，"论评"和"研究"这两个栏目偏重对于外国文学的重要现象和潮流的介绍，或者是对于翻译外国文学作品的讨论与思考；"译丛"和"创作"两个栏目中的作品在数量上几乎可以说是旗鼓相当；"杂载"中除了"文艺丛谈"是主要探讨新文学中的各种问题之外，"文学家传""海外文坛消息"和"书评"都出现了在内容上几乎上向外国文学一边倒的情况。可以说，沈雁冰主编下的《小说月报》对于外国文学表现出一种显而易见的偏爱。从1921年到1922年两年间的《小说月报》上所刊登的文章内容来看，正如《改革宣言》中所表明的，《小说月报》在内容上主要倾向于"译述西洋名家小说""介绍世界文学界潮流之趋向"和"讨论中国文学革进之方法"三个方面，其中又特别以"译述西洋名家小说"和"介绍世界文学界潮流之趋向"两方面的内容为最多。在主编《小说月报》的两年间，沈雁冰对外国文学的翻译与介绍几乎可以说是不遗余力的，直到《小说月报》第13卷第6号，他还在"最后一页"中强调："本刊自改革以来，最注重者是介绍西洋文学"❷。沈雁冰主编下的《小说月报》对于西方文学的重视，一方面是因为在当时新文化运动的大潮之下，刊物需要跟随时代的潮

---

❶　小说月报·改革宣言［J］．小说月报，1921，12（1）．
❷　沈雁冰．最后一页［J］．小说月报，1922，13（6）．

流完成由"旧"到"新"的转变；另一方面则是因为主编者沈雁冰本人对于西洋文学的热衷与偏爱。因此，在沈雁冰主编期间，《小说月报》在内容上更倾向于对西洋文学的翻译和介绍，而对于中国文学的整理和研究则相对较弱，甚至可以说是几乎没有真正展开。由于对外国文学的大力推介，《小说月报》在沈雁冰的手里从一份主要刊载旧式文学的传统刊物转型成为一份新式刊物，这种革故鼎新之功是沈雁冰对于《小说月报》的最大贡献。

在沈雁冰看来，中国新文学的发展更多地需要借鉴西方文学的资源。因此，在主编《小说月报》期间，沈雁冰明显偏爱于介绍西方的近现代文学，而对有关于中国文学特别是中国的传统文学方面的整理或研究则相当薄弱。其中，对于中国传统文学的介绍或整理性质的文章可见到的只有第13卷第6号"通信"栏中的《译名统一与整理旧籍》、第13卷第7号俞平伯的《后三十回的红楼梦》和第13卷第8号的"故书新评"栏中俞平伯的《高作红楼梦后四十回评》这3篇文章。可以说，沈雁冰主编时期的《小说月报》在整理中国文学这一方面的内容是相当少的，与《小说月报》上大张旗鼓、不遗余力地介绍西方文学的各种举动相比，"整理中国文学"是一块几乎不被沈雁冰关注的领域。

二

在面对中西文学资源的态度上，郑振铎表现出了与他的前任沈雁冰不一样的倾向：既介绍和引进西方文学的资源，同时又非常重视中国文学自身的传统资源。与沈雁冰相比，郑振铎一方面是延续了沈雁冰时期的一些基本的栏目设置和内容安排，另一方面则是更多地在材料选取的倾向性上表现出一种新的变化。郑振铎认为，在新文学的建设中，应当有"整理国故"的工作，他所说的这个"整理国故"实际上指的是整理中国的传统文学，具体表现在《小说月报》的编辑上就是从第14卷第1号开始连续登载有关整理中国文学方面的研究类文章。

在郑振铎开始担任主编的《小说月报》第14卷第1号上，打头文章就是郑振铎自己所作的《读毛诗序》。这篇文章是郑振铎在整理中国文学方面的第一篇杰作，也是一篇在整理中国文学方面颇有分量的文章。文章彻底批判了在中国古代被奉为经典和传统的《毛诗序》。之所以首先选择《毛诗序》作为考察的对象，是因为郑振铎认为："凡是研究中国古代的文学，古代的社会情形，乃至古代的思想，对于《诗经》都应视他为一部很好的资料"，特别是文学研究者们"要想研究中国汉以前的古代的诗歌，除了《诗经》以外，不能再找到别的一部更好更完备的选本了。"从这里可以看出，郑振铎对于《诗经》本身的地位与价值是大为肯定和推崇的；但同时，他又指出《诗经》和其他的中国古代重要书籍一样，被后世学者的"重重叠叠的注疏的瓦砾，把他的真相掩盖住了"。❶郑振铎认为，在这些曲解《诗经》本义的各种注疏中，《毛诗序》是影响最大的一种，是后人正确欣赏《诗经》的一个最大障碍，因此是必须首先扫除的。郑振铎的

---

❶ 郑振铎. 郑振铎全集：第4卷［M］. 石家庄：花山文艺出版社，1998：3-4.

这篇文章名为《读毛诗序》，实为"批《毛诗序》"。他针对《毛诗序》对《诗经》诗意的穿凿附会和曲解巧说、《毛诗序》本身的自相矛盾之处以及后人对于《毛诗序》的推崇等问题一一进行了辨正和批驳，提醒人们重新审视《诗经》的真义。郑振铎写作这篇《读毛诗序》的目的，正如他自己在文中最后所说的："我这篇文章意思极为浅近，且多为前人已经说过的话，只可算是这种扫除运动里的小小的清道夫的先锋而已"❶。郑振铎将这篇《读毛诗序》放在自己主编的第一期《小说月报》的打头文章的位置上，这一举动明确地透露出在刊物编辑的倾向上，他与前任沈雁冰的不同之处，即开始增加有关于中国文学的整理和研究方面的内容。

如果说仅从《读毛诗序》这一篇文章来看，还只是郑振铎个人的一种研究兴趣，并不能真正代表《小说月报》的整体编辑倾向的变化的话，那么同期的"整理国故与新文学运动"的讨论和新增栏目——"读书杂记"就完全可以说是《小说月报》在编辑倾向上开始注重"整理国故"的有力证明。

在关于"整理国故与新文学运动"讨论的"发端"中，郑振铎指出《小说月报》自该期开始，每期都会有一个专门的讨论，首次尝试的就是"新文学运动"与"国故"之间的关系的讨论。在这次"整理国故与新文学运动"的讨论中，一共刊载了6篇文章。郑振铎的《新文学之建设与国故之新研究》集中阐述了国故研究与新文学建设之间

---

❶ 郑振铎. 郑振铎全集：第4卷［M］. 石家庄：花山文艺出版社，1998：22.

的关系，主张在新文学的建设过程中应当同时也开展对于国故的整理与研究；顾颉刚的《我们对于国故应取的态度》提倡"立在家派之外，用平等的眼光"去研究国故，从而"看出它们原有的地位，还给它们原有的价值"，并且较为详细地探讨了国故研究的方法❶；王伯祥的《国故的地位》从历史发展的角度指出"历史观念非但不会损害现代精神，而且可以明了现代精神所由来，确定他在今日的价值"，因此他主张"整理国故"与"新文学运动"这两件事情"不可偏废"。王伯祥还强调了在新文学运动中的国故研究的任务，是要"在一个范围内探讨出一个究竟，决不叫无论什么人都去做穷年莫殚，钻研故纸的勾当"❷；余祥森在《整理国故与新文学运动》中认为"国故虽然不是完全有文学的价值，但非绝对没有文学的价值"。在他看来，"整理国故"在新文学运动中的地位"正和介绍外国文学相等"，它们的最终目的都是为了"实现新文学"❸；严既澄的《韵文及诗歌之整理》认为"凡讨论怎么样去整理国故的人，首先要讨论怎么样能与学者以便利，怎么样能导学者于正轨"，因此他在这篇文章中详细阐述了韵文和诗歌研究的标准问题❹；玄珠的《心理上的障碍》反驳了当时社

---

❶ 顾颉刚. 我们对于国故应取的态度［M］// 贾植芳，等. 文学研究会资料（上）. 郑州：河南人民出版社，1985：276-279.

❷ 王伯祥. 国故的地位［M］// 贾植芳，等. 文学研究会资料（上）. 郑州：河南人民出版社，1985：279-281.

❸ 余祥森. 整理国故与新文学运动［M］// 贾植芳，等. 文学研究会资料（上）. 郑州：河南人民出版社，1985：281-285.

❹ 严既澄. 韵文及诗歌之整理［M］// 贾植芳，等. 文学研究会资料（上）. 郑州：河南人民出版社，1985：285-289.

会上的"循环论"观点，指出新文学运动决不是古代白话文学的"突兴"❶。"整理国故与新文学运动"栏中的这几篇文章在对待"整理国故"的总体倾向上是一致的，基本上都是支持"整理国故"的运动。这6篇讨论文章在总的观点上都是倾向于承认国故研究与新文学的建设之间存在一定的关系，在这个观点的基础之上，这几篇文章重点探讨了"整理国故"的立场和方法问题。郑振铎曾在"整理国故与新文学运动"的"发端"中最后强调："我们很希望读者们能够把他们的意见也告诉我们知道。尤其欢迎的是反对的意见"❷。沈雁冰主编时期的《小说月报》专门刊载过"讨论"栏，针对当时中国文学界的一些问题和现象展开讨论，如《小说月报》第12卷第2号上的"翻译文学书的讨论"，第12卷第7号上的"创作讨论"。郑振铎主编的关于"整理国故与新文学运动"的讨论正是对于《小说月报》的这一"讨论"传统的延续。值得注意的是，两位主编所主持的"讨论"的主题的不同，这不仅是因为二人担任主编时期的具体的文化界热点不同，而且更是因为他们对于新文化运动中的关注方面的不同。沈雁冰始终努力于用西洋文学来引导中国新文学的发展方向，所以他关注的是对于西洋文学的各种作品的翻译和对于西洋文学各种流派和思潮的介绍；而郑振铎在自己主编的第一期《小说月报》上就主持"整理国故与新文学运动"的讨论则与他一百以来对于中国古典文学的兴趣和他

---

❶ 玄珠的《心理上的障碍》，《小说月报》第14卷第1号，1923年1月10日，该文未被收入《文学研究会资料》。

❷ 郑振铎. 整理国故与新文学运动·发端[J]. 小说月报，1923，14（1）.

的中国文学研究思想有着更深的关系。

"读书杂记"这个栏目刊载的都是中国古代文学研究方面的一些短小精悍的小文章。这些文章并不着意于对古代文学进行系统的论述，每一篇都是截取中国古代文学研究中的一个问题或一种现象进行阐述或评论，涉及古代的诗词研究、文学现象研究和文学家研究等多方面的问题，是名副其实的关于古代文学的杂记。郑振铎的《碧鸡漫志》针对的是古代诗歌中情感受音律束缚的问题，而《孔雀东南飞》主张对于古书中的错误只需清楚明白地指出来，否定了宋人臆改古书的行为；周予同的《予同杂记一则》反驳了胡适所提出的先有意象后有器物的观点，并认为朱熹、沈寓山等古人的先有物象而后才有意象的观点反而比胡适的要通顺；顾颉刚的《读诗随笔》谈的是今本《诗经》的辑集时间的问题；《考诗》讨论的是古人注《诗》的方法问题，作者主张在注释《诗经》时应着意于《诗经》本身，反对那种对于《诗经》意义的主观臆断和过度阐释……"读书杂记"中的文章都是试图对于中国古代文学重新进行一种科学的研究，拨开笼罩在"国故"上的层层叠叠的古代的"迷雾"，以揭示中国文学的真实面目。

如果将《读毛诗序》这一篇文章和"整理国故与新文学运动"和"读书杂记"这两个栏目结合起来考察，就可以清楚地看到郑振铎在开始主编《小说月报》时，便在倾向上与他的前任沈雁冰有着显而易见的不同。

除了刊登有关中国传统文学的文章和开辟相关的新栏目之外，郑振铎主编《小说月报》时期对于中国传统文学给予高度重视的另一个有力证明就是《小说月报》第 17 卷号外的"中国文学研究"专号。

这一卷号外虽然名为"中国文学研究",但是实际的研究范围却只是中国的古代文学,这是郑振铎所提倡的在新文学运动中进行"国故整理"这一主张的一次具体而集中的实践。在这一期号外的"卷头语"中,郑振铎讲述了一个故事:两位武士都看到一面盾,但是一位武士只看到盾的银制的一面,而另一位武士却只看到盾的金制的那一面,两位武士为此发生争斗。当他们都受伤倒地之后,才发现原来这面盾有金制的和银制的两面。郑振铎以这一面盾来比喻中国的旧文学,以两位武士来比喻"近来为中国文学而争论的先生们",通过这种寓言式的表达方式来说明这一期号外的宗旨是要努力将中国旧文学的"真相显示给大家",郑振铎并指出"这是一个初步的工作……只是一个引子",他希望将来会有更多的人来做这一个"艰难而且伟大的工作"❶。这一期"中国文学研究"的具体文章名目见下表。

《小说月报》第 17 卷号外"中国文学研究"目录分类整理表❷

文章	作者
诗歌研究（总计 11 篇）	
诗与诗体	唐钺
从学理上论中国诗	潘力山
三百篇中的私情诗	朱湘

❶ 郑振铎. 小说月报中国文学研究号卷头语［M］. 石家庄:花山文艺出版社,1998:281-282.

❷ 此表是根据 1927 年 6 月发行的《小说月报》第 17 卷号外"中国文学研究"制成。

文章	作者
释四诗的名义	梁启超
读诗札记	俞平伯
魏晋诗研究	陈延杰
五绝中的女子	朱湘
王昌龄的诗	施章
宋诗之派别	陈延杰
中国旧诗篇中的声调问题	刘大白
说中国诗篇中的次第律 ——外形律之一	刘大白
关于词的研究（总计 2 篇）	
宋初词人	台静农
论北宋慢词	张友仁
散文研究（总计 5 篇）	
韵文与骈体文	严既澄
散体文正名	陈衍
徐霞客游记	丁文江
赋在中国文学史上的位置	郭绍虞
宋玉赋辨伪	刘大白
小说研究（总计 10 篇）	
武松与其妻贾氏	西谛
鲁智深的家庭	西谛
明代之短篇平话小说	西谛
中国小说概论	（日）盐谷温著，君左翻译
今古奇观之来源	记者

文章	作者
明清小说论	谢无量
水浒传之研究	潘力山
中国文学内的性欲描写	沈雁冰
日本最近发见之中国小说	西谛
宣和遗事考证	汪仲贤
戏曲研究（总计 11 篇）	
梵剧的体例及其在汉剧上底点点滴滴	许地山
元剧略说	吴瞿安
郑氏影印之杂剧传奇	（无署名）
救风尘	朱湘
吟风阁	朱湘
西厢的批评与考证	张友鸾
西厢记的考证问题	谢康
谈二黄戏	欧阳予倩
中国戏曲的选本	郑振铎
"目莲救母行孝戏文"研究	（日）仓石武四郎著，汪馥泉翻译
李笠翁十种曲	朱湘
文学家研究（总计 7 篇）	
宋玉评传	陆侃如
谢脁年谱	伍叔傥
颓废派之文人李白	徐嘉瑞
王维	朱湘
岑参	徐嘉瑞

文章	作者
纳兰容若	滕固
蒋士铨	朱湘
文学批评研究（总计 4 篇）	
宋人词话	西谛
肖统评传	谢康
文学批评家刘彦和评传	梁绳祎
文学批评家李笠翁	胡梦华
民间文学研究（总计 9 篇）	
中山狼故事之变异	西谛
古代的民歌	朱湘
螺壳中之女郎	西谛
中国民众文艺之一斑——歌谣	刘经庵
民歌研究的片面	汪馥泉
佛曲续录	郑振铎
西谛所藏弹词目录	西谛
中国民众文艺之一斑——滩簧	徐傅霖
中国蛋民文学一脔	钟敬文
文学史研究（总计 5 篇）	
中国文学演进之趋势	郭绍虞
金源的文圃	许文玉
中世纪人的苦闷与游仙的文学	滕固
十四世纪南俄人之汉文学	陈垣
中国文学年表	郑振铎

文章	作者
儿童文学研究（总计 1 篇）	
中国儿歌的研究	楮东郊
其他（总计 4 篇）	
卷头语	西谛
研究中国文学的新途径	郑振铎
哥德与中国文化	卫礼贤
文学革命家的先驱 ——王静庵先生	吴文祺

从上表中可以看到，在这一期"中国文学研究"的专号中一共刊登了 69 篇文章，涉及诗歌研究、戏曲研究、小说研究、散文研究、词的研究、文学家研究、文学史研究、文学批评研究、民间文学研究这些方面的内容。可以说，这一期专号在内容上囊括了中国古代文学的主要门类，在涉及的对象上充分体现了郑振铎对于"整理国故"范围的理解。这一期号外上还有几篇文章涉及了中外比较文学研究的方面，即《梵剧体例及其在汉剧上的点点滴滴》《日本最近发见之中国小说》《哥德与中国文化》《十四世纪南俄人之汉文学》。这几篇文章的刊载鲜明地体现了作为主编者的郑振铎的"文学统一观"思想。可以说，这一期"中国文学研究"专号无论是从编辑的宗旨还是从编辑的内容上来看，都显然是在积极地整理中国传统文学，是郑振铎为建设新文学而开展的一种具体的实践。

三

  1933 年 4 月，郑振铎从北平回到上海，有感于《小说月报》毁于"一·二八"事变的炮火之后，中国文学界缺少一个大型刊物作为阵地，提议创办一个新的文学刊物，《文学》月刊由此诞生。《文学》创刊于 1933 年 7 月 1 日，第 1 卷署名为"上海文学研究会"编辑，由鲁迅、茅盾、郑振铎、叶圣陶、胡愈之、郁达夫、陈望道、洪深、傅东华、徐调孚 10 人组成杂志编委会共同编辑。从第 2 卷开始，《文学》的主编署名为傅东华、郑振铎二人，具体的编务则由黄源负责执行，直至第 7 卷由王统照接替主编的工作。《文学》第 2 卷第 3 期至第 6 期连续出版四个专号，分别是"翻译专号""创作专号""弱小民族文学专号"和"中国文学研究专号"，其中的"中国文学研究专号"由郑振铎负责编辑。1937 年 11 月 10 日，《文学》在出版了第 9 卷第 4 号之后停刊，一共出版了 58 期。

  郑振铎主编期间的《文学》杂志表现出了对于整理中国传统文学的关注。在署名为"上海文学研究会"编辑的第 1 卷的 6 期《文学》杂志上，关于中国文学的整理和研究方面的文章一共有 9 篇：第 1 号上的 6 篇，《谈金圣叹》《明俗曲琵琶词》《谈〈金瓶梅〉》《驳〈跋销释真空宝卷〉》《两宋词人与诗人与道学家》《〈歌风记〉中的吴哥》；第 2 号上的 2 篇，《日本文学家〈水浒〉观》《诗话丛话》；第 4 号上的 1 篇，《〈西游记〉的演化》。1934 年 1 月 1 日，在由郑振铎、傅东华二人正式开始接编的《文学》第 2 卷第 1 号上新开"文学论坛"栏目，登载了《在圆圈上前进》《标点古书与提倡旧文学》《文学的遗产》和《我们该怎样接受遗产》这4篇文章，讨论的都是关于中国的新文学与旧文学之间的关系的问题，除此之外还有一篇论文《一九三三年的古籍发见》，这些都表明《文学》杂志开始对于如何在开展新文学运动的过程中同时整理中国旧文学这一问题给予相当的关注。

《文学》从第2卷第4号至第2卷第6号接连出了3个专号，分别是第4号的"创作专号"、第5号的"弱小民族文学专号"、第6号的"中国文学研究专号"。其中，第6号的"中国文学研究专号"是郑振铎在自己的编辑生涯中所主编的第二个"中国文学研究专号"。在这一期专号上的"文学画报"栏中，一共刊载了38幅图，其中十二幅"明刊戏曲书影"，其他的则主要是关于词话、宝卷和小说等通俗文学和民间文学的图画。除此之外，这一期"文学论坛"栏中的研究性论文，也有许多小说研究、比较文学研究、民间文艺研究等方面的文章。关于这一期的专号的具体内容如下表所示。

《文学》第2卷第6号"中国文学研究专号"目录❶

文学画报
明刊戏曲书影
（一）明嘉靖刊本《琵琶记》

❶ 此表是在参照《中国现代文学期刊目录汇编》和作者翻阅原刊的基础上制成。（唐沅，等. 中国现代文学期刊目录汇编·丙种（上）[M]. 天津：天津人民出版社，1988：1527-1528.）

（二）明万历尊生馆刊袖珍本《琵琶记》
（三）明万历刊本《群音类选》
（四）继志斋刊本张凤翼《孝义祝发记》
（五）继志斋刊本高濂《玉簪记》
（六）富春堂刊本汤显祖《紫箫记》
（七）万历林於阁刊本《灵宝刀》
（八）万历刊《楚香记》
（九）万历刊《枯浦记》
（十）明末刊《绾春园》
（十一）凌刻朱墨本《绣襦记》
（十二）朱墨本《南柯记》
明刊本《吴骚集》
明刊《三经闲题》
明刊《笔花楼新声》
明末刊本《吴骚合编》
徐文长像
明末刊本《大唐秦王词话》
明万历刊《弥勒三度王通宝卷》
明万历刊本《列国志传》
明天启刊本《新平妖传》
明崇祯刊本《孙庞演义》
清刊本《剿闯小说》
明万历周曰校刊《三国志演义》
明末刊《残唐五代传》
明末刊《皇明英烈传》

明末刊《西游记》	
明末刊《金瓶梅》	
明刊本《古今小说》	
明刊本《喻世明言》	
明刊本《醒世恒言》	
中国雕板中的西洋影响（一）圣母像（二）宙士像	
书翰墨迹	
王韬晚年居上海时之手迹	
弢园尺牍续抄	
后聊斋志异	
普法战纪欧罗巴洲列国图	

文学论坛

题目	作者
中国文学研究者向哪里去？	远
中国的文学遗产问题	远
论文字的繁简	谷
向翻印古书者提议	源
三十年来中国文学新资料发现史略	郑振铎
中国纯文学的姿态与中国语言文字①	魏建功
《吕氏春秋·古乐篇》昔黄节解	刘复
中国诗歌中之双声叠韵	郭绍虞
论文学的繁简	吴文祺
论"逼真"与"如画"	朱自清
《申报》总编纂"长毛状元"王韬考证	洪深
左传遇	俞平伯

唐代传奇文与印度故事	霍世休
论唐代的边塞诗	贺昌群
韩愈复古运动的新探索	李嘉吉
唐文人沈亚之生平	张全恭
《唐宋大曲考》拾遗	李素英
苏门四学士词	龙榆生②
姜白石议大乐辨	夏承焘
元明之际的文坛的概况③	郭源新
粤风之地理的考察	乐嗣炳
散曲的历史观	赵万里
《拉马耶那》与《陈巡检梅岭失妻记》	林培志
《沙贡特拉》和"赵贞女型"的戏剧	李满桂
宋元戏文与黄钟赚	赵景深
宋诗革命的两个英雄	董启俊
元代"公案剧"发生的原因及其特质	何谦
《西厢记》第五本关续说辨妄④	马玉铭
净与丑	谷远
历史中的小说	吴晗
明清之际之宝卷文学与白莲教	向党明
滦州影戏	顾颉刚
五四运动与中国文学	高滔
读曲杂录	西谛
书评	
王易的《词曲史》	雨渊
青木正儿的《支那近世戏曲史》	翌仪

敖士英的《中国文学年表》	顾文
《文学》第二卷总目分类索引	

注：①原刊目录中文章标题为《中国纯文学的姿态与中国语言文字》，正文的标题为《中国纯文学的形态与中国语言文字》。

②原刊目录中作者名字为"龙榆生"，正文作者名字为"龙沐勋"。

③原刊目录中文章标题为《元明之际的文坛的概况》，正文的标题为《元明之际的文坛的概观》。

④原刊目录中文章标题为《〈西厢记〉第五本关续说辨妄》，正文的标题为《〈西厢记〉第五本关续说辩妄》。

从上面的目录中可以看出，这一期专号上的"中国文学"的范围是与郑振铎所认为的关于中国文学研究的范围一致的。这一期的专号充分体现了郑振铎在整理中国旧文学问题上的努力方向，即对于古代文学作品版本的考证、对于文学史料的重视。

在由郑振铎和傅东华主编的第2卷至第6卷的30期《文学》杂志上，除了第2卷的第2号、第3号的"翻译专号"、第5号的"弱小民族专号"，第3卷的第4号，第4卷的第1号、第2号、第4号、第5号、第6号，第5卷的第2号、第4号、第6号，第6卷的第1号、第2号、第4号、第6号这16期的《文学》杂志之外，其余的14期上都有关于整理中国文学方面的文章，而从王统照接编的第7卷第1号至第9卷第4号的16期《文学》杂志上，有关整理中国文学方面的内容是5篇：第7卷第1号上的2篇，《〈阎婆惜〉蹦蹦戏脚本引序》、《〈三笑姻缘〉的演变》；第4号上的1篇，《〈玉堂春〉故事的演变》；第8卷第1号上的1篇，《中国诗中四声的分析》；第

8卷第4号上的1篇,《〈醒世恒言〉的来源和影响》。

1946年1月10日,由郑振铎和李健吾负责主编的《文艺复兴》月刊在上海创刊,至1947年11月1日的第四卷第二期终刊时,一共出了20期。有研究者认为在《文艺复兴》的作者队伍中,较多的是"原文学研究会会员和30年代与'京派'有关的作家",从这个角度来看,"说《文艺复兴》是文学研究会《小说月报》《文学》一系刊物在抗战胜利后的再度振起,应该没有多少问题"❶。事实上,《文艺复兴》杂志不仅可以视为文学研究会系列刊物的延续,还应当被视为郑振铎刊物编辑风格的延续。

在对《文艺复兴》的编辑上,郑振铎依然延续了自己对于中国文学的整理和研究的这一倾向。在《文艺复兴》的编辑工作中,郑振铎和李健吾之间有一定的分工,即郑振铎主要负责审阅有关中国文学的整理和研究等方面的来稿,而李健吾自己则主要负责审阅文学创作方面的来稿。除了在平时注意发表有关整理中国传统文学方面的文章以外,在1948年9月10日至1949年8月5日期间,郑振铎还在《文艺复兴》上陆续主编了三册"中国文学研究号"。这三册专号出版时间分别是1948年9月10日、1948年12月20日和1949年8月5日,是郑振铎继20世纪20年代在《小说月报》和30年代在《文学》上编辑"中国文学研究"专号之后,第三次编辑同类专号,这也充分体现了郑振铎在文学刊物的编辑过程中对于整理中国传统文学的兴趣和偏爱。

---

❶ 邵宁宁. 郑振铎的文学理想与《文艺复兴》杂志的包容性 [J]. 甘肃社会科学,2008(3):33.

第三节
对新文学作家的发现与提携

在《文学》第81期上的《本刊改革宣言》中，郑振铎声明《文学》的主张是："我们自己有多少力量，便尽多少力量，面对于一切的不同的主张，我们也都愿意容纳，一切在同道路上走着的作家，我们也都愿意与他们合作。本刊正如一个小小的公开园地，谁愿意进来种植几株花草，我们都是开着大门欢迎的" **❶**。综观郑振铎一生的文学编辑活动，这段话中所提到的主张正好可以用来代表郑振铎在文学刊物编辑方面的又一个重要特点，即对于新文学作家作品的发现与提携。在文学刊物的编辑活动中，郑振铎充分利用了新文学刊物这一具有生命力的平台，用独特的慧眼，发现、挖掘了诸多新的作家，中国现代众多的作家都曾经把自己的作品投给郑振铎主编的文学刊物《文学旬刊》《小说月报》等发表，如鲁迅、茅盾、叶圣陶、冰心、王统照、

---

❶ 郑振铎. 本刊改革宣言 [J]. 文学，1923（81）.

徐志摩、朱自清、胡愈之、许地山、俞平伯、巴金、老舍、丁玲、沈从文等，其中更有些作家如巴金、丁玲、老舍等都是在郑振铎所主编的文学刊物上发表其处女作。可以说，20 世纪 20 年代中国新文学的发展，与郑振铎、与郑振铎所主编的文学刊物都有着不可忽视的密切关系。

一

在郑振铎的编辑生涯中，《小说月报》是他实际负责编辑工作时间最长的一份刊物。从 1923 年 1 月 10 号的第 14 卷第 1 号开始，直至 1931 年 12 月 10 日的第 22 卷第 12 号，《小说月报》"编辑者"的署名一直都是"郑振铎"三个字。这表明在从 1923 年至 1931 年的 9 年间，郑振铎一直是《小说月报》对外公开的主编。郑振铎主编《小说月报》的这 9 年时间，正是新文学由初生之后的稚嫩状态开始逐步成长的时期，《小说月报》正是在这一时期之内刊登了大量新文学作家所创作和翻译的文学作品，恰逢其时地成了这一时期新文坛上的一道重要景观。

作为《小说月报》革新后的第一任主编，沈雁冰选择和刊登了大量外国文学家的作品，他所选择刊登外国文学作品的数量要明显高于中国新文学家的作品。沈雁冰之所以这样做，一方面是由于当时的新文学还处在生长状态，真正成熟的作品并不多；另一方面，也与作为主编人的沈雁冰个人对于中外文学的认识和偏好有关，他在主编《小说月报》的问题上更多地倾向于刊登翻译的外国文学作品。在《小说月报》的《改革宣言》中，沈雁冰提出："同人以为研究文学哲理介绍文学流派虽为刻不容缓之事，而迻译西欧名著使读者得见某派面目之一斑，不起空中楼阁之憾，尤为重要；故材料之分配将偏多于（三）（四）两门，居过半有强"❶。《小说月报》是一份文学刊物，刊载文学作品必然是它的主要内容。在沈雁冰主编的这24期《小说月报》上刊登的文学作品一共有368篇，其中中国新文学作家的创作是197篇，翻译的外国文学作品是171篇，翻译作品几乎占到了所刊登的文学作品总量的一半，平均下来几乎是每一期《小说月报》上就有7篇外国文学家的作品发表。在努力向新文学刊物转型、推动新文学的发展的这个前提之下，《小说月报》刊载大量中国新文学作家的创作本是题中应有之义，而沈雁冰将"文学作品"的半壁江山都交与了外国文学作品，足见他对于西洋文学之重视。正如沈雁冰自己在《一年来的感想与明年的计划》❷所说的："我们一年来的努力较偏在于翻译方面——就是介绍方面。……我觉得翻译文学作品和创作一般的重要，而在尚未有成熟的'人的文学'之邦像现在的我国，翻译尤为重要；否则，将以何者疗救灵魂的贫乏，修补人性的缺陷呢？"在沈雁冰看来，中国的新文学尚未成熟，而西方文学却可以作为新文学的指导和发展方向。因此，翻译和介绍外国的文学作品始终是沈雁冰主

---

❶ 《小说月报·改革宣言》，《小说月报》第12卷第1号，1921年1月10日。引言中所提到的"（三）（四）两门"分别指的是"译丛"栏和"创作"栏。

❷ 沈雁冰. 一年来的感想与明年的计划［J］. 小说月报，1921，12（12）.

编下的《小说月报》在内容上的一个重要方面。

在《小说月报》选择刊登外国文学作品和中国新文学的作品这个问题上，郑振铎要比沈雁冰更加地关注中国新文学本身。

在"创作"和"翻译"的内容分配问题上，郑振铎主编的《小说月报》更加倾向于以发表国内作家的"创作"为主。第 14 卷第 2 号的"最后一页"明确指出："我们很愿意多量的发表创作的小说，剧本与诗歌。对于翻译的作品，则稍从严格" ❶，而在第 14 卷第 5 号的"最后一页"中则做出了更加具体的说明："近来有许多友人都以为本报发表的创作似乎不大严格。是的！我们是很想多量的登载创作的剧本与小说的。只要在'质'上有真挚的情感，在'形'上不十分的堆饰'伪美'与'习见'的问句，在'量'上不见十分冗长的，我们都是很欢迎的很愿意的把他们刊出的。我们原是不求本报上所登的创作每篇都是有永久的价值的；所以我们主张在不至于流于太滥的范围以内，创作不妨尽量发表。……以后拟至少留出二分之一以上的地位来刊登创作"。❷在第 14 卷第 11 号的"最后一页"中，依然提到关于多发"创作"方面的内容："新进作家的作品，是我们所最愿意刊登的；我们极热切的希望有较伟大的作家出来，我们很愿意我们的篇幅，刊登他们的处女作。发现一个新的伟大作家，不惟是我们的最大的快乐，也是本志的很大的光荣。但在一般的读者当面，却常有一种惰性，他

---

❶ 郑振铎. 最后一页 [J]. 小说月报，1923，14（2）.

❷ 郑振铎. 最后一页 [J]. 小说月报，1923，14（5）.

们不注意新的作家，而崇拜已成名者的作品。……我希望新的作家不要因一时的不能成功而灰心；同时并希望读者方面，稍稍注意于新的作家的作品"。❶相比较沈雁冰站在西方文学的高度来审视和判断中国新文学作品的质量优劣而言，郑振铎对于新文学在创作领域的态度似乎更加宽容而平和，也更加贴近当时新文学的发展实际。在对"创作"的材料的选取上，郑振铎的标准是在内容上有真挚的情感、在形式上没有虚伪的雕饰。在第14卷第5号的"卷头语"中，郑振铎引了亨德的话："一本伟大的作品是从著者的脑和心里产生的；著者将他自己放在那书一页一页上面；这一页一页的书，都具有他的生命，都浸润着他的个性"，"个人的经验是一切真的文学的基础"，"一本真实伟大的著作的标志就在：他所叙说的是新鲜的原创的东西，而且是用新鲜的独特的方法将他们叙说出来的"，郑振铎并在最后说明："我极恳挚的将 W. H. Hunson 的这些话贡献给一切努力于文艺的创作者"。❷可见，郑振铎在选择创作的作品来刊登时的标准就是作家个人的经历和个性。可以说，郑振铎的这一标准是相当宽容的，也是从文学本身的属性出发的，是与他对于文学本质的理解是一致的。

郑振铎主编下的《小说月报》还登载了许多寓言故事和儿童文学，这是郑振铎在编辑特点上有一个不同于他的前任沈雁冰的地方。《小说月报》从第15卷第10号开始长期刊登各国的寓言故事，如"莱森

❶ 郑振铎. 最后一页 [J]. 小说月报，1923，14（11）.
❷ 郑振铎. 卷头语 [J]. 小说月报，1923，14（5）.

的寓言""印度寓言""拉风歹纳寓言""高加索寓言"、俄罗斯作家克鲁洛夫的寓言故事等；从第15卷第1号开始新增"儿童文学"栏，刊载国内外的儿童文学作品，国内如作家叶圣陶、许敦谷、严既澄、高君箴、徐志摩、敬隐渔，国外作家有丹麦的安徒生、冰岛的阿那森、日本的益田甫等人。特别值得注意的是，第16卷第8号和第9号为"安徒生号"，从第17卷第1号开始连载顾均正的《世界童话名著介绍》……在郑振铎主编之下的《小说月报》大量刊载了新文学作家们的作品，培养和孕育了许多后来成为著名作家的新文学运动者，成为当时新文学运动中一个开放、包容的园地。

二

在由郑振铎所主编的另一份文学刊物《文学旬刊》上，同样刊登和发表了大量的新文学作品，介绍了许多新文学作家。《文学旬刊》的历任主编和编辑者，以及刊物的名称，都是几经变革。本书为了清晰地呈现郑振铎与《文学旬刊》之间的关系，首先须对这份刊物的名称沿革和编辑者更替中与郑振铎有关的部分做一番梳理。

1921年5月10日，《文学旬刊》在上海创刊，由郑振铎担任第一任主编。郑振铎的主编工作持续到1922年12月初结束，一共主编了57期。1922年12月11日的第58期《文学旬刊》开始由谢六逸主编，而郑振铎则于1923年1月10日开始负责《小说月报》的具体编务工作。谢六逸一人主编了大概半年时间之后，1923年5月

12 日，《文学旬刊》从第 73 期开始改由王伯祥、沈雁冰、周予同、郑振铎、谢六逸、胡愈之、叶圣陶、严既澄、顾颉刚、余伯祥、俞平伯、胡哲谋 12 人共同负责编辑，郑振铎再度参与《文学旬刊》的编务工作。在由上述 12 人共同编辑的这段时间，《文学旬刊》从 1923 年 7 月 30 日第 81 期开始更名为《文学》（周刊）。由 12 人共同编辑的这种状况一直持续到 1923 年 12 月 17 日《文学》第 101 期才结束，随后由叶圣陶担任主编。1925 年 5 月 10 日，《文学》更名为《文学周报》。郑振铎于 1929 年 1 月 8 日开始，与赵景深、谢六逸、耿济之、傅东华、徐调孚、李青崖、樊仲云 7 人共同担任《文学周报》的编辑，直至 1929 年 12 月 22 日《文学周报》（第 380 期）最后一期。因此，郑振铎主编和参与编辑《文学旬刊》的时间前后一共分为三个时期：一，1921 年 5 月 10 日—1922 年 12 月 1 日，担任《文学旬刊》第 1 期至第 57 期的主编；二，1923 年 5 月 12 日—1923 年 12 月 17 日，担任《文学旬刊》第 73 期至第 101 期的 12 位编辑者之一；三，1929 年 1 月 8 日—1929 年 12 月 22 日，担任《文学周报》第 353 期至第 380 期的 8 位编辑者之一，直至终刊。表面看来，郑振铎与《文学旬刊》的关系时而紧密时而疏离。但是从刊物的整个生存过程来看，郑振铎与《文学旬刊》之间始终保持着一种深厚的联系。从《文学旬刊》到最后的《文学》，虽然刊物后来在栏目和内容的设置上历经几次更改，但都基本上一直沿用了郑振铎所宣布的体例。通过发表《宣言》和《体例》，郑振铎确立了《文学旬刊》的编辑宗旨、刊物的基本面貌和整体风格。

在《文学旬刊》的整个发行期间，郑振铎对于刊物的编辑、校对、排版等工作都做出了巨大的贡献。首先,《文学旬刊》上的很多重要声明都是由郑振铎写下,并以他的名义发表的,如第 1 期上的《宣言》和《体例》,第 73 期上的《给读者》,第 81 期更名为《文学》时的《本刊改革宣言》,第 100 期"纪念号"上的《本刊的回顾与我们今后的希望》……可以说,在由《文学旬刊》而《文学》而《文学周报》的过程中,几乎每次刊物有重大变化的时候,都是由郑振铎来发表声明的,足见郑振铎在刊物编辑中的重要地位。在这些声明中,最重要的是 1921 年 5 月 10 日《文学旬刊》创刊号上的《宣言》和《体例》。据陈福康的《郑振铎年谱》指出,郑振铎于 1921 年 5 月 10 日在《文学旬刊》创刊号上"发表《宣言》《体例》及文艺短论《文学的定义》"❶。陈福康的这一判断是准确的,《宣言》虽然署名为"本刊同人",但是实际却是由郑振铎写下的。在这篇《宣言》中,郑振铎提出"我们愿意加入当代作者译者之林,为中国文学的再生而奋斗,一面努力介绍世界文学到中国,一面努力创造中国的文学,以贡献于世界文学界中"。郑振铎在这段话中阐明了《文学旬刊》的宗旨,即一方面介绍世界的文学到中国来,另一方面也创造中国的文学以贡献给世界,最终实现"中国文学的再生"。很显然,《文学旬刊》的核心就在于"实现中国文学的再生",这种"再生"实际上指的就是新文学作品的大量产生。这篇《宣言》的最后,郑振铎以饱满的激情倡导:"我们存在一天,我们总要继续奋斗一天。……如能因我们

---

❶ 陈福康. 郑振铎年谱(第 1 版)[M]. 北京:书目文献出版社,1988:47.

的努力,而中国的文学界能稍有一线的曙光露出,我们虽牺牲一切——全部的心和身——也是不顾恤的!"❶这一宛如殉道者般的誓言不仅代表了《文学旬刊》全体同仁的志愿,更是郑振铎本人对于新文学作品的热切期待。

在《文学旬刊》第一期所发表的《体例》中,郑振铎申明《文学旬刊》经常刊载的内容主要有"论文""创作""译丛""传记""文学界消息""文艺丛谈""书评"六个方面,此外间或还会有"书评"和"特载"两个栏目。在"创作"类中,郑振铎认为"现在我们的文学,正在创造的萌芽时代,为尽量的自由发表各人的作品起见,本栏所载,拟略取宽格。也许稍涉于滥,然而精神总必求其一致";而在"译丛"类中,他指出由于篇幅不够的原因,今后主要将登载翻译的短篇作品,而对于长篇的译文则拟偶尔登之❷。在对待中外文学作品时,可以看出作为《文学旬刊》首任主编的郑振铎心中是倾向于刊登中国自己的新文学作品的。虽然郑振铎也认为介绍和翻译外国文学作品是建设新文学的一个重要的努力方向,但是与发掘本国的新文作家和作品相比,他明显地更加重视中国自己的新文学作品。

郑振铎主编的另一种文学刊物《文学季刊》也发表了许多中国现代的优秀作品,小说如老舍的《黑白李》,吴组缃的《一千八百担》,冰心的《冬儿姑娘》,凌淑华的《千代子》,欧阳镜蓉的《龙眼花

---

❶ 郑振铎. 郑振铎全集:第3卷 [M]. 石家庄:花山文艺出版社,1998:389.
❷ 郑振铎. 文学旬刊·体例 [J]. 文学旬刊,1921(1).

开的时候》，芦焚的《谷》，诗歌有何其芳的《画梦录》和《古城与我》，废名的《妆台》《海》《掐花》等，戏剧方面有曹禺的《雷雨》、顾青海的《王昭君》、李健吾的《这不过是春天》，其他还有萧军、萧乾、张天翼、李健吾、丰子恺、姚雪垠、艾芜、蹇先艾、靳以、王任叔、李广田、陈白尘、丽尼、臧克家，鲁彦、欧阳山、荒煤、余冠英等人的作品；外国文学的作品有夏目漱石的《猫》、陀思妥耶夫斯基的《白痴》、高尔基的《天蓝的生活》、爱伦坡的《坑与摆》、德莱赛的《自由》、梅里美《意洛的美神》、伊本涅兹的《太阳下山的时候》、左琴科的《澡堂》等。

可以说，郑振铎在主编和参与编辑各种文学刊物的过程中，非常注重挖掘文学新人，发现优秀的新文学作品，以此为新文学的建设做出了大量贡献。

第四章
新文学视阈下的文学史研究

　　如第一章所述，在郑振铎的新文学思想体系中，建设新文学首先需要建立一种新的文学观念，而一种新的文学观念的建立则需要对于古今中外的文学进行系统的整理和研究。郑振铎的这一主张，是源于他认为新文学是建立在中外文学传统基础上的这一观点。在他看来，"文学传统"是建设新文学的一个重要资源，是在一番筛选之后，可供新文学继承的"遗产"。因此，有关中外古今文学整理和研究的思想，特别是有关中国传统文学整理和研究的思想，是郑振铎的新文学思想中非常重要的一个方面。围绕着整理和研究文学"遗产"的思想，郑振铎展开了一系列的文学研究实践，并取得了相当高的成就。1922年，郑振铎曾撰文提出"文学的统一观"的设想，这种设想的实施，就是他的《文学大纲》一书。1924年，郑振铎出版了《俄国文学史略》，对俄国文学的传统和精神做出深入细致的分析。

1932 年，郑振铎出版了《插图本中国文学史》，实现了他写一部足以表现出中国文学的整个真实面目与进展的历史的著作的意图。1938 年，郑振铎的俗文学研究专著《中国俗文学史》出版，他在该书中对"俗文学"做出了自己的界定。

第一节
新文学的外来影响:《俄国文学史略》

一

《俄国文学史略》最初在《小说月报》上连载,从 1923 年 5 月 10 日的第 14 卷第 5 号连载至 9 月的第 14 卷第 9 号,后于 1924 年 3 月由上海商务印书馆作为"文学研究会丛书"之一出版。郑振铎在书后的跋中说明:"本书的第十四章,为瞿秋白君所作,全书写成后,又曾经他的校阅"。❶《俄国文学史略》是郑振铎第一次系统地进行文学研究而形成的著作,可以视为他进行文学研究的起步。

在《俄国文学史略》的序中,郑振铎说道:"我们没有一部叙述世界文学,自最初叙到现代的书,也没有一部叙述英国或法国,俄国的文学,自最初叙到现代的书。我们所有的只是散见在各种杂志或报纸上的零碎记载;这些记载大概都是关于一个作家或一部作品,或一

---

❶ 郑振铎. 郑振铎全集:第 15 卷 [M]. 石家庄:花山文艺出版社,1998:547.

个短时间的事实及评论的"，面对这种情况，郑振铎进一步指出，"如果要供给中国读者社会以较完备的文学知识，这一类的文学史的书籍的出版，实是刻不容缓的"❶。这段话不但可以说明郑振铎写作《俄国文学史略》的原因，而且可以用来概括郑振铎后来写作另外几本文学史专著的写作意图。可以说，为中国的读者提供一种专门的、系统的文学史知识，这是贯穿在郑振铎全部的文学研究活动中的一个整体意图和努力方向。

《俄国文学史略》一共有十四章内容，从俄国文学的起源时代一直叙述到劳农俄国时期的作家。虽然全书的时间跨度很大，但由于采取的是"略史"的性质，因此在篇幅上显得短小精悍。从内容上看来，全书十四个章节中有十个章节都是介绍作家的。可以说，这本《俄国文学史略》基本上是以作家论为中心的，其中有的章节是对于一个或两个作家的集中而详细的论述，如第三章的"普希金与李门托夫"、第四章的"歌郭里"、第五章的"屠格涅夫与龚察洛夫"、第六章的"杜思退益夫斯基与托尔斯泰"、第十二章的"柴霍甫与安特列夫"；有的章节内容是对某一个时期的作家群体的介绍，如第七章的"尼克拉莎夫与其同时代作家"、第九章的"民众小说家"、第十章的"政论作家与讽刺作家"、第十三章的"迦尔洵与其他"、第十四章的"劳农俄国的新作家"；另有一章"绪言"和三章介绍俄罗斯文学的"启源""戏剧文学"和"文艺评论"。

---

❶ 郑振铎. 郑振铎全集：第 15 卷［M］. 石家庄：花山文艺出版社，1998：415.

在"绪言"中,郑振铎对于俄国文学做出了整体的评价,他认为:"俄国的文学,和先进的英国,德国及法国及其他各国的文学比较起来,确是一个很年轻的后进;然而她的精神却是非常老成,她的内容却是非常丰实。她的全部的繁盛的历史至今仅有一世纪,而其光芒却在天空绚耀着,几欲掩遮一切同时代的文学之星,而使之暗然无光"。郑振铎对于俄国文学的这一总体评价是相当高的。紧接着,郑振铎又进一步指出俄国文学之所以取得如此高的成就,原因在于"她的真挚的与人道的精神",郑振铎认为正是这种精神使得俄国文学"垦发了许多永未经前人蹈过的文学园地"❶。在整部书中,郑振铎基本上就是围绕着这种"真挚的与人道的精神"而选择材料并展开论述的。在这篇"绪言"中,郑振铎分析了俄国的"地势""人种"和"语言",并认为这三种因素都既对俄国文学造成较大的影响又在俄国文学中有鲜明的表现。在"绪言"里,郑振铎探究了俄国文学在启源时期的特点,准确地抓住了俄国文学中最重要的特点——人道精神,并分析了这种人道精神出现的原因。可以说,这一章"绪言"在全书中具有一种奠基式的重要地位,书中后来的所有内容几乎都是围绕着"绪论"中所指出的这种"人道精神"而展开论述的。第一章"启源"是全书的起点,郑振铎指出"十九世纪是俄国文学史上的最绚烂的时期"❷。在这一章中,郑振铎用精练、简短的文

---

❶ 郑振铎. 郑振铎全集:第 15 卷 [M]. 石家庄:花山文艺出版社,1998:417-418.
❷ 同❶ 426.

字介绍了俄国自 12 世纪末 13 世纪初的民间传说和史诗至 19 世纪初以前的文学。用这短短的一个章节来介绍俄国文学在 6 个世纪的时间里的发展和变化，郑振铎在这里第一次显露出他在撰写文学史方面具有一种杰出的驾驭材料的能力。对于这六百年的俄国文学史，郑振铎选择了从重要的文体、文学家、政治和社会的影响这几个方面来进行阐述：在文体方面，介绍了俄国文学启源时代的民间传说、史诗和史记；对于这一时期的文学家，郑振铎指出罗门诺索夫"扫去一切外国文学的糟粕，发挥俄国文字的本色"之功，认为罗门诺索夫为"俄国文学的彼得第一，给后来以极大的影响"[1]；在第一章中，郑振铎重点论述的问题是俄国历史上的时代因素和政治因素对于俄国文学的影响。郑振铎认为 13 世纪蒙古人和土耳其人的入侵使得俄国遭受到异族的压迫，俄国人的生活也因此变得深沉起来，随后教会和皇权的专制则使得俄国文学褪去其"青年的活泼的史诗精神"，转而为一种"忧愁悲惨的情调"所笼罩[2]。郑振铎认为俄国文学自 13 世纪开始至 17 世纪末之前都没有产生伟大的作家，这种情况直至彼得一世改革时期才有所好转，而直到 18 世纪中后期的加德邻二世俄国文学才兴盛起来，此后至 19 世纪初俄国文学才迎来了一个绚烂的时代，这一时期出现了后来成为俄国文学重要特质之一的"人道精神"。

[1]　郑振铎. 郑振铎全集：第 15 卷［M］. 石家庄：花山文艺出版社，1998：424.
[2]　同[1] 423.

二

在《俄国文学史略》这本书中，郑振铎鲜明地表达了几个重要思想。

首先是文学发展过程中的"影响论"。在介绍普希金时，郑振铎借用了克鲁泡特金的认为莱门托夫、赫尔岑、屠格涅夫和托尔斯泰的小说所受到的普希金的影响较歌郭里（今译为"果戈理"）更直接些的观点，并赞成这一观点。郑振铎认为在法国的巴尔扎克之前，普希金的作品中就已经表现出了写实派的精神；在创作上，普希金虽然深受英国诗人拜伦的影响，但是普希金作品中的艺术则比拜伦要更为精进。他并指出与普希金、李门托夫（今译为"莱门托夫"）同时代的诗人几乎都是受普希金的影响而产生的。

其次是对于表现"人道精神"的文学家及其作品的重视。在书中，郑振铎认为李门托夫是一个人道主义者，并认为富有"人道精神"是李门托夫比普希金要更为伟大的地方。对于整个俄国文学的历史，郑振铎最推崇的就是19世纪的文学。在他看来，19世纪这个俄国文学史上的伟大时代是伴随着歌郭里的出现而开始的。他认为歌郭里的《外套》中所表达的对于弱者的同情和复仇的人道主义思想后来成为许多俄国作家作品中的特质。郑振铎认为杜思退益夫斯基（今译为"陀思妥耶夫斯基"）和托尔斯泰是俄国十九世纪文学的双柱，任何其他的俄国文学家都没有杜思退益夫斯基和托尔斯泰"那样的感动人，那样的深挚的被民众所爱的"❶。对于杜思退益夫斯基的作品，郑振铎认为其艺术上的成绩是不高的，但是他认为杜思退益夫斯基的伟大不在于艺术方面，而在于"他的博大的人道精神"，在于"他的为被不齿的被侮辱的上帝之子说话"❷。郑振铎认为杜思退益夫斯基的伟大正在于发现了"人道精神"这一个"极肥沃的文学田园"，这一成就足以使他在俄国文学史上占有重要的地位。对于托尔斯泰的成就，郑振铎也是从情感、思想、艺术这三个方面来评述的，他认为托尔斯泰的作品在艺术上高出杜思退益夫斯基许多，而从作品中所包含的感情、思想和精神方面来看，杜思退益夫斯基和托尔斯泰二人所达到的高度是相差无几的。

再次是重视俄国 19 世纪的写实主义文学。对于屠格涅夫在俄国文学史上的地位，郑振铎指出他是消除西欧文学与俄国文学之间隔膜的第一个人。在谈到屠格涅夫的作品时，郑振铎认为俄国社会与青年的思想的急骤的变动"都一一反映在屠格涅夫的作品里，如照在镜中之影，如留在海岸沙上的潮痕"❸。郑振铎不仅认为屠格涅夫的作品是对俄国社会现实的真实反映，他甚至认为《猎人日记》这部小说集对于俄国农奴制度的废除发挥了极大的力量。在谈到龚察洛夫（今译"冈察洛夫"）时，对于龚察洛夫后期的小说《悬崖》，郑振铎的评价

---

❶ 郑振铎. 郑振铎全集：第 15 卷［M］. 石家庄：花山文艺出版社，1998：448.
❷ 同❶ 449.
❸ 同❶ 441.

是褒贬兼有：一方面认为作品中的描写与当时的社会现实不太符合，这是小说失败的地方；另一方面，则认为这篇作品在心理的解剖和景物的描写上是成功的。可见，郑振铎评判一个文学家的标准是比较全面的、包容的，他认为文学家既要真实地反映客观生活，同时又要在作品中表达出个人的情感并具有一定的艺术魅力。对于 19 世纪初的俄国诗人，郑振铎着重介绍了尼克拉莎夫，指出尼克拉莎夫的诗歌虽然表现出一种悲观主义的情绪，但是尼克拉莎夫的"悲观"不同于别人的"悲观"；郑振铎认为尼克拉莎夫虽然表现的是俄国人民的悲惨生活，但是"他所给与读者的印象却不是失望而是愤慨。他在悲苦的现实之前并不低头匍匐，却进而与之奋斗，而得到胜利"❶，这种"愤慨"并进而"奋斗"的精神正是与郑振铎所提倡的"血和泪的文学"在根本上一致，或许这也正是郑振铎之所以在 19 世纪初的俄国诗人中选择尼克拉莎夫来重点介绍的原因。同时，郑振铎还认为尼克拉莎夫是"一个最成功的民众诗人"，并指出尼克拉莎夫的诗是"只要认识几个字，知道看看书的人都能懂它的意思，受它的感动"❷。在俄国的戏剧文学方面，郑振铎重点介绍了阿史特洛夫斯基（今译为"奥斯特洛夫斯基"），指出阿史特洛夫斯基的戏剧是对于现实生活的一种高度真实的反映："大家看来，觉得所看的不是戏，而是人生它自己在眼前走过去，正如作者只开了一面墙，大家自然的会看出屋内的一切"❸。

---

❶ 郑振铎. 郑振铎全集：第 15 卷［M］. 石家庄：花山文艺出版社，1998：451.
❷ 同❶ 457.
❸ 同❶ 471.

郑振铎认为在屠格涅夫、托尔斯泰和冈察洛夫之后的最伟大的俄国文学家是高尔基、柴霍甫（今译"契诃夫"）和安特列夫（今译"安德烈夫"）。郑振铎认为柴霍甫的成功在于深刻地表现出了俄国知识阶级的失败，并指出如果按照年代的顺序来阅读柴霍甫的作品，可以看出作者本人的思想和人生观的变化轨迹。对于安特列夫，郑振铎指出了他的作品的根本内容是表现"疯狂与恐怖"的人生，并认为安特列夫的作品犹如一面有魔力的镜子，真实地表现着俄国人的生活，又如一部留声机，准确地复述着俄国人的心声。除了上述重点介绍的著名文学家之外，郑振铎在《俄国文学史略》中还介绍了许多其他的俄国文学家，如加尔洵、科洛林科、梭罗古勃、蒲宁、路卜洵等。可以说，郑振铎在介绍俄国写实主义文学时注重强调的是写实主义文学的对于社会现实的真实反映、对于社会思想的砥砺作用。

除了上述三个方面之外，郑振铎还介绍了俄国文学中的一个重要派别"民众小说家"和俄国的文艺评论家。郑振铎指出所谓"民众小说家"就是"叙述民众生活的作家"，他认为这些"民众小说家"是"真确的写实主义者"❶，指出他们对于生活的描写是一种赤裸裸的真实。郑振铎指出了初期民众小说作品中的过于理想化的毛病，认为高尔基是俄国最伟大的民众小说家，对高尔基作品中的"反抗者"形象大为赞扬。在介绍俄国 19 世纪的文艺评论时，郑振铎特别强调了文艺评论在俄国文学中的重要地位："文艺评论是俄国运输政治思

---

❶ 郑振铎. 郑振铎全集：第 15 卷［M］. 石家庄：花山文艺出版社，1998：474.

想的一条河流。……文艺评论在俄国的地位的重要是无论何国都不能
与之并肩的"❶。在郑振铎看来，倍林斯基（今译"别林斯基"）、
周尼雪夫斯基（今译"车尔尼雪夫斯基"）、杜薄洛留薄夫（今译"杜
勃罗留波夫"）等俄国文艺评论家是俄国青年人的思想导师，他们对
于整个俄国社会思想都产生了相当大的影响。

---

❶ 郑振铎. 郑振铎全集：第 15 卷［M］. 石家庄：花山文艺出版社，1998：492.

第二节
新的文学统一观：《文学大纲》

《文学大纲》在从 1926 年 1 月的《小说月报》第 15 卷第 1 号至 1927 年 1 月的《小说月报》第 18 卷第 1 号上连载，一共连载了 31 期，连载的同时于 1926 年 12 月至 1927 年 10 月期间由上海商务印书馆陆续出版。

一

在 1926 年 7 月 9 日为《文学大纲》所作的"叙言"中，郑振铎提到："文学是没有国界的；……文学是没有古今界的"，他主张文学研究"不应该有古今中外之观"，而应该"只问这是不是最好的，这是不是我们所最被感动的，是不是我们所最喜悦的"。为此，他申明《文学大纲》就是要消除文学上的古今之分、中外之别的观念，同时告诉人们"文学是属于人类全体的，文学的园囿是一座绝大的园囿；

园隅一朵花落了。一朵花开了，都是与全个园囿的风光有关系的"❶。可见，郑振铎在《文学大纲》中是试图将整个世界的从古至今的文学看作一个整体的"园囿"，是要向人们展示这座庞大园囿中的各种异彩纷呈的景色和春华秋实的变化。这种将世界文学作为一个整体来进行考察的研究思路是《文学大纲》在当时中国的各类文学史著作中最为特别之处：《文学大纲》所讲述的不是某一地的文学，也不是某一时的文学，而是整个世界的从古至今的全部的文学。郑振铎在《文学大纲》中涉及的国家和民族包括古希腊、古罗马、英国、法国、德国、美国、俄国、比利时、荷兰、波兰、爱尔兰、西班牙、葡萄牙、意大利、丹麦、挪威、瑞典、冰岛、印度、中国、日本、波斯、阿拉伯、犹太等，几乎囊括世界文学历史上曾经取得过一定的成绩的所有国家和民族。郑振铎的这种研究视野在当时可谓是相当开阔的。

关于《文学大纲》的具体内容，郑振铎在"叙言"中有一段集中概括：

> 《文学大纲》将给读者"以文学世界里伟大的创造的心灵所完成的作品的自身之概略"，同时并置那个作品于历史的背景里，告诉大家以从文学的开始到现在，从最古的无名诗人，到丁尼生，鲍特莱尔，"人的精神，当他们最深挚的感动时，创造的表白在文学里的情形"，并告诉大家，以这

---

❶ 郑振铎. 郑振铎全集：第 10 卷［M］．石家庄：花山文艺出版社，1998：1-2.

个人的精神，"经了无量数次的表白的，实是一个，而且是继续不断的"。❶

在上面的这段表白中，有三个方面的内容需要特别注意，即"作品的自身之概略""历史的背景"和"人的精神"的表白。综观《文学大纲》的全部内容可以看出，郑振铎是主要围绕以上三个方面来展开对于世界文学的论述的，可以说这三个方面是贯穿《文学大纲》始终的三条重要线索。

首先是"作品的自身之概略"。《文学大纲》在论述各国的文学作品时会对作品的基本内容和故事梗概做一番介绍，其中大部分作品的内容介绍较为简略，而少数著者认为重要的文学作品的内容介绍则相当详细。郑振铎认为荷马的史诗描画了早期欧洲的真实图景，特别是两部史诗《依里亚特》（今译《伊利亚特》）和《奥特赛》（今译《奥德赛》）堪称欧洲史诗的典范，他甚至认为如果没有荷马的史诗，那么就不会有后来维吉尔、但丁、弥尔顿等人的诗歌了。郑振铎指出在欧美各国"没有一个人不知道'荷马的'这个形容词"，荷马诗歌中的人物的特质也为人们所熟悉，是人们"口头所常说的"❷。很显然，在郑振铎看来，荷马的史诗对于荷马之后的时代的欧美文学和欧美人民的生活都产生了重要而深远的影响，所以他对《依里亚特》和

---

❶ 郑振铎. 郑振铎全集：第 10 卷［M］. 石家庄：花山文艺出版社，1998：2.
❷ 同❶ 22.

《奥特赛》的故事梗概做了相当详细的介绍，基本上读者们只要看过了郑振铎的这部分之后，就会对于这两部史诗的基本内容有一个比较清晰明确的了解；郑振铎对于古希腊神话的各种故事内容的介绍也是相当详细完备的。在郑振铎看来，"希腊的神话，已成为欧洲艺术的最重要的原料之一；有多少甜美幽妙的诗篇是以它为题材的，有多少优雅雄伟的雕刻与绘画是写刻它的主要人物与事迹的。……所以亚灵辟斯（Olympus）的诸神，在现代的人中间，虽然没有一个人是他们的崇拜者，然而他们在人类的心灵上永久有他们的位置"❶。因为看到了希腊神话在欧洲文艺史上具有如此重要的地位，所以郑振铎详细地介绍了这些神话的具体内容。郑振铎将希腊神话故事按照其内容分为几个大的类别来分别进行叙述，它们主要是神族的诞生及其谱系、人类的起源、英雄故事和人神间的故事、恋爱的故事等几种主要类型。在介绍希腊神话的同时，郑振铎特别指出研究希腊神话的两个需要特别注意的地方：一是"须知它所自产生的那个时代的全部的智慧之库藏"，二是"须知他们的诸神都各具有一种特殊的象征的意义的"❷。实际上，郑振铎所提出的这两个研究希腊神话的注意之点不仅是研究者们需要重视的，它们同时也是中国的初接触希腊神话的读者们所需要形成的一种阅读背景。可以说，郑振铎所提出的这两个方面是极有助于中国的读者去了解希腊神话的。诸如此类对文学作品本身基本内

---

❶ 郑振铎. 郑振铎全集：第10卷［M］. 石家庄：花山文艺出版社，1998：67.
❷ 同❶68.

容的详细介绍在《文学大纲》中几乎随处可见，如印度《马哈巴拉泰》（今译《摩诃婆罗多》）和《拉马耶那》（今译《罗摩衍那》）、德国的《尼拔龙琪歌》（今译《尼伯龙根之歌》）、英国的《皮奥伏尔夫》（今译《贝奥武甫》）、西班牙的《西特》（今译《熙德》），以及流传于欧洲的"列那狐的故事"和"玫瑰的故事"、但丁的《神曲》……几乎在论及每一个著名作家、每一种重要文学现象或潮流的时候，郑振铎都会将其中所涉及的文学作品的基本内容做一番介绍，郑振铎的这一写法看起来似乎是对文学作品内容的重复叙述，似乎是一种冗长而无意义的工作，但对于当时希望了解外国文学的中国读者界来说是有极大帮助的。只要是认真审读过《文学大纲》的人，都会对于世界各国的主要的文学作品的基本内容有一个初步的了解。

其次是"历史的背景"。郑振铎在《文学大纲》中特别重视介绍研究对象的"背景"。在介绍文学作品、文学家、文学现象和文学潮流时，郑振铎往往会考察相关的社会、政治和历史的背景，在他看来这些社会历史上的变化在一定程度上影响了文学的历史。如在介绍但丁的《神曲》时，郑振铎指出要了解但丁，读懂但丁的《神曲》，就不能不先对但丁所生活的时代、他的人生经历有所了解。因此，郑振铎介绍了但丁青年时期的恋爱故事和晚年的政治生活，郑振铎指出但丁的《神曲》就是为他所爱慕的恋人所写的。在介绍希腊和罗马的文学时，郑振铎分析了希腊精神和罗马精神的不同。在他看来，希腊人是爱美的，追求光明和快乐；而罗马人则是讲究实际、秩序的。这种民族精神的不同正体现在两个民族的文学作品中。在郑振铎看来，英国 19 世纪的诗歌是"到了维多利亚女皇的时代（Victorian Age），跟着英国的政治上的光明与国外侵略政策的成功，伟大的诗人们相继的产生，正如繁花如锦，绿荫满布的时光，好鸟各各的停在枝头，任情啭唱一样"❶。又如在介绍诗人拜伦和雪莱的时候，郑振铎将二人与华兹华斯和柯勒律治进行比较，说明同样是热爱和追求自由、反抗压迫，但是拜伦和雪莱是始终保持着反抗的精神，而华兹华斯却逐渐转为恬淡，柯勒律治则最后成了一个梦想者；又如在介绍 19 世纪的法国小说时，郑振铎指出大仲马、雨果和巴尔扎克时代的作家是乐观的、快乐的，而到了福楼拜、左拉、莫泊桑等人生活的年代，由于时代发生了巨大的变化，整个法国社会都笼罩在普法战争所带来的黑暗中，所以他们的小说作品大多表现出一种浓厚的悲观主义色彩。除了这种政治环境的变化之外，郑振铎还进一步地指出艺术上的写实主义的流行也使得福楼拜、左拉、莫泊桑等人在题材和具体的描写上都与 19 世纪前半期有了很大的不同。在分析北欧 19 世纪的文学时，郑振铎指出由达尔文的思想所带来的科学上的革新同时也引起了文学上的写实主义的运动。在介绍易卜生时，郑振铎指出在易卜生的戏剧之前，挪威剧场里上演的都是丹麦文的戏剧，而自易卜生与般生之后，才有挪威的戏剧。

再次是"人的精神"的表白。《文学大纲》在介绍各国文学作品和文学现象时，在内容上侧重于分析各种作品对于"人"的表现和反映，对于"人"的审视与关怀。郑振铎认为荷马的史诗是表现古代的

---

❶ 郑振铎. 郑振铎全集：第 12 卷［M］. 石家庄：花山文艺出版社，1998：1.

英雄和妇人的事迹的，是"把一个原始民族的，一个世界的儿童时代的新鲜与朴质，与完美的表白的技术，（思想对于媒介物的完全制御）联结在一起"❶。他认为《圣经》的作者都是有着崇高的信仰和忠恳的热情，并且相信自己对于人类负有伟大的使命，所以《圣经》是"一面映出人类的忍耐与懦弱，胜利与失败的明镜，是一部人类的精神发展的历史"❷，如《旧约》中的诗歌都表现着愉悦或者怨恨等各种人类的情感，其他如《路德》一篇充满了仁爱的精神，《约伯》则是主要讲述人类的痛苦。郑振铎还指出希腊神话故事中的诸神充满了"人"的性格，它们将始终保留在人类的记忆中。在郑振铎看来，西方文学作品中的这种"人的精神"比比皆是，如他认为圣·奥古斯丁的《忏悔录》是真实地刻画了一个人的内心生活；《堂吉诃德》的情调是"一种明显的人道主义"，这种人道主义"是所有真实的伟大的文学的特质"❸；《鲁滨逊漂流记》的最大的成功"不全在于事实的奇异，乃在于描写的逼真；如一个真实的人在描述他的真实的经历给你听，他的说话，句句都是实在的活的人的说话"❹；拜伦的诗歌中表现了一种"拜伦精神"，这是一种"现代特有的自我主义者的代表"，是"因自我的极度扩大，不能妥协所以遂悲观绝望"，并认为这种精神"成为十九世纪的一种厌世病及怀疑病"❺；在中国文学中，郑振铎认为

---

❶ 郑振铎. 郑振铎全集：第10卷［M］. 石家庄：花山文艺出版社，1998：35—36.
❷ 同❶ 42.
❸ 郑振铎. 郑振铎全集：第11卷［M］. 石家庄：花山文艺出版社，1998：199.
❹ 同❶ 333.
❺ 郑振铎. 郑振铎全集：第12卷［M］. 石家庄：花山文艺出版社，1998：16.

这样的表白"人的精神"的作品也不少，如他认为《西厢》最成功的地方在于把张生与莺莺的恋爱心理刻画得非常成功；《水浒传》将每个人物的个性写得活灵活现，将人物的环境和神采都写得各具特色，郑振铎认为中国的小说自《水浒传》开始才算是达到了成功的境界在《文学大纲》中，是否表现了"人"和如何表现"人"是郑振铎分析各种作品和文学史上的各种现象的一个侧重点，也是他评价文学家及其作品在文学史上地位的一个重要标准和参照系。

二

除了具有清晰而独特的论述线索之外，《文学大纲》在许多具体的观点上也有独到新颖之处。

首先是对于世界各地文学的萌芽的关注。开篇第一章从"世界的古籍"谈起，郑振铎认为文学的历史在人类使用文字之前就已经开始了，远古初民的战歌和祷词是文学的最初萌芽。郑振铎回顾了人类使用文字来进行记录的历史，也即书籍诞生和发展演变的历史：从最初的刻在岩石上的文字，到用尖笔写在黏土板上的"楔形文字"，再到古埃及的纸草上的文字等等，郑振铎认为伴随着文字上的这种逐渐变化而来的是文学的产生。在这部分的论述中，有一个值得注意的地方，即郑振铎认为古埃及的文学包括宗教文学、宫廷文学和民众文学等几种主要类型，可见郑振铎在文学研究的一开始就对于文学的范围持有比较宽泛的认识，对于民间文学有一定的重视。除此之外，郑振铎还简要介绍了中国、印度、腓尼基、希腊等各地的古代书籍诞生的历史。
在介绍了世界各地书籍产生的历史之后，郑振铎又进一步论述古代人
类开始著书的心理上的原因。在这一部分，郑振铎指出古代的神话是
文学的"最初的基石"，他认为"文学的开始，大多数皆为神的行为
的记述"，而东西方的各种神话中之所以出现相类似或者相同的故事
内容则是源于人类的"普遍的经验与情感"❶。在这一章最后，郑振
铎指出世界各地最初的文学都是属于民众的，他认为文学最初是一种
民众的集体艺术，而个人的文学是后来才逐渐出现的一种艺术；民众
的文学所表现的是人类共同的一种情感体验，而个人的文学则是个人
的特殊的情感体验的表现；在这个基础之上，郑振铎得出了自己的观
点："最初的文学便是流传的艺术作品的总集，最初的作家便是把他
们许多年代的祖先所熟稔的故事与诗歌拿来选择，整理与美化的"，
他认为这一特点是研究古代的文学作品所必须注意的一点。

其次是对于一些宗教性和政治性典籍中的文学性的认可。在介绍
古代世界文学的总体面貌之后，郑振铎从荷马史诗入手开始论述世
界文学的历史。郑振铎认为荷马史诗的特质在于两点：一是将人类原
始时代的新鲜和质朴与一种完美的表达技术结合起来，二是喜欢采用
"直譬"。特别值得注意的是，郑振铎指出"荷马所给与后来，实不
仅是故事，而且是历史……荷马的诗歌实不是技巧的神话，乃是真实
的曾生活于世界的一部分人类的记载。我们由他们那里可以得到荷马

---

❶ 郑振铎. 郑振铎全集：第 10 卷［M］. 石家庄：花山文艺出版社，1998：13-14.

的世界的大概图形"❶。在荷马史诗之后，郑振铎介绍了"圣经的故事"。郑振铎认为，《圣经》并非神学书的总集，他认为从文学的角度来看，《圣经》中"有许多篇、许多节是极美丽的文字。他们的作者都是忠恳的热情，被高尚纯洁的信仰所感发，而相信他对于人类是负有伟大的使命的"❷。除了西方的"圣经"之外，郑振铎还十分关注于"东方的圣经"，包括婆罗门的《吠陀》、佛教的《辟塔加士》、波斯的《桑·阿委斯塔》、伊斯兰教的《可兰经》、犹太的《塔尔摩特》这些东方宗教的著作。由此可见，郑振铎眼中的"文学史"包含了宗教领域内的著作；在他看来，这些古代的宗教典籍对人类的精神思想和现实生活都产生了重要的影响，因而在谈论世界文学的历史时就必然要介绍这些宗教著作。不仅是宗教的典籍，郑振铎还认为有些历史和哲学方面的著作不仅是在历史和哲学领域有很高的地位，它们在文学上同样具有较高的价值，如中国古代的历史典籍《尚书》《春秋》《战国策》《穆天子传》，哲学著作如《道德经》《论语》《孟子》《庄子》《列子》《韩非子》……

最后是非常重视文学家的创作个性，特别是关注作家的独特创作和对于真实情感的表达。郑振铎认为东方朔与其他汉赋作家的不同之处就在于东方朔所作之赋中体现了作者鲜明而浓厚的个性，而其他汉赋作家的作品则大多含义肤浅、浮夸靡丽。又指出杨雄之赋"甚喜

---

❶ 郑振铎. 郑振铎全集：第 10 卷［M］. 石家庄：花山文艺出版社，1998：36-37.
❷ 同❶ 42.

摹拟古人，没有自己的创作的精神"，甚至有些篇章是"故搜异字，强凑成篇"的❶。他认为张衡仅以《四愁诗》一首即可以不朽，其原因乃在于这首诗的"格调是独创的，音节是新鲜的，情感是真挚的"❷。又如他认为蔡文姬的《悲愤诗》，也是出于自己的经历，表达了一种真实的情感，因此是具有较高的文学价值的。在论及中国汉代的文学时，郑振铎认为以往的文学批评家多称赞汉赋，但汉赋实际上"多无特创的精神，无真挚的情感，其可为汉之光华者，实不在赋而在史书"❸；因此，郑振铎认为从文学的角度来看，《史记》《汉书》《说苑》《新序》等著作都很值得一读。郑振铎指出王充的《论衡》一书能够言人之不敢言，质疑当时思想界的正统——儒家学说，提出自己的见解，因而他认为《论衡》是汉代最有独创见解的哲学著作。郑振铎还认为曹植的诗歌中的独创的用字方法是他最成功的地方。潘岳的诗赋为"至情的作品"，郑振铎认为这是中国诗歌中少有的珍品。郑振铎对于陶渊明的作品的评价则更是突出其自身的独特之处，他认为陶渊明的作品"乃绝不类于前代的作家，亦绝不类于并世及后来的诸诗人，如孤鹤之展翅于晴空，如朗月之静挂于午夜"❹，与其他刻板虚伪的作品截然不同。

　　除了上述特点之外，郑振铎在《文学大纲》中还表达了一个独到

❶　郑振铎. 郑振铎全集：第 10 卷［M］. 石家庄：花山文艺出版社，1998：274-275.
❷　同❶ 276.
❸　同❶ 279.
❹　同❶ 304.

的观点，即质疑、否定以往的一些文学史研究的结论。在论述荷马史诗时，郑振铎指出在研究荷马史诗时，必须首先摒弃那种已有的说法，指出荷马史诗并非个人的创作，而是集体的结晶；又如，郑振铎认为自六朝之后，中国的《诗经》在文学上的真实价值和光彩便为正统的政治观念所遮蔽。他认为自古以来《诗经》的研究者们只知为《诗经》附加上各种解释，却忽视了诗经本身所表达的实际思想和它的文学价值，因此他提出应该冲破笼罩在《诗经》上的层层迷障，从《诗经》本身出发来进行研究，他甚至主张"我们不仅以打破现在的《诗经》的次序而把他们整齐的归之于'风''雅''颂'三大类之中，且更应进一步而把'风''雅''颂'的类别大打破，而另定一种新的更好的次序来"。因此，郑振铎将《诗经》中的诗歌重新进行了分类，分为"诗人的创作""民间歌谣"和"贵族乐歌"三种，并指出"民间歌谣"中的"恋歌"都是"词美而婉，情真而迫切，在中国的一切文学中，他们可占到极高的地位"❶。除此之外，郑振铎还就《诗经》的产生年代、编订者是谁等问题进行了考证；同样的对于民间恋歌的赞美出现在论述南北朝时期的"吴声歌曲"时，郑振铎认为这些南方民间的歌曲大多为"恋歌"，并且是"极好的恋歌"，他认为"自《诗经》之外，像这种的真挚的恋歌，中国的诗坛上是绝少有的"❷。在研究但丁的神曲方面，郑振铎同样提出一切关于《神曲》的已有的注

---

❶ 郑振铎. 郑振铎全集：第 10 卷［M］. 石家庄：花山文艺出版社，1998：169–171.

❷ 同❶ 309.

释都应暂时被搁置在一边，用一种全新的眼光去进行审视，只有这样人们才能真正欣赏到《神曲》的价值。在谈论杜甫的诗歌时，郑振铎指出一些杜诗的解注家把杜甫所有的诗歌都看作是忧时怀君之作，而忽略了杜诗中的许多好的抒情诗，因此他认为研究杜甫的诗歌同样需要扫除已有的成见，进行一种全新的研究。又如，对于由柯勒律治与华兹华斯共同出版的《抒情诗集》的看法，以往的研究者们认为这部诗集导致了英国诗风的转变，是浪漫主义文学的宣言，但是郑振铎却认为这种评价过高，他认为客观地看待《抒情诗集》后得出的结论应该是这部诗集"是介绍了两个新的诗人，两个很伟大的诗人给当时的文坛"❶，郑振铎的这一评价是相当客观的。

---

❶ 郑振铎. 郑振铎全集：第 12 卷［M］. 石家庄：花山文艺出版社，1998：2.

第三节
中国文学传统的整理：《插图本中国文学史》

郑振铎的《插图本中国文学史》于 1932 年 12 月由北平朴社出版部出版。在这部著作中，郑振铎着重阐述了几个重要的问题。

一

文学乃是人类最崇高的最不朽的情思的产品，也便是人类的最可征信，最能被了解的"活的历史"。这个人类的精神，虽在不同的民族、时代与环境中变异着，在文学技术的进展里演化着，然而却原是一个，而且是永久继续着的。❶

---

❶ 郑振铎. 郑振铎全集：第 8 卷 [M]. 石家庄：花山文艺出版社，1998：6.

　　在这里，郑振铎强调了文学的本质是情绪，不同时代、不同种族、不同地域的文学都是这种人的情绪的体现和表达。在《插图本中国文学史》中，郑振铎正是以真挚的情绪作为评价文学作品价值的最重要的标准。在他看来，无论是历史的著作，还是民间的俗曲，只要是表现了真实的情绪的文字，就都是伟大而真实的文学；而如果缺少真挚的情绪，那么像汉大赋那样的创作，无论再怎么华美弘丽也不能称之为优秀的文学作品。在《插图本中国文学史》中，郑振铎认为汉赋并不是真实伟大的文学，他指出汉赋缺少真挚的情感和深刻思想，一味地追求用典和奇字；而像《史记》《淮南子》这样的思想性的著作，只要文辞丰腴美丽，就可以视为杰出的文学作品。由此可见，郑振铎判定一种文字是否为文学，是否具有较高的文学价值，是以是否具有真实的情感、深刻的思想和美丽的文字为标准的，这正是他的新文学思想的体现。对于《诗经》中的诗歌，郑振铎认为民间的"恋歌"有着最深挚而恳切的情绪，语言又很"婉曲深入""娇美可喜"，"活绘出一幅二千五百余年前的少男少女的生活来"，因此他认为在《诗经》的全部诗歌中，"恋歌可说是最晶莹的圆珠圭璧"❶，他甚至认为如果没有这些恋歌，那么《诗经》能否依然成为一部动人的诗歌集，则是一个问题了；同样的喜好也表现在郑振铎对于六朝文学的评价上，他认为六朝文学最大的成就在于它的新乐府辞。在郑振铎看来，六朝新乐府辞中的那些抒发儿女情长的恋歌是人类真实感情的表现，

---

❶　郑振铎. 郑振铎全集：第8卷［M］. 石家庄：花山文艺出版社，1998：48.

所以它们是六朝文学最大的特点，也是六朝文学足以在文学史占有一席之地的重要根据。同样地，郑振铎认为晏殊和欧阳修的词都由于表现出了他们真实的内心，因而远比他们的诗和散文更加成功；在对于宋诗的考察中，郑振铎认为"西昆体"的诗歌虽然在文坛上风行了四十多年，但却只是一种"台阁体"的诗歌，"西昆体"的诗人并不是真正具有天才的文学家；宋诗的另一支派别——"江西诗派"的诗人们却是始终以真实的情感为诗歌的生命，写出大量动人的篇章。因此，郑振铎认为在宋诗的领域里，"江西诗派"的成就要高于"西昆体"诗人。

在回答了"文学是什么"的问题之后，郑振铎又进一步提出了"文学史的目的"的问题：

> 文学史的主要目的，便在于将这个人类最崇高的创造物文学在某一个环境、时代、人种之下的变异与进展表示出来；并表示出：人类的最崇高的精神与情绪的表现，原是无古今中外的隔膜的。其外型虽时时不同，其内在的情思却是永久的不朽的在感动着一切时代与一切地域与一切民族的人类的。
>
> 一部世界的文学史，是记载人类各族的文学的成就之总簿；而一部某国的文学史，便是表达这一国的民族的精神上最崇高的成就的总簿。……❶

---

❶ 郑振铎. 郑振铎全集：第8卷［M］. 石家庄：花山文艺出版社，1998：6-7.

郑振铎对于文学史的目的的认识是建立在他的文学以情绪为本质的观点之上的。他认为,文学史的目的不仅是要表现出不同时代、种族和地域的文学的发展变化,而且还要据此以告诉人们:不同时代、种族和地域的人类的"情绪"是相同的,是永恒不变的。

二

在清楚了文学史的目的之后,郑振铎在《插图本中国文学史》中又进一步阐述了中国文学史的范围和分期这两个问题。

郑振铎认为:"因了历来对于文学观念的混淆不清,中国文学史的范围,似乎更难确定。至今日还有许多文学史的作者,将许多与文学漠不相干的东西写入文学史之中去,同时还将许多文学史卜应该讲述的东西反而撇开去不谈"。因此,郑振铎认为要作一部"中国文学史"著作,首要的事情就是要将文学史的范围廓清。郑振铎将"文学"比作是有"疆界"的,提出"这个疆界的土质是情绪,这个疆界的土色是美"的观点。❶也就是说,判定一种文字是"文学"还是"非文学"的标准在于两点:一、是否具有艺术上的"美",二、是否产生于"情绪"之中。可见,"艺术美"与"情绪"是郑振铎判别一种文字是否为"文学"的重要标准。依照这两个标准,郑振铎认为传

---

❶ 郑振铎. 郑振铎全集:第 8 卷[M]. 石家庄:花山文艺出版社,1998:8.

统的文学史的叙述范围过于狭窄，主要局限在诗与散文两个方面，所以他主张应该将词、散曲、戏剧、小说、变文等都纳入中国文学史的叙述中。从《插图本中国文学史》实际的论述情况看来，"情绪"的标准要重于艺术上的"美"的标准。

郑振铎指出当时的其他中国文学史著作并没有把变文、诸宫调、平话、宝卷和弹词、戏曲、小说等文学形式纳入中国文学史的论述体系中，他认为这是一个重大的缺憾。在郑振铎看来，讨论中国文学史却不谈变文、诸宫调等文艺形式，正犹如讨论英国文学的时候不谈莎士比亚，犹如讨论意大利文学的时候不谈但丁，这样的文学史是不完整的。因此，郑振铎在《插图本中国文学史》中花费了相当的篇幅来介绍变文、诸宫调、平话、宝卷和弹词、戏曲、小说等文学形式的发生、发展和演变的过程。据他自己在《例言》中说所说："本书所包罗的材料，大约总有三分之一以上是它书所未述及的；像唐、五代的变文，宋、元的戏文与诸宫调，元、明的讲史与散曲，明、清的短剧与民歌，以及宝卷、弹词、鼓词等等皆是"❶。

郑振铎的这部《插图本中国文学史》还谈到了有关中国文学史的一个重要问题——文学史的分期。在全书的"绪论"中，郑振铎指出当时的其他文学史著作按照中国历史上改朝换代的表面变化来将中国义学史分为上古、中古、近古和近代四个时期的做法是生硬的、不可取的。在郑振铎看来，中国文学史的分期应该是按照"文学史上的

---

❶ 郑振铎. 郑振铎全集：第 8 卷［M］. 石家庄：花山文艺出版社，1998：2.

自然的进展的趋势"来划分。因此，他认为中国文学史可以分为古代、中世和近代三个时期：古代文学是指从开始使用文字来进行记载的殷商时代直至西晋末年这一时期的文学，大约两千年的时间。古代文学有两个特点，一是完全没有受到外来影响的纯粹的本土文学，二是在体裁上只有诗歌和散文；中世文学指的是自东晋至明正德时期的文学，大约一千两百多年时间，郑振铎认为"在中国文学史上，这一段的文学的过程是最为伟大，最为繁颐的"，是"印度文学和中国文学结婚的时代"，中国文学在印度文学的影响下产生了变文、诸宫调等一些新的文体，并且在文学思想和题材上也有了新的变化❶；近代文学指的是明嘉靖年间至五四运动之前的这一阶段的文学，大约三百八十多年的时间。郑振铎认为近代文学很少受到外来文学的影响，在发展到最后半个世纪时，"人们似乎都已经醒过来了；但还正是睡眼朦胧，余梦未醒，茫茫无措的站在那里，双手在擦着眼，还不曾决定要走哪一条路，要怎么办才好"，而这种发展道路的最后选择是由"五四"来完成的。❷

可以说，郑振铎对于中国文学史的分期是清晰而完整的，时间跨越了从有文字开始的殷商时代直至在时间上距离作者撰写《插图本中国文学史》很近的"五四"时期。郑振铎的这一分期也是客观的、科学的，他否定了按照政治变动来划分文学史时期的做法，选择了

---

❶ 郑振铎. 郑振铎全集：第 8 卷 [M]. 石家庄：花山文艺出版社，1998：159.
❷ 郑振铎. 郑振铎全集：第 9 卷 [M]. 石家庄：花山文艺出版社，1998：340.

从文学自身的发展变化出发来考察整个中国文学的历程，并据此做出了古代、中世和近代三个阶段的划分。这三个阶段是整部《插图本中国文学史》展开论述的基本构架，书中的"古代文学鸟瞰""中世文学鸟瞰""近代文学鸟瞰"三章连接成了一条鲜明的叙述线索，将整个中国文学的历史清晰而完整地呈现在读者的眼前。

三

在《插图本中国文学史》中，郑振铎还谈到了"文学"与"时代"的关系、"民间文学"与"外来文学"的关系、文学研究中如何"打破旧说"这三个重要的问题。

（一）"文学"与"时代"

郑振铎认为一部"中国文学史"应该是"一方面，给我们自己以策励与对于先民的生活的充分的明了，一方面也给我们的许多友邦以对于我们的往昔与今日的充分的了解"❶。因此，《插图本中国文学史》在论述中国文学的历史时，对于文学与时代的关系给予了相当多的关注。

《插图本中国文学史》中附有大量的插图。郑振铎认为插图的作

---

❶ 郑振铎. 郑振铎全集：第 8 卷 [M]. 石家庄：花山文艺出版社，1998：7.

用是不仅可以将文学史上的诸多著名作家、杰出的文学作品和各种重要的现象直观地摆在读者的面前，以增加读者阅读的兴趣；更重要的是"可以使我们得见各时代的真实的社会的生活的情态"❶。《插图本中国文学史》中插入的图片有的是以文学家为主题的著名文学家的画像，如屈原、老子、孔子、左丘明、司马迁、竹林七贤、陶渊明、谢灵运、李白、杜甫、韩愈、白居易、孟郊、贾岛、柳宗元、李煜、欧阳修、梅尧臣、王安石、苏轼、秦观、晏殊、范仲淹、文天祥……有的是以文学作品为主题的，如表现《山海经》故事的"跨父逐日"图，表现王维《田园乐》的图和《少年行》的图，其他还有高适《听张立本女吟》的图、李白《醉兴》的图、杜甫《江畔独步寻花》的图、韦应物《闲居寄诸弟》的图、张志和《渔父》的图、范仲淹《渔家傲》的图、欧阳修《蝶恋花》的图、柳永《雨霖铃》的图、《西厢记》的"莺莺"图、《虬髯客传》的"红拂夜奔图"、《维摩诘经》的"维摩诘说法图"、《琵琶记》的"赵贞女"图、《焚香记》的"王魁负桂英"图、《水浒传》的"梁山泊"图和"鲁提辖拳打镇关西"图……有的是以表现古代社会生活为主题的，如在谈到文字的产生问题时配以刻有周代居宅和狩猎情况的铜器图、在谈到产生了众多昆剧作家的苏州时配以"苏州万年桥"图、在谈及《牡丹亭》的流行情况时配以"冯小青挑灯夜读《牡丹亭》"图……由此可见，郑振铎将各个时代的真实的社会生活视为文学史的一种重要的历史背景，在考察

---

❶ 郑振铎. 郑振铎全集：第8卷［M］. 石家庄：花山文艺出版社，1998：2.

中国文学史的同时密切结合时代和社会的因素，力图回到文学史发生的历史现场中去。

郑振铎的这种努力不仅体现在插图上，同时更体现在他的具体的论述和各种观点之中。在《插图本中国文学史》中，郑振铎有一个基本的观点便是认为文学的发展演变是与社会的政治、经济情况和时代环境的变化有着密切关联的，后者对于前者有着较大的影响。在论及唐代杜甫的诗歌时，郑振铎分析了安史之乱前后时代环境的不同，开元、天宝年间是"沉酣于音乐，舞蹈，醇酒，妇人之中，留连于山光水色之际，园苑花林之内"，而安史之乱之后，人们"不得不把迷糊的醉眼，回顾到人世间来"，郑振铎认为这样的时代环境的变化极大地影响了唐代诗歌创作的转向，由"天际的空想"转为"人间的写实"，由"个人的观念"转为"社会的苦难"❶；关于唐代末年的剑侠故事盛行的原因，郑振铎认为是由于唐末军阀的割据和战争、人民受欺压严重而使得一些文人们沉湎于对行侠仗义的剑客故事的幻想之中。在论及元代戏剧的发达时，郑振铎分析了四点原因：一，元代戏剧继承了前代的基础而继续发展；二，科举不兴，文人士子们转而通过写作剧本以求名利；三，汉人遭受严重的压迫，其中知识分子借戏剧这种娱乐以逃避现实的痛苦；四，元代交通发达、经济繁荣。从上面的四个原因来看，除了第一点是基于文学自身的一种考虑外，后面的三点原因都是从时代和社会的角度来考察而得出的结论。不仅是文学现

---

❶ 郑振铎. 郑振铎全集：第8卷［M］. 石家庄：花山文艺出版社，1998：312.

象、文学作品的产生与时代和社会有着重要的联系，郑振铎还认为作为个体的作家本身同样也受到了这种影响。在他看来，作家首先是一个属于社会的"人"，因此他的社会属性、他所生活的时代都会在他的作品中有所体现。因此，在郑振铎看来，一方面是时代环境影响了作家的生活和文学创作，而另一方面文学家也通过文学创作来反映和表现自己所生活的时代。郑振铎的这个观点体现在他对于《金瓶梅》的价值的认识上。他认为从文学成就的角度上来看，《金瓶梅》在中国小说史的地位尤为伟大，他认为《金瓶梅》的价值就在于"她不是一部传奇，实是一部名不愧实的最合于现代意义的小说"，在于"她写的乃是在宋、元话本里曾经略略的昙花一现过的真实的民间社会的日常的故事"❶。因此，郑振铎认为从纯粹写实主义、完全脱离神怪传奇因素的角度来看，《金瓶梅》可以说是中国小说史上唯一的一部，它在这方面的成就实高于《水浒传》《西游记》《红楼梦》。

（二）"民间文学"与"外来文学"

郑振铎认为"民间文学"与"外来文学"是推动中国文学发展和前进的两个重要原因。在审视中国文学发展这个问题上，郑振铎的眼光是相当开放的。在他看来，"民间文学"发展到一定程度之后必然会被"庙堂文学"借鉴、吸收，前者会逐渐转变成为后者的一个部分。不光中国文学内部的"民间"与"庙堂"之间会有这种影响，中国文

---

❶ 郑振铎. 郑振铎全集：第9卷［M］. 石家庄：花山文艺出版社，1998：425.

学也受到外来文学特别是印度文学的深刻影响。在谈到中国的戏曲时，郑振铎认为传奇和杂剧这两种中国戏曲的主要形式都是受到印度戏曲的影响而发生的。为了证明这个观点，郑振铎从戏曲的组成元素、主要角色、开头和结尾、戏曲中所使用的语言文字这五个方面来对中国和印度的戏曲进行了比较，除此之外他还指出中印两国的戏曲在题材上的著作巧合，于是得出了"中国戏曲自印度输来"的结论。

（三）"打破旧说"，"另走新路"

郑振铎的文学研究思想中有一个很重要的方面，就是提倡质疑旧说、消除迷障，从研究对象的实际出发，还对象一个本来的面目，挖掘出研究对象的真实价值。《插图本中国文学史》在考察中国文学的历史时，始终贯穿这一重要思想。

在《诗经》研究方面，郑振铎认为《诗经》研究要抛弃以往的旧说，专注于《诗经》本身的思想和艺术，这样才能认识到《诗经》真正的价值；关于"竹林七贤"行为疏狂的原因，郑振铎提出不仅仅是如以往所认为的是"为了避世免祸之故"，而是与当时主张破坏儒家礼教的社会思想有着深层的关系；对于齐、梁间的诗歌，郑振铎认为它们并非完全如人们所攻击的那样只注重形式，他认为齐梁诗歌中同样存在一些伟大的作品，不仅如此，齐梁间的诗人们还发现了音韵规律，为后来的律诗打下了基础；又如，郑振铎指出不应该过于轻视六朝的散文，他认为中国文学恰恰是缺少像六朝散文那样的抒情散文；在词的来历上，郑振铎也不同意以往的"词由诗变"的看法，他认为"诗"和"词"并不是一种前后相继的关系，"词"来源于里巷之音与胡夷之曲，是唐代的所有可歌的新声的总称；在北宋"戏文"的起源问题上，郑振铎同样对以往的见解提出了质疑，提出"如欲从事为戏剧的真来源的探考，则非先暂时抛开了旧有的迷障与空谈，而另从一条路去找不可。我们要有完全撇开了旧说不顾的勇气"❶的要求，进而在此基础上详尽地分析了中国戏曲的起源，提出了中国的戏曲是由印度输来的观点。

---

❶ 郑振铎. 郑振铎全集：第9卷[M]. 石家庄：花山文艺出版社，1998：90.

第四节
中国文学研究的新空间：《中国俗文学史》

一

他们产生于大众之中，为大众而写作，表现着中国过去最大多数的人民的痛苦和呼吁，欢愉和烦闷，恋爱的享受和别离的愁叹，生活压迫的反响，以及对于政治黑暗的抗争；他们表现着另一个社会，另一种人生，另一方面的中国，和正统文学，贵族文学，为帝王所养活着的许多文人学士们所写的东西里所表现的不同。只有在这里，才能看出真正的中国人民的发展、生活和情绪。中国妇女们的心情，也只有在这里才能大胆的、称心的不伪饰的倾吐着。❶

这是郑振铎在《中国俗文学史》的第一章中对于中国文学史上的

---

❶ 郑振铎. 郑振铎全集：第7卷［M］. 石家庄：花山文艺出版社，1998：14.

"俗文学"所作的一个总体性的介绍，集中体现了郑振铎对于中国俗文学的看法。在郑振铎的文学史观里面，他认为中国文学史由"正统文学"和"俗文学"这两个门类组成。在他看来，正统文学和俗文学的作品中所表现的中国社会的面目是截然不同的。正统文学是为帝王贵族的文学，是为少数人的虚伪雕饰的文学；俗文学却是为大多数的民众的文学，是能表达古代中国人的真实情感和情绪的文学，因而是更能反映中国社会真实状况的文学。在郑振铎的文学思想中，"真实的情绪的表达"是他评价文学作品价值高低的一个最为重要的标准。因此，从上面这段话中，我们不难理解郑振铎为何如此重视中国的俗文学并写作这一本关于中国俗文学的历史的著作了。周而复曾评价道："《中国俗文学史》……对于中国民文学的产生、发展和演变，提供了十分丰富的材料，作了比较系统的叙述，是一部关于中国民间文学史的重要著作。"❶这是对郑振铎所著《中国俗文学史》地位的恰当准确的评价。

《中国俗文学史》于 1938 年 8 月由长沙商务印书馆出版。在第一章中，郑振铎详细地阐述了有关俗文学的几个重要问题。

第一个问题是"何为俗文学"。对此，郑振铎做出了界定：

何谓"俗文学"？"俗文学"就是通俗的文学，就是民

---

❶ 周而复. 怀念郑振铎同志［M］//陈福康. 回忆郑振铎. 上海：学林出版社，1988：31.

间的文学，也就是大众的文学。换一句话说，所谓俗文学就是不登大雅之堂，不为学士大夫所重视，而流行于民间，成为大众所嗜好，所喜悦的东西。❶

从对俗文学的定义中可以看出，郑振铎是将"俗文学""通俗文学""民间文学"和"大众文学"视为同一个东西。很显然，郑振铎对于"俗文学"中的"俗"的理解就是"通俗""民间"和"大众"。除此之外，郑振铎还指出俗文学是属于民间的、大众的，是被学士大夫们所排斥的。实际上，郑振铎是将"俗文学"视为与学士大夫们的可登大雅之堂的"正统文学"截然不同的另一种文学创作的体系。关于"正统文学"的说法也是郑振铎在《中国俗文学史》的一开始自己表述的。在他看来，正统文学是由学士大夫们所创作的、可登大雅之堂的文学，这种文学仅限于诗歌和散文两种形式。在正统文学之外的其他文学形式都是属于俗文学的范畴，具体则包含有小说、戏曲、变文、弹词、民歌、鼓子词、诸宫调、散曲、宝卷等等。因此，郑振铎认为在中国文学发展的过程中，"俗文学"所包括的范围是要远远大于"正统文学"的范围的。在此基础之上，郑振铎提出了"'俗文学'是中国文学史的中心"的观点。

第二个问题是"俗文学"与"正统文学"之间的关系：

---

❶ 周而复. 怀念郑振铎同志 [M] // 陈福康. 回忆郑振铎. 上海: 学林出版社, 1988: 1.

当民间发生了一种新的文体时，学士大夫们其初是完全忽视的，是鄙夷不屑一读的。但渐渐的，有勇气的文人学士们采取这种新鲜的文体作为自己的创作的型式了，渐渐的这种新文体得了大多数的文人学士们的支持了。渐渐的这种新文体升格而成为王家贵族的东西了。至此，而他们渐渐的远离了民间，而成为正统的文学的一体了。❶

郑振铎认为，俗文学为正统文学的发展提供了新鲜的血液。在郑振铎看来，正统文学发展到相当成熟的时候，必然会逐渐丧失其生命力，而无法继续发展下去；俗文学却能够不断产生出新的文体，具有强大的生命力。所以，正统文学虽然鄙视、排斥俗文学，但是却不由得逐渐吸收了俗文学中的鲜活部分以推动自己的进一步发展，而这部分的俗文学则往往会逐渐成为正统文学家们所最为喜爱的一种文学形式。当这部分被吸纳的俗文学在正统文学家的手中不断发展成熟之后，也就成了正统文学中的一个部分了，也就转变为正统文学了。据此，郑振铎提出"在许多今日被目为正统文学的作品或文体里，其初有许多原是民间的东西，被升格了的"❷的观点，并认为这一事实足以再次证明俗文学是中国文学史的中心。

郑振铎所谈到的第三个问题是俗文学的特质。郑振铎认为俗文学

---

❶ 郑振铎. 郑振铎全集：第7卷［M］. 石家庄：花山文艺出版社，1998：2.
❷ 同❶.

具有"大众的""无名的集体的创作""口传的""新鲜但是粗鄙的""奔放的想象力和伟大的气魄""勇于引进新的东西"这六种特质。值得注意的是，郑振铎指出对待俗文学既不应将之视为"至高无上的东西"，也不能认为它完全是"一无可取"的❶。综合前面所提到的两个问题看来，郑振铎对待中国文学史的态度从总体上而言是比较客观的。在郑振铎看来，中国文学史由"正统文学"和"俗文学"两个部分组成，俗文学为正统文学的发展提供新鲜的动力，因此是中国文学史的中心；俗文学中有许多有价值的东西，但是也存在一些不好的地方。

第四个问题是关于俗文学的分类。郑振铎将俗文学分为诗歌、小说、戏曲、讲唱文学这四个部分，它们与正统文学在内容上是不一样的。在郑振铎看来，俗文学中的诗歌就是民歌、民谣和初期的词曲等，小说则是专指"话本"这种白话小说，戏曲包括戏文、杂剧和地方戏三种形式，讲唱文学则指的是变文、诸宫调、宝卷、弹词、鼓词和"游戏文章"。从《中国俗文学史》的具体论述来看，除了小说和戏曲是在作者的其他著作中有过专门的论述因此而在此书中暂不论及之外，作者对俗文学的其他各个门类、各种形式都做了详尽的介绍和分析。在具体的论述过程中，郑振铎往往注意于俗文学的各种文体在其发生初期的情况，而一旦这种文体成为正统文学的一个部分之后便不再继续对其进行分析了。

---

❶ 郑振铎. 郑振铎全集：第 7 卷［M］. 石家庄：花山文艺出版社，1998：3-4.

二

对于俗文学，郑振铎提出了一些独到的见解。

郑振铎认为俗文学作品是对于古代社会生活的一种最为真实的反映。在他看来，《诗经》里的恋歌描写青年男女之间恋爱的心理十分地真切动人，从中可以看到古代恋爱生活的真实画面；描写农民生活的歌谣则"把古代的农业社会的面目，和农民们的欢愉，愁苦和怨恨全都表白出来，而且表白得那么漂亮，那么深刻，那么生动活泼；仿佛两千数百年前的劳苦的农家的景象就浮现在此刻的我们的面前"❶。除此之外，郑振铎指出《诗经》中还有许多反映古代的征役制度、婚姻家庭、国家战争、阶级压迫等社会生活的诸多面貌的民歌。不仅《诗经》是如此，郑振铎认为《楚辞》中也有许多具有民歌性质的作品，如《九歌》表现的是古代人民迎神、送神和祝神的场景，《大招》则反映了古代社会的"招魂"这一种宗教仪式。郑振铎认为通过阅读这些民歌，可以明了古代社会的生活和古代人民的思想。郑振铎指出"赋"这种文体在唐代的时候被民间用来作为一种流行的游戏文章，包含有许多诙谐机警的语言和隐性的讽刺，在这种游戏文章中可见出当时的一些真实的社会状况，如《韩朋赋》反映了底层人民对于荒淫无道的君主的控诉，《燕子赋》表现了到中世纪社会的黑暗、

---

❶ 郑振铎. 郑振铎全集：第 7 卷［M］. 石家庄：花山文艺出版社，1998：25.

民众对于皇权和贵族阶级的怨愤。元代刘时中的散曲作品《上高监司》是"一幅最真实的民生疾苦图"❶，杜善夫的散曲作品《庄家不识勾阑》将元代民间剧场里的场景描写得妙趣横生、活灵活现。

郑振铎认为俗文学极大地影响了正统文学的发展。郑振铎认为，《诗经》的真实面目是古代歌谣的总集，不过由于后来用于外交辞令和一些后人的牵强附会的注释，其真实的文学面目逐渐被遮蔽。因此，郑振铎强调应该将《诗经》视为与《乐府诗集》《花间集》《阳春白雪》等一类的文学作品，他指出在《诗经》的作品中，"里巷之作，所占的成分尤多"❷。郑振铎的这一论断强调了作为中国正统文学源头的《诗经》在实际的内容上是由贵族的庙堂文学和大众的民歌共同组成的。除了《诗经》和《楚辞》中存在大量的民歌之外，郑振铎还认为汉代的五言诗大多是一些童谣和民歌，而直至建安时期的乐府和五言诗在语言上、在情调上都受到了民歌的影响。六朝诗歌在风格上也受到了民歌的影响，特别是其中的以《子夜》为名的诗歌，郑振铎认为它们"超出一般中国民歌的恶习之外，她们是肉的成分少，而灵的成分多"❸。

除了上述两个大的观点之外，郑振铎还在许多细部问题上提出了自己对于俗文学的独特理解。

在第五章"唐代的民间歌赋"中，郑振铎选择论述的是王梵志、

---

❶　郑振铎. 郑振铎全集：第7卷［M］. 石家庄：花山文艺出版社，1998：404.

❷　同❶ 17.

❸　同❶ 84.

顾况、罗隐、杜荀鹤等人的作品。在他看来，白居易的诗并没有引入方言俗语，也并非专为民众而作，因此白居易的诗只是"号称"妇孺皆知，而实际上还不能算是真正的通俗诗；只有王梵志等人的作品，能为民众所懂，因而是真正的通俗诗。郑振铎指出"变文"对平话、诸宫调、宝卷、弹词、鼓词等诸多俗文学的文体都产生了深远的影响，他认为"变文"的发现使得人们原来所以为的中国文学史的面目为之一变，"如果不把'变文'这一个重要的已失传的文体弄明白，则对于后来的通俗文学的作品简直有无从下手之感"❶。因此，郑振铎在《中国俗文学史》列专章介绍了"变文"这一种文体，如"变文"的来历、定义、结构、种类、语言等。特别是变文中的韵散结合的语言方式，郑振铎甚至推测后世小说中喜用四六言的对偶文学来描摹风景、建筑、人物的倾向就是受到变文语言方式的影响。郑振铎指出《维摩诘经变文》和《降魔变文》是唐代变文中的双璧。在郑振铎看来，《维摩诘经变文》在内容上虽然有许多重复或者类似的叙述，但是描摹的手法和语言却绝不相同，这样非凡的表现手法和叙述能力在中国文学史上是非常少见的，充分表现了作者在文学上的伟大的想象力和创作力。《降魔变文》中有一段描写舍利弗和六师斗法的场面的文字，郑振铎认为后世的《西游记》《封神传》《西洋记》等作品中的斗法场面都不如《降魔变文》中的来得生动有趣。

在谈到诸宫调时，郑振铎认为"她的散文部分是最流畅、最漂亮

---

❶ 郑振铎. 郑振铎全集：第 7 卷［M］. 石家庄：花山文艺出版社，1998：160.

的口语文"❶，尤其是董解元的《西厢记诸宫调》"其布局的弘伟，抒写的豪放，差不多都可以说是'已臻化境'"，郑振铎认为这是一部"'盛水不漏'的完美的叙事歌曲"❷，这一部诸宫调对后世的影响很大，在内容和情节上几乎奠定了后来所有描写崔、张爱情故事的文学作品的基础。郑振铎又进一步指出诸宫调在中国文学史上的最伟大的影响便在于对元代杂剧的体例的影响，他认为从文体演进的过程来看，从宋的'杂剧词'到元代的杂剧，中间必然要经过宋、金诸宫调这一个过渡阶段，郑振铎甚至认为"如果没有宋、金的诸宫调，世间便也不会出现着元杂剧的一种特殊的文体的"❸。可见，郑振铎对于"诸宫调"这种文体在文学史上的地位的评价是相当高的，他对于诸宫调在文学史上的影响的论断也正是体现了他的"正统文学"来源于"俗文学"的观点。

关于"弹词"，郑振铎认为"弹词在今日，在民间所占的势力还极大。一般的妇女们和不大识字的男人们，他们不会知道秦皇、汉武，不会知道魏徵、宋濂，不会知道杜甫、李白，但他们没有不知道方卿、唐伯虎，没有不知道左仪贞、孟丽君的"，郑振铎指出这些"弹词作家们所创造的人物已在民间留极大深刻的印象和影响了"❹。郑振铎还特别指出弹词与旧中国的妇女之间的深刻联系：

---

❶ 郑振铎. 郑振铎全集：第 7 卷［M］. 石家庄：花山文艺出版社，1998：316.

❷ 同❶ 328–329.

❸ 同❶ 360.

❹ 郑振铎. 郑振铎全集：第 10 卷［M］. 石家庄：花山文艺出版社，1998：552.

弹词为妇女们所最喜爱的东西，故一般长日无事的妇女们，便每以读弹词或听唱弹词为消遣永昼或长夜的方法。……她们也动手来写作自己所要写的弹词。她们把自己的心怀，把自己的困苦，把自己的理想，都寄托在弹词里了。诗、词、曲是男人们的玩意儿，传统的压迫太重，妇女们不容易发挥她们特殊的才能和装入她们的理想。在弹词里，她们却可充分的抒写出她们自己的情思。❶

郑振铎对于"散曲"的定义是"流行于元代以来的民间歌曲的总称"，他认为"唐、宋词原来也是民间的歌曲，惟到了五代及北宋，已成了贵族的乐歌，到了南宋，已是僵化了的东西。于是散曲起而代之，大流行于元代；还是活泼泼的民间之物"❷。在郑振铎看来，从关汉卿的散曲可看出作者本人的深情缱绻，从马致远的散曲能够见到作者的牢骚和厌世的情绪，这些散曲作品"乃是经过琢磨的美玉，乃是经过披拣的黄金"。❸

---

❶　郑振铎. 郑振铎全集：第 10 卷［M］. 石家庄：花山文艺出版社，1998：556.

❷　同❶ 361.

❸　同❶ 362.

第五章
新文学观照下的儿童文学

　　郑振铎是中国现代儿童文学的早期倡导者。从建设新文学的视角出发，郑振铎在儿童文学领域内进行了积极的思考和努力的探索，形成了自己的儿童文学思想和有关主张，这些思想和主张都是与他的新文学思想有着深刻的内在联系的，是他的新文学思想的一个重要的构成部分。可以说，郑振铎对于儿童文学的倡导和努力都是在他的以"建设"为核心的新文学思想的影响下发生的，并拓宽了他的新文学思想领域。

第一节
新的儿童文学本位：童心与文学

郑振铎最初接触儿童文学始于他在商务印书馆担任儿童教科书的编辑工作时，他在新文学的儿童文学领域所走过的道路，是从实践走向理论的。郑振铎是新文学初期的儿童文学倡导者和建设者之一，他在现代新文学的儿童文学领域的主要贡献主要表现在有以下四个方面：推动中国现代儿童文学理论的发展，进行儿童文学的实际创作，编辑儿童文学的刊物以及儿童文学研究。郑振铎的儿童文学思想是属于他的整个新文学思想的一个部分，例如郑振铎的儿童文学思想强调情绪的作用，指向对人和现实的改造；但由于儿童文学在对象、形式等方面与成人文学相比具有一定的特殊性又不尽相同，因此郑振铎的儿童文学思想在他的新文学思想中又具一定的特殊性。

在传统的中国社会中，人的独立性、自主性、特殊性以及人的各种天然本性都遭到礼教的压抑，人并不能被作为一个"完全的人"来对待，成年人尚且如此，更何况在生理和心理上还未发育成熟的儿童。因此，在中国文学史的长河中，供儿童阅读、欣赏的故事只存在于民间，正统文学中并不存在专门的、真正的儿童文学。与传统截然不同的是，郑振铎反对封建教育对儿童个性的扼杀，他不仅提倡专门的、真正的儿童文学，还特别强调的儿童文学的"童心"与"文学"双重本位。

一

郑振铎关于儿童文学本位的主张，最早见于 1922 年 1 月《小说月报》为《儿童世界》所登的广告词中，在这篇广告词中，郑振铎介绍《儿童世界》的"所有材料，都是以儿童为本位的"。可见，新文学运动前期的郑振铎，对于儿童文学已经形成了初步"儿童本位"思想，但是并没有对于"儿童本位"具体指什么作出进一步的说明。关于这一思想的比较正式全面的阐述，见于郑振铎 1934 年发表在《大公报》上的《儿童读物问题》一文，这篇文章集中地阐释了郑振铎的儿童文学思想："凡是儿童读物，还必须以儿童为本位。要顺应了儿童的智慧和情绪的发展的程序而给他最适当的读物。"在这个表述中，郑振铎对"儿童本位"有了更进一步的阐释："顺应儿童的智慧和情绪的发展的程序"，也就是说，郑振铎的"儿童本位"，实际上是一种以儿童的心理特点为本位的思想，用更确切的话说，就是一种"童心本位"思想。

这种"童心本位"的主张，是以一种现代的儿童观为基础而提出来的，这种儿童观的核心就是"儿童不是'缩小'的成人"。郑振铎认为"儿童"是一个独立存在的个体"人",而不是"缩小"了的成人。在他看来,"儿童不仅是成人的准备,而且也自有其单独的活动的使命"❶。如果说现代的人的观念的伟大之处在于发现了作为一种个体存在的"人"的话,那么现代的儿童观的伟大之处就在于发现了作为一种独立的个体存在的"儿童"。正是基于这种观念,郑振铎极力反对现实生活中一些将儿童当作"缩小的成人"的做法,联系到文学领域就是反对将成人的读物"缩小"给儿童阅读的做法。在他看来,儿童与成人有着截然不同的生理和心理的特点,他们对外界的要求是不同于成人的;即使是在"儿童"这个群体的内部,不同年龄阶段的儿童也会产生不同的物质和精神上的需求。因此,郑振铎始终强调儿童文学具有不同于成人文学的独特性质:首先,儿童有自己独特的心理需求,他们往往容易对于一些荒诞、神秘而充满幻想性的故事产生很大的兴趣,他们需要的是适合并能够满足这种心理特点的精神上的食物。郑振铎的这一观点实际上谈到了"儿童文学"作为一种独立的文学形式何以必须存在的问题。其次,"儿童文学"不仅与成人文学相比较是一种特殊的文学形式,在它自身的内部,也存在许多的不同之处。郑振铎以饮食为例,明确强调婴儿与六七岁的儿童对于食物的要求是不一样的,既不能用六七岁的儿童的食物去喂养婴儿,也不能用婴儿的食物去喂养六七岁的儿童。同样的,作为儿童的精神上的食物的儿童文学作品,也并非适宜于全部的儿童,而是有着不同年龄阶段

---

❶ 郑振铎. 郑振铎全集:第13卷[M]. 石家庄:花山文艺出版社,1998:48.

的区别。郑振铎认为这个道理虽然很简单，但是却一直为传统的中国人所忽视。因此，他提出："为了适合于儿童的年龄与智慧，情绪的发展的程序，他的'读物'，精神上的粮食，也是不能完全相同的"❶。由此可见，郑振铎对于"儿童"和"儿童文学"的考察是相当细致而客观的。他不仅将儿童与成人区别开来，还将处于不同年龄阶段的儿童区别开来，他是真正将儿童视为一个独立的个体存在。郑振铎的"儿童"本位主张实际上就是要求儿童文学从内容到形式都要适合儿童的心理特点，要以"儿童"为根本的出发点和最终的指向。

从"儿童"本位出发，郑振铎指出历来被视为儿童读物的神话、传说、寓言、童话等文学形式并不是专门为儿童所写的，它们有的是远古时代人类先祖的幻想的产物，有的是对特定时代和社会的劝讽和教育，虽然这些文学作品在内容和思维的特点上有适合儿童阅读的地方，但是却并非"完全适合于今日之儿童"，因此不能全盘介绍给儿童阅读，而"必须有很谨慎的选择"❷。在这里，郑振铎是紧紧扣住"儿童"本位来谈儿童读物的选择问题。很显然，郑振铎是主张专门为儿童而创作文学作品的。在这种思想的影响之下，郑振铎指出对于诸如《伊索寓言》、克鲁洛夫的寓言、梭罗古勃的寓言、安徒生童话、《爱丽丝漫游异境记》（今译《爱丽丝梦游仙境》）等作品，都必须重新估定它们的价值，重新判定它们是否适合儿童阅读。对于中国传

---

❶ 郑振铎. 郑振铎全集：第13卷［M］. 石家庄：花山文艺出版社，1998：42.
❷ 同❶ 43.

统的儿童读物，郑振铎更是进行了详细的分析。他认为在中国社会里，简直可以说是没有儿童教育；如果一定要说有，那也是一种"注入式"的教育。郑振铎认为传统的中国儿童读物所带给儿童的"简直是一种罪孽深重的玩意儿，除了维持传统的权威和伦理观念（或可以说是传统的社会组织）以外，别无其他的目的和利用"，郑振铎指出这种"注入式"的儿童读物主要将"忠君孝父的伦理观念""显亲荣身的利己主义"和"安分守己的顺民态度"注入儿童的思想之中❶。郑振铎将中国传统的儿童读物分为伦理书、识字用书、启发智慧的故事、常识书和儿童歌谣五类，并认为除了一些启发智慧的故事中还有少许读物适合儿童的兴趣之外，其他的多数主要内容都是传达儒家的正统思想；除此之外，他还分析了旧式的蒙童教育过程，指出这种旧式儿童教育的程序就是养成"顺民"的程序。在分析了中外对于儿童读物理解的误区之后，郑振铎提出了自己的标准："凡是儿童读物，必须以儿童为本位。要顺应了儿童的智慧和情绪的发展的程序而给他以最适当的读物"❷。郑振铎的这一主张表明他对于儿童读物持一种相当严谨的态度。正是由于尊重儿童的独特性，重视儿童这一群体的存在和发展，以"儿童"为儿童文学的本位，郑振铎才会对于儿童读物的拣选如此慎重。

---

❶ 郑振铎. 郑振铎全集：第13卷［M］. 石家庄：花山文艺出版社，1998：47.
❷ 同❶ 43.

二

在向中国儿童介绍读物时，郑振铎着眼于儿童读物的"文学"本位，通过介绍和翻译外国儿童文学作品、创办和主编中国自己的儿童文学刊物这两方面的努力来为中国儿童提供文学读物。

一方面，从"文学"本位出发，郑振铎否定了中国传统的儿童读物，主张借鉴外国的儿童文学资源。在他看来，大多数中国传统的儿童读物并不适合现代的儿童教育。因此，他重视翻译和介绍外国的儿童文学作品和推动创作中国自己的儿童文学作品。在翻译外国文学作品给中国的儿童阅读时，郑振铎主张主要采用"重述"的方法，同时尽力避免欧化的文字，以适合中国的儿童阅读；对于诸如安徒生、梭罗古勃等人的作品，郑振铎认为具有不朽的文学价值的，可以采用"翻译"的方式介绍给小读者们，以便于他们充分领略其中的艺术趣味。在具体选择作品来进行翻译的方面，除了外国著名童话作家安徒生等人的童话作品之外，郑振铎还特别重视对于寓言作品的翻译和介绍。在 1925 年的时候，郑振铎写有一篇《〈印度寓言〉序》。这篇文章虽然是为《印度寓言集》所作的序，但在实际上却比较集中地表达了郑振铎对于"寓言"这种文体的看法。在郑振铎看来，一篇好的寓言需具有"事实的本身""道德的训条"和"人物的真实性格"这三个要素。郑振铎所指出的这三个要素可以说是完全抓住的"寓言"这种文体最本质的特点，其中的"事实的本身"和"人物的真实性格"这两点都与郑振铎的对于文学作品在描写上的真实性要求是一致的，而"道德的训条"又与郑振铎历来所主张的用文学作品来引起个人和社会的改造的主张是一致的。由此看来，无怪乎郑振铎在向中国的儿童推荐合适的读物时，要如此重视"寓言"这种文体了。郑振铎之所以重视寓言，还有一个重要的原因就是他深知寓言在读者身上产生作用的心理过程："最高尚的寓言常包含有伟大的目标，它在说着人间的真理，在教训着对面的人类，却把它的教训与真理，隐藏于创造的人物的言、动中……读者得到这种教训，却并不看见教训者之立在他的面前。因此，他常常不自觉的表同情于一切纯洁、高尚的行动，而厌恶卑下的、无价值的行动，而同时便觉察到或改正了他自己的谬误"❶。在郑振铎看来，寓言作品在读者的心中发生作用是一种潜移默化的不自觉的过程，是读者"表同情于"作品中的人物或者事件的过程，这一过程与郑振铎所强调的文学作品通过"情绪"的作用而在作者和读者的心灵之间建立起联系的主张是高度一致的。综合上述原因，郑振铎将"寓言"这种文体视为适合中国儿童阅读的重要读物之一，他本人也从事外国寓言的翻译工作，如"印度寓言""莱森寓言"（今译为"莱辛寓言"）、"高加索寓言"等等。

另一方面，郑振铎积极建设中国自己的儿童文学，为本国儿童文学的发展开辟园地——创办并且编辑儿童文学专栏和儿童文学专刊。对于创造本国的儿童文学，郑振铎有着相当深刻的认识，主张以"文学"为本位。在为叶圣陶的童话集《稻草人》所作的《序》中，郑振

---

❶ 郑振铎. 郑振铎全集：第13卷［M］. 石家庄：花山文艺出版社，1998：10-11.

铎详细阐述了有关童话创作的主张："第一，现代的人生是最足使人伤感的悲剧，而不是最美丽的童话；第二，最美丽的人生即在童话里也不容易找到"。郑振铎认为，在现代中国社会里，到处都充满着掠夺和压迫等种种的不平等，"几乎无处不现出悲惨的现象"，如童话般美丽的生活"不过是一幅图画而已。在真实的人生里，虽也时时现出这些景象，但只是一瞬间的幻觉；而它的背景，不是一片荒凉的沙漠，便是灰暗的波涛汹涌的海洋"❶。正是鉴于这样的社会现实，郑振铎认为："我们对于童话的兴趣都很高，但在现在的工作环境里，创作的欲望是任怎样也引不起"❷。在他看来，只有"'地国'的乐园"实现了，如童话般美丽的生活才能够真正实现。由此可见，郑振铎所提倡的儿童文学，并不是一味地向人们讲述美丽的、梦幻般的故事，而是双脚踏在现实人生的土壤上。这样的儿童文学，并不回避成人世界的残酷与悲哀，郑振铎甚至认为儿童文学作品应该向儿童展示"成人的悲哀"，他认为儿童们"需要知道人间社会的现状，正如需要知道地理和博物的知识一样"。❸郑振铎所提倡的这种包含有"成人的悲哀"的儿童文学，正是与他一贯的新文学思想一致，特别是与他所提倡的"血和泪的文学"一致。在郑振铎看来，文学表达的是人类对于环境的一种真实的情绪和感受，通过文学能够达到改造环境的目的。在郑振铎的眼中，现代的中国到处充满了侵略、压迫和种种不平

---

❶ 郑振铎. 郑振铎全集：第 13 卷［M］. 石家庄：花山文艺出版社，1998：35.

❷ 同❶ 3.

❸ 同❶ 40.

等的社会现象，在这样的中国，唯有"血和泪的文学"才是真正能反映现实的文学。因此，现代中国的儿童文学所描写和表现的应当是"无处不现出悲惨现象"的社会现实，而不是一味地描写脱离于现实的"美丽的童话的人生"。❶

---

❶ 郑振铎. 郑振铎全集：第13卷［M］. 石家庄：花山文艺出版社，1998：33-34.

第二节
新的"儿童世界"：知识与趣味

　　1922 年 1 月 7 日，由郑振铎主编的中国现代第一份儿童文学专刊《儿童世界》在上海创刊。自创刊后，郑振铎担任了第一年的主编，直至 1923 年的 1 月，他开始主编《小说月报》，才不再负责《儿童世界》的编辑工作。在《〈儿童世界〉宣言》中，郑振铎表明创办《儿童世界》的目的是弥补"儿童自动的读物，实在极少"的缺憾❶，其宗旨在于"（一）使他适宜于儿童的地方的及其本能的兴趣及爱好。（二）养成并且指导这种兴趣及爱好。（三）唤起儿童已失的兴趣与爱好"❷。郑振铎在主编《儿童世界》时正是秉承着这一宗旨，无论是从内容还是形式都力图使刊物呈现出"趣味化"和"知识性"两大特点。

---

❶　郑振铎. 郑振铎全集：第 13 卷 [M]. 石家庄：花山文艺出版社，1998：3.
❷　同❶4.

一

《〈儿童世界〉宣言》中说明《儿童世界》的内容分为"插图""歌
谱""诗歌童谣""故事""童话""戏剧""寓言""小说""格
言"和"滑稽画"这十类。

《儿童世界》大量使用了各种图画。在第 1 卷中，"插图"栏又
名为"世界动物园"，刊载的都是一些动物和植物的图片，其中动物
的图片除了有骆驼、斑马、鸵鸟、河马、猩猩、松鼠、蝙蝠、蜻蜓、
长颈鹿、鲸等遍布世界各地的大大小小动物之外，还有一些只出现在
个别地区的代表鲜明的地域特色的动物，如北极熊、亚美利亚狮子；
从第 2 卷开始，"插图"栏目不再以"世界动物园"为主题，而是改
为刊登一些"奇异"的动物图片，编者在第 1 卷第 13 期所刊载的《第
二卷的本志》中即预告了这一转变："本志仍用动物图。但所选的都
是极美丽、极奇怪的动物，并加以详细的说明，不惟想引起儿童的兴
味，并想同时灌输他们以理科的知识"❶，如第 1 期的"箭猪"和"跃
兔"，第 2 期的"袋鼠"，第 3 期的"鲨鱼：海中之狼"，第 4 期上
的"离水能活之鱼类"，第 5 期的"海中之长臂巨人：乌贼鱼与章鱼"，
第 6 期的"深海中之美丽生活"，第 8 期的"电鱼"，第 9 期的"海
中之奇工人"；到了第 3 卷，动物图片的主题又有了新的变化，从突

---

❶ 郑振铎. 郑振铎全集：第 13 卷 [M]. 石家庄：花山文艺出版社，1998：78.

出各种动物的"奇异"之处转而表现有趣味的动物生活的瞬间，如第
1期的"饲羊"和"牛浴"，第3期的"犁田之马"与"野生之山羊"，
第4期的"狩猎"和"猎犬与野兔"，第13期的"溪旁发生的故事"……

《儿童世界》第1卷至第4卷的"插图"除了大量的动物图片之外，
还有一些有关自然界中的各种现象的图片，如第2卷第10期和第11
期上的"地面之变迁"，第2卷第13期的"动物之进化"，第3卷
第2期的"夏之花"和"冬日之旅行"等。《儿童世界》所刊载的这
些"插图"将活泼而充满生趣的自然界展示在小读者的眼前，以丰富
的内容、直观的感受使儿童得到了"一点博物学上的知识"❶，是向
儿童们介绍现代知识的一个鲜活的窗口。除了专门的"插图"之外，《儿
童世界》还以"图"和"话"结合的方式刊载内容，如《谁杀了知
更鸟》《儿童之笛声》《鸡之冒险记》《报纸之游行》《人和猫》《青
蛙寻食记》《狗之故事》《鹦鹉与贼》《仁侠之鹰》《水手和大鹰》
《蜻蜓与青蛙》《象与猴子》《汽车历险记》《黑猫之失败》《小
鱼遇险记》……此外，几乎每期都会有"谚语图释"栏目。

除了插图、图画故事之外，《儿童世界》还从第2卷开始设计精
美的封面画，在《第二卷的本志》中提到"就一期中所登的最重要的
一篇故事的事实，绘为很美丽的图画，作为封面画，可以使读者更感
兴致"❷。虽然实际刊登的封面画并没有如《本志》中所提到的每一

---

❶ 郑振铎. 郑振铎全集：第13卷［M］. 石家庄：花山文艺出版社，1998：3.
❷ 同❶78.

期都是"就一期中所登的最重要的一篇故事的事实",但是各期的封面画的确都很精美,一方面以图画的形式达到"使读者更感兴致"的效果,另一方面也在图画中向读者传递了各种趣味与知识,如第 2 卷第 4 期的封面画"热带之森林",第 2 卷第 10 期的"武士与蛇",第 3 卷第 2 期的"扑萤",第 3 卷第 4 期的"贝壳中之家",第 3 卷第 3 期的"歌神"、第 5 期的"爱神"和第 6 期的"水神",第 3 卷第 8 期的"邮筒",第 3 卷第 10 期的"收获",第 3 卷第 12 期的"和平之鸽",第 3 卷第 13 期的"钓鱼",第 4 卷第 3 期的"看菊",第 4 卷第 6 期的"秋之田野",第 4 卷第 10 期至第 13 期连续四期的封面都是有关新年的"圣诞老人"图、"圣诞前夜"图和"欢迎新年"图……这些封面画都是由许敦谷所作。

在读者中开展征稿活动,倡导儿童发挥自己的创造力积极投稿。在第 1 卷第 5 期的《儿童创作的募集》中,编者申明"我们除欢迎学校教师们的稿件外,对于儿童自己的创作尤为热忱地承受",而在具体的投稿规则所开列的四条要求中,编者所提出的核心要求就是培养儿童独立进行创作的能力。编者申明刊物所征求的儿童自由画"要是儿童就他自己所见的东西大胆地描写出来,而完全没有经过成人的修饰的。一切临摹画本的图画,都不登载",儿歌和童谣是儿童"自己作的或是记载自己平时所唱的都极欢迎",童话作品是以儿童"自己编的最为相宜",编者还进一步地补充道:"如有其它稿件也极欢迎。唯必须出于儿童自己的心手"。此外,《儿童世界》还多次通过投稿启事来引导儿童们自己进行创作,如第 1 卷第 12 期的《投稿规则》中强调"唯须是儿童自己的作品,没有经过成人的润饰的",第

2 卷第 10 期的《本刊征求投稿启事》的最后提出有两点要求需要特别注意，其中除了一条要求是规定必须注明年龄、学校、年级和住址之外，另外一条重要声明就是："儿童之作品，须完全出于他们自己的创作"，直到第 3 卷第 11 期的《投稿规则》中，编者依然还是在投稿要求中强调儿童的独创性。

二

郑振铎在主编《儿童世界》时非常重视刊物对儿童潜在的教育作用。如果将《〈儿童世界〉宣言》《第二卷的本志》和《第三卷的本志》联系起来加以考察，可以很明显地看出编辑者在不断地调整刊物的编辑思路，而这种调整的过程也体现了编辑者本人对于如何建设中国现代儿童文学的思考过程。在《儿童世界》创刊之前，《〈儿童世界〉宣言》便在《时事新报》的副刊《学灯》发表。这篇《宣言》的主要内容是表明刊物的宗旨和内容，体现了刊物的编辑者对于儿童文学从本质内涵到表现形式的一种总体的认识和态度。在《宣言》的最后，编辑者指出"本志的程度和初小二、三年级及高小一、二年级的程度相当"❶，这体现了作为编辑者的郑振铎认为儿童读物应该注意并切合儿童的不同年龄阶段的主张，体现了编辑者重视读者群体的实际情

---

❶ 郑振铎. 郑振铎全集：第 13 卷［M］. 石家庄：花山文艺出版社，1998：5.

况的编辑方针。如果说《宣言》是一种总体的设计和宣告的话，那么《第二卷的本志》就是开始进入刊物的具体而微的细节部分进行探索了。这篇刊于第1卷第13期，也即1922年最后一期的《儿童世界》上的《第二卷的本志》实际上是对于下一年刊物总体变化的一种预告。在《第二卷的本志》中，编辑者提出了四项"改革"，即每期增加与刊物内容切合的封面画、插图选用各种具有奇异特点的动物的图片以灌输给儿童们各种理科的知识、文字极力变得更加浅显一些、每三期或两期随刊附送彩色印刷的儿童自由画，编者最后表明："总之，我们总算随时把本志改革，总想每一期出来，比前一期更为完备"❶。从这篇《第二卷的本志》看来，每一项"改革"都是力图以一种更加趣味化的形式吸引儿童的眼球，引起他们的阅读兴趣，而在这种趣味化的形式中又隐性地包含各种知识，通过潜移默化的方式灌输给儿童们。

在《第三卷本志》中，编者申明《儿童世界》从第3卷开始又将有新的变化："（一）以前的本志是纯文学的，以后则欲参加些自然科学及手工游戏等材料进去；但文学的趣味仍旧要极力保存"，"（二）以前的本志是专门供给儿童读的，是欲养成他们自动的读书的兴趣与习惯的，以后则欲更进一步，除了这个目的以外，还要使他们去'做'，使他们自动的去'做'他们感得兴趣的工作"❷，除此之外，第3卷开始的《儿童世界》还将增加短篇作品的发表和图画的刊登。在《儿

❶ 郑振铎. 郑振铎全集：第13卷［M］. 石家庄：花山文艺出版社，1998：76.
❷ 同❶86.

童世界》的编辑者郑振铎看来，光是提供给儿童们以纯文学作品的趣味化和审美化的阅读是不够的，他指出"知识"与"趣味"的涵养是同样的重要的。因此，郑振铎根据当时中国的儿童读物中缺乏自然科学材料的实际情况，从第三卷开始在原本以"纯文学"刊物面目出现的《儿童世界》中增加有关自然科学界的各种知识。在第3卷第1期上可以明显地看到编辑者的这种努力，在这一期的《儿童世界》上，有关自然科学的知识的内容比第1卷和第2卷上的要丰富得多，只要将第2卷第13期与第1卷第1期的目录进行对比，就可以非常明显地看出这种变化来：

《儿童世界》第2卷第13期目录❶

遇盗（封面画）	许敦谷
动物之进化（封面画）	
唱歌游戏	索菲谱曲作歌
鹦鹉与贼（图画故事）	振铎
眼泪（童话）	叶绍钧
小鸭子（诗歌）	严既澄
户外游戏 拔河	J.
猴（寓言）	士武
兄弟三人（童话）	赵光荣

---

❶ 本目录参考自《〈儿童世界〉篇名目录》（郑振铎. 郑振铎全集：第13卷［M］. 石家庄：花山文艺出版社，1998：591-592.）

谜语六则 云六、凯声

水中明月（儿歌） 胡怀琛

笑话（第二名毕业 是的是的） 伯俞

拜他尔德故事（续完） 爱罗先珂著，顾寿白译

儿童创作

小猫和鼠的死（童话） 金蕴璋

皮老虎（歌） 林品弟

一个骗子（小说） 强殿元

懒学生（诗歌） 张乐元

第三卷的本志

《儿童世界》第 3 卷第 1 期目录❶

饲羊 牛浴（封里插图）

仁侠之鹰（彩色图画故事） 振铎

夏天最习见的动植物（彩色画）

学画（彩色画）

周处除三害（彩色画）

给读者

唱歌（曲谱）

我所用的符号的说明 S.K

---

❶ 本目录参考自《〈儿童世界〉篇名目录》（郑振铎. 郑振铎全集：第 13 卷［M］.
石家庄：花山文艺出版社，1998：592-594.）

四季歌（诗歌）

花架之下（故事）　　　　　　　郑振铎

（一）　虎与熊狐

（二）　乌鸦与蛇

（三）　聪明人与他的两个学生

（四）　孔雀与狐狸

瞎子和聋子（童话）　　　　　　叶绍钧

蜘蛛的生活　　　　　　　　　　周建人

钓鱼　　　　　　　　　　　　　志坚

简单的飞机（手工）　　　　　　C. J.

谚语图释

美味的梨（寓言）　　　　　　　士武

水手和大鹰（图画故事）　　　　郑振铎

玫瑰花的伴侣　　　　　　　　　刘廷蔚

厨子和猫（儿歌）　　　　　　　胡怀琛

小小的画片　　　　　　　　　　王统照

动物的寿命　　　　　　　　　　志坚

笑话　　　　　　　　　　　　　伯俞

半价的书

生了一个小弟弟

和你一样

煤炭店里的老板

丑的小鸭（童话）　　　　丹麦安徒生著 继程译

谜语六则　　　　　　　　　章楚

常识问答

鱼为什么不能生活在陆地上？

世界人种为什么有五种色素？

儿歌　　　　　　　　　　　杨震希

拍大麦

摇大船

帽中的麻雀（儿童短剧）　　天白

无猫国（故事节述）　　　　振铎

鸭与月（寓言）　　　　　　士武

儿童创作

不打人（笑话）　　　　　　柯道民

狮子与蚊虫（寓言）　　　　蒋仁毅

来看夜来香（儿歌）　　　　王朴

老虎和狐狸（寓言）　　　　李绍侗

唱山歌（剧本）　　　　　　俞庆生

麻雀的故事　　　　　　　　钱孚恒

从上面的两个目录中可以看出，第3卷第1期中的《蜘蛛的生活》《简单的飞机》《动物的寿命》、"常识问答"这四个内容都是在实践《第三卷的本志》中所提到的"参加些自然科学及手工游戏等材料"，并促使儿童们"自动地去'做'他们感得兴趣的工作"的主张，特别是其中的"常识问答"栏目，在此后的几乎每一期《儿童世界》

上持续地连载，介绍了许多有关自然科学界的知识给儿童。

在《第三卷的本志》中，作为编辑者的郑振铎又一次地提出了刊物的宗旨："一方面固是力求适应我们的儿童的一切需要，在别一方面却决不迎合现在社会的——儿童与儿童父母的——心理"，他强调《儿童世界》应该是"本着我们的理想，种下新的形象，新的儿童生活的种子，在儿童乃至儿童父母的心里"。基于这样的宗旨，郑振铎提出对于《儿童世界》上所刊载的材料的选择需"十分谨慎"，对于流行于中国的"非儿童"的、"不健全的"故事要极力地排斥，而对于外国的"适合于中国儿童"的文学材料则要"尽量地采用"❶。

从第 1 卷到第 3 卷，郑振铎一步步地确立了《儿童世界》的宗旨和总体风貌，《儿童世界》逐渐表现出了一种明朗的风格，即集趣味性和知识性于一体，着力于培养中国儿童独立的创造能力。

三

除了主办专门的儿童文学刊物之外，郑振铎还在自己编辑的其他刊物上创办了"儿童文学"专栏。1924 年 1 月 10 号的《小说月报》第 15 卷第 1 号新辟"儿童文学"栏，刊登了叶绍钧的《牧羊儿》、严既澄的《灯蛾的胜利》和许敦谷的《虫之乐队》三篇儿童文学作品，

---

❶ 郑振铎. 郑振铎全集：第 13 卷［M］. 石家庄：花山文艺出版社，1998：87.

而同一期的"海外文坛消息"栏中的《最近的儿童文学》一文更是《小说月报》第一次报道有关儿童文学界的消息。从这一期开始，几乎每一期的《小说月报》上都有儿童文学作品发表。与《儿童世界》的综合性儿童刊物定位不同，《小说月报》上的"儿童文学"栏目更加偏重儿童阅读材料的文学性。

《小说月报》对于儿童文学的大力介绍主要是在 1924 年的第 15 卷至 1927 年的第 18 卷期间。在第 18 卷的第 12 期连载完《木偶的奇遇》之后，除了第 20 卷第 11 号刊载了高君箴的童话作品《莱茵河黄金》，此外就再没有刊登任何其他的儿童文学作品了。在 1924 年至 1927 年间《小说月报》上所刊登的全部儿童文学作品中，主要是翻译和介绍了大量外国的作品，如日本的小川未明、秋田雨雀、益田甫，丹麦的安徒生，冰岛的阿那森，俄国的克鲁洛夫等人的童话，以及莱森的寓言、印度寓言、高加索寓言、拉风歹纳丹寓言（今译"拉封丹寓言"）、北欧神话，此外还有从第 16 卷第 2 号开始连载至第 6 号连载高君箴所译的《天真的沙珊》，第 16 卷第 8 号开始连载的《列那狐的历史》等等。特别值得注意的是，《小说月报》第 16 卷第 8 号和第 9 号两期为"安徒生号"，刊登了大量安徒生的童话作品，其中有后来为中国读者所熟悉的《豌豆上的公主》。除了作品的译介之外，还有翻译自丹麦博益生的《安徒生评传》、译自丹麦勃朗特《安徒生童话的艺术》，此外还有赵景深、焦菊隐等人所写的介绍安徒生的生平和创作的文章，顾均正和徐调孚合作的《安徒生年谱》。这两期的安徒生专号不仅较为全面地向中国读者介绍了安徒生其人其作，也为中国的安徒生研究做了一些初步的基础性工作。除此之外，从第

17卷第1号开始增加"世界童话名著介绍"栏目，由顾均正负责撰写介绍文章，其中有一些后来为中国读者熟悉的故事，如意大利作家科罗狄的《匹诺契奥的奇遇》（今译为《木偶奇遇记》）、安徒生的《童话全集》。其中，从第18卷第1号开始，《匹诺契奥的奇遇》改以《木偶的奇遇》为题连载该作品，一直连载至第18卷第12号。

结
语

　　在"五四"时期，新文学的先驱者们披荆斩棘，一方面与传统的旧文学进行着激烈的斗争，另一方面积极地为新文学的建设和发展做着不懈的努力与探索。有研究者指出，新文学的先驱者们为推倒旧文学、建立新文学而发起的文学革命"就整体而言，是理论先行，即先有舆论倡导，后有创作实践"，并且"理论建设的成绩显著，在相当程度上决定了新文学发展的格局，其本身也就构成新文学传统的不可忽视的重要部分"。❶可见在新文学初期，有关理论方面的讨论是当时的新文学提倡者们关注的焦点。值得注意的是，新文学最早的一代先行者，如陈独秀、胡适、周作人、刘半农、钱玄同、傅斯年等，这些人可以说是"五四"新文学的领军人物，他们所展开的理论探讨

❶　钱理群，温儒敏，吴福辉．中国现代文学三十年［M］．北京：北京大学出版社，1998：19.

侧重于新文学取代旧文学之必然性的讨论，其目标是为新文学的发生和发展寻找并确立各种理论依据。从实际的结果来看，陈独秀他们那一代人的目标可以说是基本得到了实现：新文学逐渐冲破旧文学的藩篱，生机勃勃地发展起来。于是，到了20年代初期，当郑振铎、沈雁冰、耿济之、郭沫若、郁达夫这些人开始走上文坛并逐渐崭露头角之时，他们所思考的问题已不再是新文学是否应该存在的问题，而是如何进一步地建设和发展新文学的问题。

在上述的这种时代背景之下，郑振铎以"新文学的建设者"这种姿态活跃于新文坛的诸多领域，围绕如何建设新文学这一核心提出了一系列的思想和主张，并且在文学创作、刊物编辑、文学研究、儿童文学等诸多文学领域实践着自己的主张，从不同的方面去具体地、实际地建设新文学，实实在在地为建设新文学而做出了许多重要的贡献。可以说，郑振铎后来所有的文学活动几乎都是围绕着"建设新文学"这一核心思想而展开的，他是一位杰出的"新文学的建设者"。到了40年代前后，当战争的炮火和巨大的民族危难向每一个中国人袭来，郑振铎的主要精力开始从文学的建设转移到了文化的保护方面，他的各种活动也逐渐从文学的领域扩大到了文化的领域。在这一时期，郑振铎除了写有后来被编入散文集《蛰居散记》中的一些散文、零星创作了几篇小说和创办大型的文学刊物《文艺复兴》之外，更多的是开始关注于各种文献的收集、整理和保护。

参考文献

一、报刊类

[1]《小说月报》

[2]《文学旬刊》

[3]《儿童世界》

[4]《文学》

[5]《文学季刊》

[6]《水星》

[7]《太白》

[8]《文艺复兴》

二、图书类

［1］叶圣陶. 叶圣陶文集［M］. 北京：人民文学出版社，

1958.

［2］许地山. 许地山选集［M］. 北京：人民文学出版社，

1958.

［3］茅盾. 茅盾文集［M］. 北京：人民文学出版社，

1959.

［4］王晓明. 现实主义的初潮：文学研究会作品选（上）

［M］. 上海：华东师范大学出版社，1986.

［5］王晓明. 现实主义的初潮：文学研究会作品选（下）

［M］. 上海：华东师范大学出版社，1992.

［6］郑振铎. 郑振铎文集［M］. 北京：人民文学出版社，

1988.

［7］郑振铎. 郑振铎全集［M］. 石家庄：花山文艺出版社，

1998.

［8］瞿秋白. 瞿秋白文集［M］. 北京：人民文学出版社，

1991.

［9］郁达夫. 郁达夫全集［M］. 杭州：浙江文艺出版社，

1992.

［10］胡适. 胡适文集［M］. 北京：中华书局，2001.

［11］周作人. 周作人自编文集［M］. 石家庄：河北教育出版社，2002.

［12］赵家璧. 中国新文学大系：影印本［M］. 上海：上海文艺出版社，2003 年.

［13］鲁迅. 鲁迅全集［M］. 北京：人民文学出版社，2005.

［14］陈福康. 郑振铎日记全编［M］. 太原：山西古籍出版社，2006.

［15］北京大学，北京师范大学，北京师范学院. 文学运动史料选：1-4 册［M］. 上海：上海教育出版社，1979.

［16］李何林. 近二十年中国文艺思潮论［M］. 西安：陕西人民出版社，1981.

［17］孙中田，查国华. 茅盾研究资料［M］. 北京：中国社会科学出版社，1983.

［18］贾植芳，等. 文学研究会资料：上、中、下［M］. 郑州：河南人民出版社，1985.

［19］张毕来. 新文学史纲［M］. 北京：人民文学出版社，1985.

［20］林毓生. 中国意识的危机——"五四"时期激烈的

反传统主义［M］．穆善培，译．贵阳：贵州人民

出版社，1986.

［21］钱谷融．文学研究会评论资料选：上、下［M］．上海：

华东师范大学出版社，1986.

［22］任访秋．中国新文学渊源［M］．郑州：河南人民

出版社，1986.

［23］商务印书馆．1887—1987年商务印书馆九十年——

我和商务印书馆［M］．北京：商务印书馆，1987.

［24］刘呐．论"五四"新文学［M］．杭州：浙江文艺

出版社，1987.

［25］陈福康．郑振铎年谱［M］．北京：书目文献出版社，

1988.

［26］温儒敏．新文学现实主义的流变［M］．北京：北

京大学出版社，1988.

［27］唐沅．中国现代文学期刊目录汇编［M］．天津：

天津人民出版社，1988.

［28］陈福康．回忆郑振铎［M］．上海：学林出版社，

1988.

［29］陈福康．郑振铎论［M］．北京：商务印书馆，

1991.

［30］钱理群．周作人论［M］．北京：北京十月文艺出

版社，1990.

［31］商务印书馆. 1887–1992年商务印书馆九十五年——
我和商务印书馆［M］. 北京：商务印书馆，1992.

［32］陈福康. 郑振铎传［M］. 北京：北京十月文艺出
版社，1994.

［33］黄永林. 郑振铎与民间文艺［M］. 南京：南京大
学出版社，1996.

［34］王瑶. 中国文学研究现代化进程［M］. 北京：北
京大学出版社，1996.

［35］旷新年. 1928：革命文学［M］. 济南：山东教育
出版社，1998.

［36］郑振铎百年诞辰学术研讨会. 郑振铎研究论文集
［C］. 福州：海峡文艺出版社，1998.

［37］郑尔康. 石榴又红了：回忆我的父亲郑振铎［M］.
北京：中国人民大学出版社，1998.

［38］陈福康、南治国. 郑振铎：狂胪文献耗中年［M］.
上海：上海教育出版社，1999.

［39］郑振铎. 郑振铎说俗文学［M］. 上海：上海古籍
出版社，2000.

［40］郑振伟. 郑振铎前期文学思想［M］. 北京：人民
文学出版社，2000.

［41］郑尔康. 星陨高秋——郑振铎传［M］. 北京：京华出版社，2001.

［42］陈思和. 中国新文学整体观［M］. 上海：上海文艺出版社，2001.

［43］陈平原. 中国文学研究现代化进程二编［M］. 北京：北京大学出版社，2002.

［44］高有鹏. 中国现代民间文学史论［M］. 开封：河南大学出版社，2004.

［45］朱寿桐. 中国现代社团文学史［M］. 北京：人民出版社，2004.

［46］柳珊. 在历史的缝隙间挣扎：1910 年—1920 年《小说月报》研究［M］. 南昌：百花洲文艺出版社，2004.

［47］陈平原. 触摸历史与进入"五四"［M］. 北京：北京大学出版社，2005.

［48］董丽敏. 想象现代性：革新时期的《小说月报》［M］. 桂林：广西师范大学出版社，2006.

［49］石曙萍. 知识分子的岗位与追求——文学研究会研究［M］. 上海：东方出版中心，2006.

［50］谢晓霞. 《小说月报》1910—1920：商业、文化与未完成的现代性. 上海：上海三联书店［M］，2006.

［51］倪婷婷. "五四"文学论集［M］. 北京：人民文学出版社，2007.

三、期刊论文

［1］陈炳. 关于"文学研究会的成立问题"［J］. 徐州师范大学学报（社科版），1978（1）.

［2］陈福康. 论"血和泪的文学"——郑振铎早期文学思想研究之一［J］. 新文学论丛，1982（2）.

［3］陈福康. 郑振铎与我国最早的社会学专刊［J］. 社会，1983（1）.

［4］陈福康. 郑振铎与俄国文学. 外国文学研究［J］，1983（1）.

［5］沈斯亨. 试论郑振铎的散文. 中国现代文学研究丛刊［J］，1983（2）.

［6］陈福康. 论"五四"时期郑振铎的文学真实观. 中国现代文学研究丛刊［J］，1984（1）.

［7］程韶荣，黄杰. 郑振铎著译系年［J］. 福建师范大学学报（哲社版），1984（2）.

［8］程韶荣，黄杰. 郑振铎著译系年补遗［J］. 福建师

范大学学报（哲社版），1984（3）.

［9］管权. 郑振铎的文学思想［J］. 福建论坛（人文社科版），1984（6）.

［10］许凤才. "五四"现实主义理论形成和渊源初探［J］. 阜阳师院学报（社科版），1984（4）.

［11］陈福康. 郑振铎与苏联文学［J］. 外国文学研究，1986（4）.

［12］陈福康. 郑振铎前期编辑思想［J］. 编辑学刊，1986（4）.

［13］陈福康. 郑振铎后期编辑思想［J］. 编辑学刊，1987（2）.

［14］陈福康. 论郑振铎的文学遗产思想［J］. 学术月刊，1987（12）.

［15］陈福康. 论郑振铎的儿童文学思想. 北京师范大学学报，1987（2）.

［16］陈福康. 寒凝大地发春华——论郑振铎的两本历史小说集［J］. 中国文学研究，1987（2）.

［17］江向东. 郑振铎与报刊［J］. 新闻与传播研究. 1987（2）.

［18］程韶荣，黄杰. 郑振铎研究三十年概述［J］. 福建师范大学学报（哲社版），1988（4）.

［19］陈福康. 郑振铎与《小说月报》［J］. 编辑学刊，
　　　1989（2）.

［20］乐齐. 郑振铎早期的现实主义文学观［J］. 学术月
　　　刊，1989（10）.

［21］陆荣椿. 郑振铎在中国新文学建设中的贡献［J］.
　　　文艺理论与批评，1989（3）.

［22］曹轶娟. 郑振铎与左翼文艺运动［J］. 杭州师范
　　　学院学报，1990（4）.

［23］尾崎文昭. 郑振铎倡导"血和泪的文学"和费觉天
　　　的"革命的文学"论——"五四"退潮后的文学状
　　　况之二［J］. 中国现代文学研究丛刊，1991（1）.

［24］林荣松. 郑振铎与民族传统文化［J］. 福建学刊，
　　　1992（1）.

［25］温炼. 试论郑振铎的小说创作［J］. 重庆师范学报
　　　（哲社版），1993（2）.

［26］殷克勤. 简论《小说月报》在中国现代文学史上的
　　　地位和作用（之一）［J］. 扬州师院学报（社科版），
　　　1993（3）.

［27］万建中. 试论郑振铎俗文学研究的成就与不足［J］.
　　　南昌大学学报（社科版），1994（2）.

［28］黄永林. 论郑振铎俗文学的理论特征与实践倾向

［J］. 华中师范大学学报（哲社版），1995（4）.

［29］张宗原. 关于郑振铎《中国俗文学史》的再思考［J］.

华东理工大学学报，1995（6）.

［30］陈建华. 中国早期的俄国文学思潮和文学研究［J］.

上海师范大学学报，1996（1）.

［31］林木. 郑振铎文学思想论析［J］. 宁德师专学报（哲

社版），1996（1）.

［32］彭清深. 郑振铎与我国文学文献研究述评［J］. 青海

民族学院学报（社科版），1996（2）.

［33］武志勇. 论郑振铎主持的《儿童世界》的编辑特色

［J］. 编辑学刊，1996（3）.

［34］陈晋. 郑振铎研究综述［J］. 文教资料，1998（2）.

［35］陈晋. 郑振铎研究资料目录（1958 年 10 月——

1997 年）［J］. 文教资料，1998（2）.

［36］黄高宪. 郑振铎与比较文学［J］. 福州师专学报（社

科版），1998（3）.

［37］黄长华. 文坛的多面手——郑振铎先生百年诞辰纪

念［J］. 福州师专学报（社科版），1998（4）.

［38］武志勇. "五四"与《儿童世界》——论郑振铎主

编的《儿童世界》对儿童文学的贡献［J］. 编辑学

刊，1998（3）.

［39］郑振伟. 郑振铎前期的文学观［J］. 中国现代文
　　　学研究丛刊，1998（4）.

［40］朱文华. 郑振铎对"五四"新文学运动的理论贡
　　　献——纪念郑振铎先生诞生一百周年［J］. 文学
　　　评论，1998（6）.

［41］方航仙. 郑振铎的儿童文学理论建树述论——纪念
　　　现代儿童文学奠基者郑振铎诞辰百周年［J］. 黎
　　　明职业大学学报，1999（1）.

［42］黄科安. 郑振铎散文的文化内蕴［J］. 中国现代
　　　文学研究丛刊，1999（2）.

［43］林木. 论郑振铎早期的文学活动［J］. 宁德师专
　　　学报（哲社版），1999（3）.

［44］林荣松. 郑振铎学术研讨会综述［J］. 福建师范
　　　大学学报（哲社版），1999（2）.

［45］郑伯农. 新文化运动的杰出前驱——纪念郑振铎诞
　　　生一百周年［J］. 福建文学，1999（3）.

［46］张长虹. 忠厚、孱弱的现代食客形象——读郑振铎的
　　　短篇小说《五老爹》《三姑与三姑丈》《九叔》［J］.
　　　厦门广播电视大学学报（综合版），1999（1）.

［47］陈芳. 郑振铎——中国新文学的开拓者［J］. 福
　　　建党史月刊，2000（5）.

[48] 巢乃鹏. 郑振铎编辑思想研究（上）[J]. 中国出版，2000（3）.

[49] 巢乃鹏. 郑振铎编辑思想研究（下）[J]. 中国出版，2000（4）.

[50] 林荣松. "五四"新文化运动中的郑振铎[J]. 新文化史料，2000（2）.

[51] 萧成. 郑振铎与中国儿童文学的现代化[J]. 福建论坛（文史哲版），2000（5）.

[52] 游友基. 略论郑振铎对中国文学现代化的贡献[J]. 福州大学学报（社科版），2000年，（1）.

[53] 赵敏犁、高瑞民. 论"五四"前后文学本质问题探讨的价值与意义[J]. 东北师大学报（哲社版），2000（5）.

[54] 黎敏. 郑振铎对民间文学诸体裁的研究[J]. 东南大学学报，2001（4）.

[55] 牛水莲. 郑振铎与印度文学[J]. 郑州大学学报（哲社版），2001（6）.

[56] 王淑贵.《小说月报》与文学研究会[J]. 津图学刊，2001（4）.

[57] 汪超宏. 郑振铎的古代戏曲研究成就[J]. 南通师范学院学报（哲社版），2001（1）.

［58］董丽敏．现代性的异响——重识郑振铎与《小说
月报》的关系［J］．南京师范大学文学院学报，
2002（1）．

［59］董丽敏．《小说月报》1923：被遮蔽的另一种现代
性建构——重识沈雁冰被郑振铎取代事件［J］．
当代作家评论，2002（2）．

［60］包恒新．冰心与郑振铎比较论纲［J］．福建论坛（人
文社科版），2002（2）．

［61］董丽敏．《小说月报》革新：断裂还是拼合？——
重识商务印书馆和《小说月报》的关系［J］．社
会科学，2003（10）．

［62］刘锡诚．中国民间文艺学史上的俗文学派——郑振
铎、赵景深及其他俗文学派学者论［J］．广西师
范学院学报（哲社版），2004（2）．

［63］段海蓉．从《插图本中国文学史》看郑振铎的中国
文学史研究［J］．新疆大学学报（哲学·人文社
科版），2005（6）．

［64］刘国忠．译史探真——郑振铎：中国近代翻译理论
的开拓者之一［J］．外语教学，2005（5）．

［65］佘小云．郑振铎中国文学批评史研究述评［J］．湖南
科技学院学报，2005（4）．

[66] 佘小云. 郑振铎对中国文学批评史研究领域的开拓 [J]. 株洲工学院学报，2005（5）.

[67] 佘小云. 论郑振铎的文学统一观 [J]. 湘潭师范学院学报（社科版），2005（3）.

[68] 王文霞. 神话模式下的革命隐喻——浅析郑振铎《取火者的逮捕》[J]. 昭通师范高等专科学校学报，2005（6）.

[69] 杨玉珍. 外来影响与郑振铎的文学史观 [J]. 北方论丛，2005（4）.

[70] 杨玉珍. 郑振铎与"世界文学" [J]. 贵州社会科学，2005（1）.

[71] 朱康. 《中国俗文学史》的"俗文学"概念解读 [J]. 绥化学院学报，2005（3）.

[72] 张琳. 论郑振铎的编辑技巧 [J]. 肇庆学院学报，2005（6）.

[73] 丁文. 《小说月报》的"国故"研究与新文学刊物的重心转移 [J]. 学术探索，2006（4）.

[74] 季剑青. 郑振铎早期的社会观与文学观 [J]. 河北师范大学学报（哲社版），2006（5）.

[75] 孙晶. 讲史与英雄传奇——从郑振铎《插图本中国文学史》谈起 [J]. 小说评论，2006（6）.

［76］佘小云. 郑振铎对中国文学批评史研究的独特贡献
　　　［J］. 贵州师范大学学报（社科版），2006（1）.

［77］王寰鹏、张洋. 英雄隐喻与良知形态——以郑振铎
　　　的神话历史小说为例［J］. 山东商业职业技术学
　　　院学报，2006（2）.

［78］王烨. 文学研究会与初期革命文学的倡导［J］. 厦门
　　　大学学报，2006（3）.

［79］文茜. 论施蛰存小说中的欲望主题［J］. 中国文
　　　学研究，2006（2）.

［80］陈福康. 郑振铎的小说与鲁迅的影响［J］. 鲁迅
　　　研究月刊，2007（9）.

［81］李红秀.《小说月报》的改革与“五四”新文学的发
　　　展［J］. 重庆交通大学学报（社科版），2007（3）.

［82］李婉薇. 郑振铎俗文学研究的民间意识［J］. 云梦
　　　学刊，2007（1）.

［83］吕文浩. 从《民主》周刊谈郑振铎的民主思想［J］.
　　　辽宁科技学院学报，2007（1）.

［84］汪家熔　从《童话》看郑振铎的儿童读物编辑思想
　　　［J］. 中国编辑，2007（5）.

［85］邹德刚. 浅谈郑振铎的翻译观及其翻译成果［J］.
　　　吉林广播电视大学学报，2008（4）.

[86] 张业芸. 凝眸历史与现实, 剖析忠义与不义——论郑振铎历史小说集《桂公塘》[J]. 乐山师范学院学报, 2008 (1).

[87] 文茜. 论清末民初言情小说的主题形态与观念转变 [J]. 中国文学研究, 2009 (2).

[88] 姜涛. 五四新文化运动"修正"中的"志业"态度——对文学研究会"前史"的再考察 [J]. 文学评论, 2010 (5).

[89] 郑振铎与中国俗文学理论体系的创建 [J]. 山东社会科学, 2012 (8).

[90] 申利锋. 西方学术对郑振铎俗文学研究的影响 [J]. 河南师范大学学报(哲学社会科学版), 2013 (3).

[91] 季剑青. 1935 年郑振铎离开燕京大学史实考述 [J]. 文艺争鸣, 2015 (1).

[92] 李直飞. "民国文学机制"与现代文学期刊研究的视野拓展——以《小说月报》研究为例 [J]. 江汉学术, 2016 (2).

[93] 王波. "近代的文学研究的精神"——莫尔顿《文学的近代研究》与郑振铎的中国文学研究 [J]. 文学评论, 2018 (6).

[94] 安德明. 郑振铎与文学整体观视域中的民间文学

［J］．文学评论，2018（6）．

［95］刘跃进．郑振铎的文学理想与研究实践［J］．文学
评论，2018（6）．

［96］陈福康．保存者·开拓者·建设者——论郑振铎在
文学史上的贡献［J］．文学评论，2018（6）．

［97］吴光兴．"中国文学史的分期问题"与郑振铎的文
学史观——兼论"综合的中国文学史"的体制困
境［J］．文学评论，2018（6）．

［98］吴真．郑振铎与战时文献抢救及战后追索［J］．文学
评论，2018（6）．

［99］屠国元．媒介视阈中的译介与接受——论"报人"
郑振铎的拜伦构建［J］．中国翻译，2019（2）．

［100］张秀娟．郑振铎文艺思想探析［J］．晋阳学刊，
2019（2）．

［101］邱雪松．制造"新青年"："五四"前后的郑振铎
［J］．中国现代文学研究丛刊，2019（2）．

［102］王晓冬．郑振铎"俗文学"体系中的"白话小说"
［J］．中国现代文学研究丛刊，2019（2）．

四、学位论文

［1］曲朝勃. 文人群体的转型与文学生产过程的现代化——文学研究会文学期刊研究［D］. 青岛：青岛大学，2003.

［2］林超. 论郑振铎的文学史观［D］. 扬州：扬州大学，2004.

［3］佘晓云. 郑振铎的中国文学批评史研究［D］. 长沙：湖南师范大学，2004.

［4］叶惠萍. 翻译家郑振铎研究［D］. 武汉：华中师范大学，2005.

［5］刘燕霞. 谈郑振铎对中国古典文献学的贡献［D］. 济南：山东大学，2006.

［6］李冰燕：郑振铎文献学思想研究［D］. 保定：河北大学，2006.

［7］胡晓. 郑振铎的编辑出版观研究［D］. 武汉：华中师范大学，2007.

［8］苏杭. 郑振铎的文学史理论及实践研究［D］. 福州：福建师范大学，2007.

［9］杨扬. 持重中的流变——1921年后《小说月报》研

究［D］．上海：华东师范大学，2007.

［10］江娜.1930年代的郑振铎和他的多重文化空间［D］.

上海：华东师范大学，2009.

［11］江曙.论郑振铎的中国古代小说整理与研究［D］.

广州：暨南大学，2010.

［12］靳哲.从译本《飞鸟集》看郑振铎的翻译理念［D］.

保定：河北大学，2011.

［13］部铁军.郑振铎与外国文学［D］.长春：吉林大学，

2013.

［14］杨祎.郑振铎翻译理论及实践研究［D］.保定：

河北大学，2014.

［15］蔺晓丽.郑振铎主编时期《儿童世界》译作研究

［D］.太原：山西大学，2015.

［16］王睿.郑振铎与翻译文学——以《小说月报》时期

为主［D］.苏州：苏州大学，2017.

［17］张瑞瑞.郑振铎现代人道主义思想、创作研究

（1919-1922）［D］.开封：河南大学，2018.